AF557727

›Kippfigur‹ mit seinen dreizehn Erzählungen gilt als eines der schönsten Bücher Robert Gernhardts. Schon die erste Geschichte ›Das Buch Ewald‹ zeigt die satirische Laufrichtung des Buches an: Gott und der Teufel besprechen bei Rotwein und Cognac das Vorhaben eines jungen Mannes, einem Mädchen in seiner Wohnung den jüngst in London erstandenen David-Hockney-Band zu zeigen. Daß es schlußendlich anders kommt als man (oder der liebe Gott in der Geschichte) denkt, liegt in der Natur dieser hintergründigen und vergnüglichen Erzählungen.

Robert Gernhardt, geboren am 13. Dezember 1937 in Reval (heute Tallinn / Estland), studierte Malerei und Germanistik in Stuttgart und Berlin. 1964 zog er nach Frankfurt / Main und trat in die Redaktion der satirischen Zeitschrift »Pardon« ein. Hier erfand Robert Gernhardt zusammen mit F. K. Waechter und Fritz Weigle die Nonsense-Doppelseite »Welt im Spiegel« (WimS), 1966 folgte das Gemeinschaftswerk »Die Wahrheit über Arnold Hau«. 1979 war er Mitbegründer der satirischen Monatsschrift »Titanic«. Ab 1966 arbeitete Robert Gernhardt als freier Lyriker und Schriftsteller, Maler und Zeichner, Theoretiker und Kritiker. Es entstand ein großes literarisches und theoretisches, zeichnerisches und malerisches Werk. Robert Gernhardt wurde mit zahlreichen Preisen und Ehrungen ausgezeichnet, darunter mit dem Bertolt-Brecht-Preis (1998), dem e.o.plauen Preis (2002), dem Heinrich-Heine-Preis (2004) und dem Wilhelm Busch-Preis (2006). Seit 1996 erscheint sein Werk im Fischer Taschenbuch Verlag, seit 2002 auch im S. Fischer Verlag. Zuletzt erschienen dort der Gedichtband ›Später Spagat‹ (2006), die Erzählungen ›Denken wir uns‹ (2007) und die ›Gesammelten Gedichte 1954–2006‹ (2008). Robert Gernhardt ist am 30. Juni 2006 in Frankfurt am Main gestorben.

Unsere Adresse im Internet: www.fischerverlage.de

Robert Gernhardt

Kippfigur

Erzählungen

Fischer Taschenbuch Verlag

2. Auflage: November 2008

Veröffentlicht im Fischer Taschenbuch Verlag, einem Unternehmen der S. Fischer Verlag GmbH, Frankfurt am Main, November 2004

Satz: Pinkuin Satz und Datentechnik, Berlin
Druck und Bindung: CPI – Clausen & Bosse, Leck
Printed in Germany
ISBN 978-3-596-16511-7

KIPPFIGUR (Inversions-, Reversions-, Umschlagfigur), Figur, die spontan oder je nach Zentrierung der perspektivischen Betrachtungsweise in ihrer wahrgenommenen raumbildlichen Gestalt oder in ihren Figur-Grund-Verhältnissen ›umschlagen‹ kann (z. B. Neckerwürfel, Pokalprofilmuster usw.).

›Lexikon der Psychologie‹,
herausgegeben von Arnold, Eysenck und Meili

Inhalt

Das Buch Ewald

Gott und der Teufel schauten wieder einmal auf die Erde, als Gott den Teufel plötzlich anstieß und, auf einen jungen Mann deutend, sagte: »Jetzt schau dir mal diese Ratte da an!«

»Ratte? Nu na, nu na ...«, antwortete der Teufel zögernd, da er im Gehabe des jungen Mannes, welcher gerade dabei war, auf ein junges Mädchen einzureden, wenig Rattenhaftes entdecken konnte. »Der ist doch eigentlich ganz nett.«

»Nett, wie so eine Ratte nur sein kann«, gab Gott höhnisch zurück. »Siehst du denn gar nicht, was der da mit dem Mädchen vorhat?«

»Hat der was vor?« fragte der Teufel verwundert und lauschte zerstreut den Worten des jungen Mannes, welche darauf hinausliefen, er würde dem Mädchen, da sie sich doch für Kunst interessiere, gar zu gern seinen jüngst in London gekauften Hockney-Band zeigen.

»Stimmt, der hat etwas vor«, sagte der Teufel schließlich, »der will dem Mädchen ein Kunstbuch zeigen.«

»Kunstbuch?!« Gott schlug sich in gespielter Verzweiflung vor die Stirn. »Sagtest du Kunstbuch?«

»Ist doch Kunst – oder?«

»Was ist Kunst?«

»Hockney.«

Gott überlegte einen Moment. War Hockney Kunst? Ein bißchen viel Schwimmbecken – oder? Doch dann fiel ihm das Portrait der Eltern ein: »Ja, ja. Kunst.«

»Na also«, sagte der Teufel.

»Also was?«

»Also alles klar – die beiden da haben irgend etwas Kunstmäßiges vor.«

Gott blies die Backen auf, dann ließ er mit einem verächtlichen Seitenblick auf den Teufel ostentativ die angestaute Luft entweichen: »Pfllpfllpfll ...«

»Nichts Kunstmäßiges?« fragte der Teufel verunsichert.

Gott wollte gerade zu einer Antwort ansetzen, als zwei Engel hereinkamen und etwas Backwerk, Kaffee, Cognac sowie eine Flasche Rotwein brachten. »Da bin ich mal so frei«, sagte der Teufel, dem schon lange nach einem Schlückchen gewesen war, und griff nach dem Cognac. Gott bediente sich derweil vom Rotwein, fast schien es, als habe er den jungen Mann vergessen, als er plötzlich das angebissene Stück Kuchen sinken ließ und mit vollem Munde herausplatzte: »Bürsteln will er sie!«

»Wer? Wen?«

»Er! Sie!« Erregt blickte Gott wieder auf die Erde, während der Teufel, ohne vom Kuchen aufzuschauen, ein begütigendes »Nu na« und »Wer wird denn gleich an das Schlimmste denken« brummte.

»Da!« schrie Gott entgeistert auf, »ja ist denn das die Möglichkeit!«

»Ist was?« Nun schaute auch der Teufel hinunter, ohne freilich den jungen Mann sogleich ausmachen zu können.

»Da!« Gott packte den Teufel am Ärmel. »Was für eine Ratte! Was für eine ausgemachte Ratte! Jetzt faßt er sie doch tatsächlich an die Dudeln!«

»Wirklich?« Der Blick des Teufels irrte ein wenig umher, dann hatte er den jungen Mann wieder im Visier. Der ging immer noch neben dem Mädchen her und wiederholte seine Bitte, sie möge sich doch seinen Hockney-Band anschauen.

»Mich so zu erschrecken!« sagte der Teufel fast schmollend. »Hat sich was mit Dudelnfassen!«

»In Gedanken hat er sie aber an die Dudeln gefaßt«, sagte Gott streng. »Und das ist genauso schlimm wie in Wirklichkeit.«

»Nu na.« Der Teufel wollte sich wieder dem Cognac zuwenden, doch dann hatte er das Gefühl, noch irgend etwas Hilfreiches sagen zu müssen, und daher sagte er: »Dudeln hin, Dudeln her!«

»Wie bitte?« fragte Gott stirnrunzelnd.

»Nun ja ...«, der Teufel überlegte etwas. »Bist du denn ganz sicher, daß er sie an die Dudeln fassen wollte?«

»Wohin sollte die Ratte sie denn sonst fassen wollen?«

»Weiß ich?« Für einen Moment fühlte sich der Teufel in die Enge getrieben, doch dann schlug er erleichtert vor: »Vielleicht an den Ellenbogen?«

»Vielleicht gar an seinen eigenen?« fragte Gott spöttisch.

»Ja, ja, warum eigentlich nicht?« stimmte der Teufel zu. »Es wäre nicht das erste Mal. Mein Knecht Hiob hat sich ...«

»Mein Knecht immer noch!« unterbrach ihn Gott.

»Deiner? Auch gut.« Fast schien es, als ob der Teufel den roten Faden völlig verloren hätte, dann aber erinnerte er sich: »Der faßte sich auch immer so an den Ellbogen.«

»Wer?«

»Der Dingens. Mein – nein, dein Knecht Hiob. Erinnerst du dich nicht mehr?«

»Der?« Gott überlegte. »Ach der! Aber der hat sich doch immer an den Kopf gefaßt.«

»Wann?«

»Damals. Als du ihm diese ganzen Schicksalsschläge zugefügt hast.«

»Du immer noch«, berichtigte ihn der Teufel.

»Nein, du«, entgegnete Gott scharf.

»Aber du hast angefangen!« sagte der Teufel.

»Wir haben gemeinsam angefangen«, erinnerte sich Gott. »Wir hatten diese Wette laufen, nach der du meinem treuen Knecht Hiob alle erdenklichen Übel zufügen durftest, um ihn zum Abfall von mir zu bewegen und ...«

»Bumsti! Abgefallen ist er!« schrie der Teufel begeistert.

»Im Gegenteil!« empörte sich Gott.

»Na gut. Aufgefallen ist er«, sagte der Teufel begütigend, und bevor Gott nochmals widersprechen konnte, fügte er rasch hinzu: »Weil er doch trotz der ganzen Schicksalsschläge immer so verbissen zu dir gehalten hat. Na! Nicht verbissen«, korrigierte er sich, da Gott schon wieder aufbrausen wollte, »vertraulich! Nein, auch nicht! Jetzt hab ich's: vertrauensvoll!«

»Ja. Vertrauensvoll!« bekräftigte Gott. »Jawohl, so einer war er, mein Knecht Hiob – vertrauensvoll! Du hast ihm die Frauen genommen und die Töchter und die Söhne und die Herden und schließlich die Schwären, und ...«

»Die Schwären habe ich ihm aber nicht genommen, sondern geschickt«, warf der Teufel ein. »Deswegen – jetzt erinnere ich mich –, deswegen hat der Hiob sich ja auch die ganze Zeit an den Ellenbogen gefaßt. Nicht gefaßt! Gekratzt hat er sich. Weil's da so gejuckt hat!«

»Gejuckt?« Mißmutig blickte Gott auf den Teufel, der sich schon wieder vom Cognac bediente, doch dann hellte sich sein Gesicht auf.

»Vertraut hat er mir!« röhrte er fröhlich. »Nix hat er mehr gehabt ...«

»Außer Schwären!« gab der Teufel mit der Korrektheit des Angetrunkenen zu bedenken, ohne Gott allerdings in seinem Gedankengang stören zu können, denn der fuhr freudig fort: »Gar nix! Außer dem Vertrauen zu mir. Dem Vertrauen! Das nämlich hast du ihm nicht nehmen können, du Saubär!«

»Nu na, nu na!« Irgendwie schien das Gespräch an Niveau zu verlieren, irgendwo dämmerte es dem Teufel, daß er ihm eine andere Wendung geben mußte. Aber wie? Da ihm nichts Besseres einfiel, schaute er scheinbar angespannt auf die Erde.

»Oha, oha!« sagte er aufs Geratewohl.

»Bürstelt er sie?« fragte Gott aufgeregt, während er suchend dem Blick des Teufels folgte. Zunächst ohne Erfolg. Endlich aber – der Teufel hatte nämlich in eine ganz falsche Richtung geschaut – fand Gott den jungen Mann wieder, welcher, offensichtlich vor seiner Haustüre angelangt, dem Mädchen noch einmal nahelegte, sich doch unbedingt den Hockney-Band anzuschauen, auch könne er ihr, da es ja bereits ein wenig kühl sei, einen Tee bereiten.

»Bürsteltrick siebzehn«, sagte Gott verächtlich, doch da der Teufel, froh über die Ablenkung, sich weiterer Kommentare enthielt, sahen beide eine Zeitlang schweigend zu, wie der junge Mann mit dem Mädchen zwei Treppen hochstieg, eine Wohnungstür öffnete, seinen Gast in ein möbliertes Zimmer geleitete – offensichtlich lebte er zur Untermiete –, worauf er unter Hinweis auf den versprochenen Tee in der Küche verschwand, wo er auch tatsächlich damit begann, Wasser aufzusetzen und nach einer Kanne zu suchen.

»Apropos Kanne«, sagte der Teufel und griff zum Cognac, während Gott, dem die Zeit ebenfalls lang geworden war, sich wie auch zuvor schon an den Rotwein hielt. »Kuchen gefällig?« fragte er so verbindlich, daß der Teufel sich nicht verkneifen konnte, nach einem eilfertigen »Aber gern« noch ein verschwörerisches »Fast wäre er ja doch naduweißtschonwas« zu äußern.

»Fast wäre wer was?« fragte Gott stirnrunzelnd.

»Dein Knecht Hiob wäre fast ...«

»Was fast?«

»Fast abgefallen.«

»Wie bitte?«

»Nu na – doch nur fast ... Fast beinahe ... Beinahe gar nicht ... eigentlich überhaupt nicht ...«, haspelte der Teufel. »Aber wenn du zum Schluß nicht deine Rede gehalten hättest, ich meine, ohne diese bombige Rede ...«

»Welche Rede?«

»Na, deine Rede an Hiob. ›Weißt du, Hiob, wann es Zeit ist, die Hindin zu schwängern?‹ – diese Rede. Eine ganz großartige Rede. Also ich habe sie jedenfalls gemocht. Ehrlich.«

»Die Hindin?« fragte Gott nachdenklich.

»Nein, deine Rede.«

»Nicht: die Hündin?«

Der Teufel schaute verwundert auf. »Welche Hündin denn?«

Gott nippte mißmutig an seinem Rotwein. »Ich könnte schwören, daß ich von einer Hündin geredet habe und nicht von einer Hindin.«

»O doch! Hindin!« versicherte der Teufel. »Weißt du die Zeit, wann die Gemsen auf den Felsen gebären? Oder hast du gemerkt, wann die Hindin schwanger geht«, fuhr er rezitierend fort. »Hast du gezählt ihre Monde, wenn sie voll werden? Oder weißt du die Zeit, wann sie gebiert?«

»Sie beugen sich«, fiel nun auch Gott ein, »lassen aus ihre Jungen und werden los ihre Wehen. Ihre Jungen werden feist ...« – für einen Moment wußten beide nicht weiter, nachdenklich blickten sie auf das Backwerk – »und immer feister und immer feister«, schlug der Teufel vor, doch nun war es an Gott, ihm auf die Sprünge zu helfen: »Feist und groß im Freien und gehen aus und kommen nicht wieder zu ihnen ... So habe ich zu Hiob geredet! Genau so! Ich habe ihn die schwierigsten Sachen gefragt, und er hat alle Antworten gewußt, alle! So einer war er, mein Knecht Hiob! Alles hat er gewußt, einfach alles!«

Gott wäre wohl noch länger so fortgefahren, hätte nicht ein eigenartig gequälter Gesichtsausdruck des Teufels ihn plötzlich veranlaßt »Ist was?« zu fragen.

»Nicht der Rede wert«, beeilte sich der Teufel zu versichern. »Nur ...«

»Nur?«

»Nur, daß es sich genau umgekehrt verhielt.«

»Umgekehrt?«

»Oder andersrum«, sagte der Teufel mit einem etwas verrutschten Lächeln. »Oder nein, doch umgekehrt. Ich meine: Hiob wußte nichts.«

»Nichts?«

»Aber so erinnere dich doch«, beschwor der Teufel sein Gegenüber. »Hiob hatte sein Unglück beklagt, und du wolltest ihm beweisen, wie unverständig er war. Mittels deiner Rede. Einer ganz, ganz großartigen Rede übrigens. Schon der Einstieg ...«

»Ach ja, der Einstieg«, erwiderte Gott zögernd. »Der Einstieg ...« Einen Augenblick lang schwieg er. »Welcher Einstieg?« brüllte er plötzlich.

»Der zu deiner Rede. Dein Rede-Einstieg, um es kurz zu sagen.« Der Teufel erhob seine Stimme: »Wer ist der, der den Ratschluß verdunkelt mit Worten ohne Verstand? Gürte deine Lenden wie ein Mann, ich will dich fragen, lehre mich!«

»Sag mal – wie redest du eigentlich mit mir?« fragte Gott verblüfft.

»Aber so hast doch du mit Hiob geredet!«

»Ich?«

Schon wollte der Teufel abermals nach abschwächenden oder doch beschwichtigenden Formulierungen suchen, als Gott ihn unerwartet der Mühe enthob.

»Ja! Ich!« rief er strahlend aus. »So einer war ich! Hundert Fragen habe ich dem Hiob gestellt, und nicht eine hat er beantworten können, der Nichtsnutz! Nicht eine! Ich fragte: ›Wer bereitet dem Raben die Speise, wenn seine Jungen zu Gott rufen und fliegen irre, weil sie nichts zu essen haben?‹ Und was antwortete Hiob? Na?«

In gespieltem Unwissen zuckte der Teufel fast überdeutlich die Achseln. »Nichts?« fragte er dann scheinheilig.

»Nichts!« erwiderte Gott mit Nachdruck. »Und was, meinst du, wußte Hiob auf die folgende Frage zu antworten: ›Meinst du, das Einhorn werde dir dienen und bleiben an deiner Krippe?‹ Nun?«

Der Teufel hielt prüfend das Cognac-Glas gegen die tiefstehende Sonne. »Doch nicht etwa nichts?« murmelte er zögernd, wobei sein ›nichts‹ gar nicht mehr zu hören war, da es vollständig von dem triumphierenden ›Nichts!‹ Gottes übertönt wurde: »Gar nichts! Und auf meine Frage nach dem Strauß – überhaupt nichts! Auf meine Frage: ›Kannst du dem Roß Kräfte geben oder seinen Hals zieren mit einer Mähne?‹ Wieder nichts! Oder als ich ihn über Behemoth und Leviathan ausfragte …«

»Worüber?« fragte der Teufel verwirrt.

»Nilpferd und Krokodil nennt man die heute wohl«, erläuterte Gott.

»Ach ja, richtig«, sagte der Teufel. »Und? Was war da?«

»Nichts, nichts und wieder nichts!« schnaufte Gott begeistert.

»Was ja nicht gerade viel ist!« stimmte der Teufel mit ein.

»Äußerst wenig!« rief Gott glühend.

»So gut wie gar nichts!« übertrumpfte ihn der Teufel.

»Sag ich doch: Nichts, nichts und wieder nichts!«

Für eine Weile schien es so, als hätte Gott das letzte Wort behalten. Der Teufel brummte zwar noch etwas von »Das muß gefeiert werden«, hob auch prostend das Glas, doch dann blickten beide schweigend in die Abendröte, die sich bereits anschickte, der beginnenden Nacht zu weichen.

»Was macht unser Bürstelfreund eigentlich?« sagte Gott plötzlich in die Stille und darauf: »Nein, das gibt's doch nicht!«

»Was?« Der Teufel hatte etwas Mühe, Gottes Zeigefinger zu folgen, aber dann sah auch er den jungen Mann. Der saß nun neben dem jungen Mädchen, doch sie auf einer Couch, während er auf einem Sessel Platz genommen hatte und gerade die Seiten eines großformatigen Buches umblätterte, welches auf dem niedrigen Glastischchen lag, umgeben von einer Teekanne, zwei Teetassen und einem Aschenbecher. Daß Hockney sich ständig um neue Formulierungen des Themas ›Wasser‹ bemüht habe, erläuterte der Umblätternde, bei diesem Bild hier handle es sich um eine extrem unnaturalistische Umsetzung, geradezu abstrakt-dekorativ in seiner betonten Linienführung, das werde besonders deutlich, wenn man es mit ›A bigger splash‹ vergleiche – worauf der junge Mann etwas nervös hin und her blätterte, bis er das Bild mit dem Sprungbrett und dem sehr realistisch aufschäumenden Wasser gefunden hatte ...: Da!

»Läuft wohl nicht viel mit Bürsteln«, sagte der Teufel, wobei er allerdings jeden rechthaberischen Tonfall vermied.

»Sieht nicht danach aus ...« Stirnrunzelnd beugte sich Gott abermals vor. »Sieht ganz und gar nicht danach aus ...« Geistesabwesend starrte er auf den Teufel. »Dabei hätte ich schwören mögen, daß er sie bürsteln würde ...«

Nun war es bereits so dunkel, daß die ersten Sterne sichtbar wurden. »Wie heißt er eigentlich?« Gott schaute sich ruckartig um, doch da war niemand, der ihm hätte Auskunft geben können.

»Mir ...«, begann der Teufel.

»Mir? Seit wann heißt jemand Mir?« fragte Gott überrascht.

»Nein, nein – mir war so, als habe das Mädchen den Mann vorhin Ewald genannt«, sagte der Teufel, der noch versuchte, ein rasches »Prost auch« anzuhängen, doch so weit kam er gar nicht, denn »Ewald?« sagte Gott und »Ewald!« und dann »Mein Knecht Ewald!« und schließlich, nun schon voller Begeisterung: »Ewald! Das ist mein Knecht Ewald, an dem ich Wohlgefallen habe. Andere mögen meine Gesetze mißachten, ihre Tage sind ein Rauch, und ihre Nächte verbringen sie beim Bürsteln, eine Trauer sind sie mir und ein Ekel, doch da ist einer, der hat seinesgleichen nicht im Lande, der ist schlicht und recht, gottesfürchtig und meidet das Böse – mein Knecht Ewald!«

»Nu na, nu na«, wollte der Teufel zu bedenken geben, irgendwie ging ihm das alles zu rasch; doch da haute Gott feierlich auf den Tisch und fragte: »Willst du ihn nicht versuchen?«

»Wen?«

»Ihn da. Meinen Knecht Ewald.«

»Aber warum denn?« stammelte der Teufel verblüfft.

»Warum hast du denn meinen Knecht Hiob versucht?«

»Aber das war doch was ganz anderes!«

»War genau dasselbe!« Noch immer hämmerte Gott auf den Tisch, doch nun bereits in einem fordernden, fast wütenden Rhythmus. »Knecht ist Knecht. Da wird man schon mal verlangen können, daß er auch in schweren Zeiten zu mir hält.«

»Immer ich!« Der Teufel seufzte auf.

»Wer sonst?«

»Und wie stellst du dir das Versuchen vor?« wollte der Teufel wissen.

»Bin ich der Versucher oder du?« fragte Gott barsch zurück. »Nimm ihm irgendwas weg. Zum Beispiel seine Frauen.«

»Aber er hat doch gar keine.«

»Dann seine Söhne!«

»Hat doch nicht mal Frauen!«

»Dann seine Herden«, verlangte Gott, nachdem er den Gedanken an Töchter selbst verworfen hatte.

»Seine Herden!« Der Teufel griff in gespielter Verzweiflung zur Flasche. »Mitten in der Großstadt?«

»Dann eben seine Herde!«

Der Teufel sah Gott lauernd an, doch in dessen gerötetem Gesicht war kein Augenzwinkern zu entdecken. Daher schien es ihm geraten, einen sachlichen Tonfall anzuschlagen: »Es ist kaum denkbar, daß der junge Mann mehr als einen Herd besitzt, ja selbst dies möchte ich in aller Offenheit bezweifeln, da er ja zur Untermiete wohnt und ...«

Gott, der während dieser Ausführungen wie abwesend in die Luft gestarrt hatte, riß plötzlich die Augen auf und sah den Teufel groß an: »Aber du wirst ihm doch wohl noch irgendwas wegnehmen können? Oder?!«

Der Teufel tat so, als denke er nach. Weshalb war alles immer so schwierig? Warum war sein Glas schon wieder leer? Wieso mußte ausgerechnet er immer in solch ungemütliche Situationen geraten?

»Na?« fragte Gott.

In seiner Verwirrung fiel dem Teufel nichts Besseres ein, als abermals angeregt auf die Erde hinabzublicken und aufs Geratewohl »Oha! Oha!« zu sagen. Doch diesmal hatte er Glück.

»Ist was?« fragte Gott sich vorbeugend. »Das darf doch nicht wahr sein!« schrie er sodann und schließlich: »Welch eine Ratte! Schau dir doch nur diese Ratte da an!«

»Welche Ratte denn nun schon wieder!?« seufzte der Teufel, während er angestrengt in alle Richtungen blickte. Warum war da unten alles so undeutlich? Wieso wirkte alles derart verschwommen?

»Na, welche Ratte wohl?« Gott deutete erregt zur Erde. »Mein Bürstelknecht Ewald natürlich, wer denn sonst?«

»Bürstelknecht?« Doch nun sah der Teufel es auch: Nicht länger saßen der junge Mann und das Mädchen auf getrennten Möbeln, sondern nebeneinander auf der Couch. Kein Kunstband lag aufgeschlagen vor ihnen, eine entkorkte Flasche und zwei Gläser hatten seinen Platz eingenommen. Nicht mehr um Hockney drehten sich die Reden des jungen Mannes, sondern darum, wie denn das Ding da aufzukriegen sei, womit er offensichtlich den Büstenhalter meinte, an dessen rückwärtigem Teil seine Hände sich unter dem Pullover des Mädchens zu schaffen machten, ohne jedoch auf die erwarteten Haken und Ösen zu stoßen.

»Vielleicht will er ihr lediglich ... also den Rücken ... wollen mal sagen ... kraulen?« fragte der Teufel halbherzig, doch Gott, der bereits zu einer hohnlachenden Antwort hatte ansetzen wollen, wurde dieser Mühe durch das Mädchen enthoben, das plötzlich entschlossen seinen Pullover abstreifte und vor den verwunderten Augen des jungen Mannes – sowie denen der beiden anderen, ihr verborgenen Zuschauer – den Büstenhalter dort aufhakte, wo der junge Mann auf Grund seiner bisherigen Erfahrungen zuallerletzt angesetzt hätte, vorne nämlich, da, wo sich zwischen den Körbchen ein von einer Textilblume verdeckter Verschluß befand.

Für einen Moment schwiegen alle vier, das Mädchen lächelnd, der junge Mann verblüfft, Gott mit einem triumphierenden Seitenblick auf den Teufel, und der mit gespielter Betretenheit. Doch als der junge Mann das zu tun begann, was nach Lage der Dinge unausweichlich zu tun war, wandte sich Gott brüsk vom Ort des Geschehens ab, entriß dem Teufel die Cognac-Flasche, stellte sie knallend auf den Tisch und fragte: »Wie spät haben wir es eigentlich?«

»Nacht«, sagte der Teufel und deutete mit einer schwankenden Handbewegung auf die Sterne, die bereits seit einiger Zeit in vollständigem Glanze erstrahlt waren.

»Vor zehn oder nach zehn?« fragte Gott hart. Der Teufel musterte verlegen das Firmament. Wieso wackelten die Sterne eigentlich so? »Um zehn«, sagte er schließlich, um überhaupt was zu sagen.

»Um zehn ...« Gott überlegte etwas, dann erhob er sich derart plötzlich, daß der Teufel Mühe hatte, das Tischchen und die Flaschen vor dem Umstürzen zu bewahren. »Ich muß noch einmal mit meinem Knecht Ewald reden«, sagte Gott erläuternd und wollte sich bereits zum Gehen wenden, als der Teufel, welcher unvermutet den, wie er sagte, bisher doch sehr netten Abend in Gefahr sah, plötzlich zu unerwarteter Eloquenz und Überzeugungskraft auflief.

Ob es denn nötig sei, daß Gott selber bei seinem Knecht vorspreche, gab er zu bedenken. Ob er damit nicht irgendeinen Stellvertreter auf Erden beauftragen könne? Nein, nicht den Papst, räumte er auf eine entsprechende Gegenfrage Gottes ein, bis der sich von Rom aus in Trab gesetzt habe, nein, nein, er denke da an irgend jemanden aus der Nachbarschaft des jungen Mannes, irgendein Nachbar könnte doch genausogut in seinem, Gottes, Namen zu ihm da unten reden, etwa die – der Teufel überlegte kurz, dann schaute er Gott aus kleinen, aber glänzenden Augen an – die Zimmerwirtin. Die habe doch ohnehin darüber zu wachen, daß in ihren vier Wänden der – nennen wir es ruhig einmal so – Unzucht kein Vorschub geleistet werde, nach zehn dürfe sie daher jederzeit nach dem Rechten sehen, Gott brauche also lediglich seinen Geist über sie auszugießen, den Rest werde diese – und nun riß es den Teufel fort – ebenso prächtige wie gottesfürchtige Frau sicherlich zur vollsten Zufriedenheit abwickeln, sie aber, und damit meine er jetzt den Gastgeber und sich – doch nun verstummte er, da Gott sich ächzend in den Sessel fallen ließ und eine Weile nachdenklich auf die Tischplatte starrte.

»Die Wirtin?« sagte er schließlich. »Name?«

»Reinig«, antwortete der Teufel, welcher so geistesgegenwärtig gewesen war, sich das kleine Blechschild an der Wohnungstür zu merken.

»Liegt wahrscheinlich schon längst im Bett«, brummte Gott mißmutig.

»Nein, nein, sie wischt gerade noch einmal die Küche auf«, versicherte der Teufel. »Da!«

»Tatsächlich.«

Eine Weile schauten beide der älteren Frau dabei zu, wie sie durch die bereits blitzblanke Küche schlurfte und gedankenverloren mit einem befeuchteten Lappen über Flächen, Bleche und Rohre fuhr, dann lehnte sich Gott zurück. »Wenn du meinst«, sagte er gedehnt, und mit diesen Worten goß er seinen Geist über Frau Reinig aus.

Am nächsten Tag begegnete der Kunstgeschichtestudent Ewald S. in der Mensa seinem Freund, dem Psychologiestudenten Peter M., welchen er mit der Behauptung, er müsse ihm unbedingt etwas erzählen, an einen der unbesetzten Tische zog, um ihm überstürzt folgendes mitzuteilen: Also er, Ewald, habe gestern abend die Gesine, ja, die kleine Anglistin, abgeschleppt, alles sei auch schon prima gelaufen, als plötzlich kurz nach zehn die Wirtin an die Tür geklopft habe. Nein, nein, nicht um Damenbesuch nach zehn sei es ihr gegangen, ja, ja, das wisse er, daß das kein Straftatbestand mehr sei, nein, sie habe vielmehr – aber hoffentlich kriege er das alles noch zusammen, was sie da zusammengeredet habe. Also erst mal habe sie ihn aufgefordert, seine Lenden zu gürten wie ein Mann – möglicherweise habe er beim Öffnen bereits einen etwas derangierten Eindruck geboten –, dann habe sie ihn gebeten, sie zu belehren, worauf ein Wasserfall von Fragen gefolgt sei, die ihm auch jetzt noch, Stunden darauf also, nicht aus dem Kopf gingen. Ob er, Ewald, die Bande der sieben Sterne zusammenbinden oder das Band des Orion auflösen könne. Oder: Wer dem Platzregen seinen Lauf ausgeteilt habe. Oder: Ob er vernommen habe, wie breit die Erde sei. Dann habe es Frau Reinig plötzlich mit den Tieren gehabt. Um Gemsen sei es gegangen, um irgendeine Hindin und um Raben. Dann habe sie des längeren vom Strauß erzählt, dessen Fittich sich fröhlich hebe, der aber seine Eier in der heißen Erde vergesse, da Gott ihm die Weisheit genommen und keinen Verstand zugeteilt habe, und welcher – also der Strauß immer noch – zu der Zeit, da er hoch auffahre, beide verlache, Roß und Mann. Schon wollte der Freund zu Erklärungen ansetzen, schon hatte er den Begriff »Klassische Paranoia« in den Redefluß des erregten Kommilitonen geworfen, als der ihn um Ruhe bat, er müsse zuerst noch den Rest der Ausführungen seiner Wirtin loswerden – soweit er sie überhaupt noch zusammenbekomme. Ja! Da sei es dann längere Zeit um das Nilpferd gegangen, dessen Schwanz sich recke wie eine Zeder und das den Strom in sich schlukke, ohne es groß zu achten, dann aber habe Frau Reinig plötzlich das Thema gewechselt und ihn gefragt, ob er das Krokodil mit dem Hamen ziehen könne und seine Zunge mit einer Schnur fassen. Um sie zu besänftigen, und auch aus Rücksicht auf Gesine – die saß doch die ganze Zeit halbnackt auf der Couch! –, habe er diese Fragen strikt verneint, doch die Wirtin sei zu weiteren, immer anzüglicheren Fragen übergegangen, etwa der, ob er mit dem Krokodil wie mit einem Vogel spielen oder es für seine Dirnen anbinden könne. Ob er es wagen würde, die Kinnbacken seines Antlitzes aufzutun – nein! nicht meine, die des Krokodils! –, von dem die Frau Reinig noch gesagt habe, ja, wörtlich: Schrecklich stehen seine Zähne umher.

Und das sei nicht alles gewesen, fuhr Ewald beschwörend fort, die Frau habe dem Krokodil noch einen Mund voller feuriger Fackeln angedichtet und ein Herz so hart wie ein unterer Mühlstein, und unten an ihm seien scharfe Scherben, es fahre wie ein Dreschwagen über den Schlamm, und auf Erden sei seinesgleichen niemand, es verachte alles, was hoch ist, es sei ein König über alles stolze Wild – ausgerechnet das Krokodil!

Und dann?

Dann sei die Wirtin auf einmal verstummt und wieder weggeschlurft, doch mit Gesine sei natürlich nichts mehr gelaufen, die habe nach dem ganzen Terror sofort nach Hause gewollt, und er habe sie unter diesen Umständen natürlich auch weder zum Bleiben bewegen können noch wollen – die wahnsinnige Wirtin hätte ja jeden Moment wiederkommen und zu noch handgreiflicheren Belästigungen übergehen können.

Nachdem er bedenklich die Stirn gekraust hatte, stellte der Freund einige gezielte Fragen, dann entwickelte er aus dem Stand mehrere Hypothesen, die schließlich in einer einzigen, der des Sexualneides, zusammenliefen, zu deutlich hätten sich Begriffe durch ihre Reden gezogen wie Lenden, Eier, Schwanz, Hamen – was immer das konkret bedeute –, und vor allem seien ihm die häufigen Anspielungen auf jenen ominösen ›Unten‹-Bereich aufgefallen, die Frau Reinig wiederum sämtlich dem Krokodil – übrigens ein sicher nicht zufällig sehr schwanzbetontes Tier! – zugeordnet habe, all diese merkwürdigen Mühlsteine und Scherben, welche zweifelsfrei darauf schließen ließen, daß Frau Reinigs Sexualneid in einer tiefen Sexualangst wurzele.

»Nun hör dir doch diese Ratte an«, sagte Gott und stieß den immer noch schlafenden Teufel in die Seite. Der schreckte hoch und blickte aus sehr kleinen, sehr geröteten Augen auf leere Teller, verwüstete Kuchen, umgestürzte Gläser und halbvolle Flaschen, sodann, angestrengt den Kopf hebend, auf sein Gegenüber, das, bereits wieder hellwach und zürnend, auf die Erde deutete. »Welch eine Ratte!« wiederholte er voller Ingrimm. »Welch eine bodenlose Ratte!«

»Er wird sie doch nicht immer noch bürsteln?« fragte der Teufel verstört, während er verzweifelt versuchte, Gottes Fingerzeig zu folgen. »Nicht doch«, schrie er fast. »Er bürstelt sie in der Mensa? Aber nein«, fuhr er erleichtert fort, »dein Knecht Ewald redet ja nur mit jemandem. Sieht eigentlich ganz nett aus.«

»Wer?«

»Na, der da. Sein Gesprächspartner.«

»Der?« Gott lachte höhnisch auf. »Siehst du denn gar nicht, was der mit meinem Knecht Ewald vorhat?«

»Hat der was mit ihm vor?« Der Teufel riß die Augen auf und bemühte sich, ein Höchstmaß an Aufmerksamkeit an den Tag zu legen. Wenn ihm nur nicht immer der Kopf so hinabgesunken wäre. Warum sank ihm eigentlich der Kopf immer so hinab? »Will er ihn etwa – bürsteln?« fragte er noch, bevor sein Kopf wieder auf der Tischplatte aufschlug.

»Bürsteln? Ach was! Schlimmer! Viel schlimmer! Wenn ich mich nicht sehr täusche, dann ist der gerade dabei, meinen Knecht Ewald zu versuchen!« sagte Gott schneidend.

»Versuchen? Von deinen Gesetzen abbringen und so?« Der Teufel schien betroffen. »Aber das ist doch eigentlich meine Aufgabe!« versuchte er mit einem Rest von Würde zu sagen. Wenn er nur seinen Kopf vom Tisch bekommen hätte! Wieso bekam er eigentlich nicht seinen Kopf vom Tisch?

Gott lehnte sich zurück und blickte prüfend auf den Teufel, welcher schon wieder damit begonnen hatte, unüberhörbar vor sich hin zu schnarchen. Nicht mehr lange, schien sein Betrachter zu denken, nicht mehr lange! Doch hier sollte die Geschichte wohl besser schließen, denn wer darf schon von sich behaupten, er kenne sich aus in SEINEN Gedanken?

Eine Frau zwischen zwei Männern

An einem Dienstagabend wartete ein Kulturredakteur in einem griechischen Lokal auf das Eintreffen einer Bekannten, mit der er, aber das lag lange zurück, ein Verhältnis gehabt hatte. Schon damals war sie unpünktlich gewesen, und so kränkte es ihn nicht weiter, daß sie sich nicht zum vereinbarten Zeitpunkt eingefunden hatte. Im FAZ-Magazin blätternd, trank er vom trockenen Weißwein und vertiefte sich schließlich in eine Rubrik des Magazins, ›Fragebogen‹, der diesmal vom Fußballtrainer Hennes Weisweiler beantwortet wurde: »Der Fragebogen, den der Schriftsteller Marcel Proust in seinem Leben gleich zweimal ausfüllte, war in den Salons der Vergangenheit ein beliebtes Gesellschaftsspiel. Wir spielen es weiter: heitere und heikle Fragen als Herausforderung an Geist und Witz.«

Bei Hennes Weisweiler freilich schien diese Herausforderung ins Leere gelaufen zu sein; selten hatte der Redakteur, der die seit Jahren erscheinende Rubrik regelmäßig verfolgte, derart glanzlose Antworten gelesen:

Was wäre für Sie das größte Unglück? Atomkrieg. Wer oder was hätten Sie sein mögen? Was ich bin. Was möchten Sie sein? Schriftsteller. Ihr Traum vom Glück? Meisterschaften und Pokale gewinnen.

Pokale! Der Redakteur schaute auf die Uhr, die bereits 40 Minuten nach acht zeigte, das gab ihm doch einen Stich. Nicht, daß er sich besonders auf das Kommen seiner Bekannten gefreut hätte, es war so etwas wie ein Routinetreffen, dann und wann sah man sich eben, man war ja nicht im Streit geschieden und wollte einander nicht völlig fremd werden, zu gewinnen war da nichts mehr, also auch nichts zu verlieren – doch ihre gänzliche Nachlässigkeit verletzte den Redakteur. Wie kam es eigentlich, daß Menschen, die einander nicht mehr zu entrücken vermochten, einander immer noch kränken konnten? Für einen Moment glaubte der Redakteur mit dieser Frage an etwas sehr Tiefes und Ungeklärtes zu rühren, an etwas, das geheimnisvoll drohend zwischen den Geschlechtern stand, jeder Lust und Verzückung bereits von Anfang an beigemischt und am Ende der schreckliche Bodensatz jedweder Verzauberung, als ihm einfiel, daß er am Vormittag bereits von seinem Gemüsehändler gekränkt worden war – der hatte ihm, der gerade eine Mangofrucht prüfte, ungewaschene Pfoten vorgeworfen –, ohne daß doch dieser Krämer ihn jemals nennenswert entrückt hätte. War also nichts mit Tief und Ungeklärt – schade. Mißmutig las der Redakteur weiter:

Ihr Lieblingsschriftsteller? Jack London. Ihr Lieblingslyriker? Heinrich Heine.

Jäh schauderte es den Lesenden bei der Vorstellung, wie es in diesem Trainerkopf ausschauen mochte, in welchem Loreley und Wolfsblut einträchtig auf dem Felsen saßen und einander das reichliche Haar kraulten – oder stapfte da König Alkohol geradewegs durch ein Wintermärchen? Er wollte das Heft schon zuklappen, als er mit der Wachheit des Wartenden wahrnahm, wie seine Bekannte das Lokal betrat und suchend die Tische musterte. Rasch starrte er wieder angestrengt ins Magazin:

Wie möchten Sie sterben? Schnell.

Doch ebenso schnell hatte die Bekannte ihn ausgemacht: »Hallo, Gerhard, das hier ist Ralf, Ralf, das hier ist Gerhard.«

Erneuter Stich, tiefere Verletzung, fast schien es so, als wolle die Bekannte beidem zuvorkommen, so rasch sprudelten ihre Erklärungen. Also Ralf, übrigens Lektor im XY Verlag, sei zufällig auf der Durchreise, und da sie sowohl Ralf habe sehen als auch ihn, den Redakteur, habe treffen wollen, sei sie auf den Ausweg verfallen, Ralf gleich mitzubringen, er habe doch sicher nichts dagegen.

»Nein, nein, überhaupt nicht.«

»Das freut mich«, sagte der Lektor und stellte etwas ächzend eine schwere Reisetasche ab. Wieso lief der eigentlich mit einer derart schweren Reisetasche rum? Ach ja, er war ja auf der Durchreise.

Der Redakteur hatte natürlich eine Menge gegen Ralf. Wer war ihm Ralf? Er hatte sich auf ein erinnerungsgesättigtes Tête-à-tête gefreut, auf die wärmende Bandbreite unschuldiger Intimitäten, letzte Reste ehemaligen Feuers, von gezielt zufälligen Berührungen bis hin zu reaktivierten biographischen Details – »Ach ja, richtig, du trinkst ja keinen Kaffee« –, und nun dies. Was lief da überhaupt? Fast etwas zu aufgeräumt wies der Redakteur auf die leere Bank an der ihm gegenüberliegenden Tischseite, beinahe erleichtert registrierte er, daß sich die beiden nicht nebeneinander setzten, sondern Ralf alleine auf die Bank rutschte, während seine Bekannte den Stuhl an der Stirnseite des Tisches einnahm.

Ach ja, und die Verspätung – die Bekannte tippte den Redakteur flüchtig auf den Handrücken –, das sei nämlich so gewesen: Jemand hatte ihren in der Nähe der Volkshochschule abgestellten Wagen zugeparkt, trotz Hupens sei niemand aus einem der anliegenden Häuser gekommen. Sie hätten eine Zeitlang wartend im Wagen gesessen – nicht wahr, Ralf? –, dann sei ihr die Geduld gerissen – aber echt! –, sie sei schon ausgestiegen, um dem Schwein die Windschutzscheibe zu verkleben …

»Wie bitte?«

»Ich hatte zufällig einen Haufen Paketaufklebekarten dabei, mit denen wollte ich ihm die Scheibe zupflastern.«

»Und?«

»Und wie ich gerade meine erste Karte aufpappen will, da sehe ich, daß da jemand zusammengesunken im Wagen sitzt und seelenruhig pennt. So war es doch, Ralf?«

Wieder ein Stich – wenn die beiden bereits diese Geschichte miteinander teilten, was mochte sie sonst noch alles verbinden? –, doch dann überwog die Freude des Redakteurs am glänzenden Einfall seiner Bekannten. Paketaufkleber! Sollte man sich für ähnliche Fälle merken! Und wie ging's weiter?

Wie zu erwarten. Zum Kleben sei sie natürlich nicht mehr gekommen, leider, den Typ da aber habe sie sehr unsanft aus seinem Schlummer gerissen, und ihre Meinung habe sie ihm auch gesagt, nicht zu knapp, der habe daraufhin fluchtartig Leine gezogen, na ja, Schwamm drüber, nun seien sie ja hier.

Ein Ober brachte drei in Kunststoff geschlagene Speisekarten, als Kenner des Lokals sah sich der Redakteur aufgefordert, den anderen Entscheidungshilfe zu leisten, und nach allerlei rhetorischen Fragen – »Was ißt man denn hier?« – Grundsatzerklärungen – »Ich wollte heute eigentlich gar nichts mehr essen« – und stützenden Einwürfen – »Der Gyros ist hier ganz ordentlich« – wußten schließlich alle, was sie wollten: »Einmal Moussaka.«

»Mir das Riganato.«

»Und ich hätte gern Gyros und, nein, erst mal nur Gyros.«

»Jiros«, verbesserte der Redakteur, da seine Bekannte das Gericht mit einem harten G und einem ü ausgesprochen hatte.

»Hier steht aber Gyros.«

»Es heißt aber Jiros.«

»Ach was. Einmal Gyros.«

»Und zu trinken?« fragte der Ober. Natürlich auch zu trinken. Ein halber Liter Demestika für alle? Ach nein, bringen Sie doch gleich einen ganzen Liter!

Entspannt, wie nach getaner Arbeit, lehnten sich alle zurück und ließen die Blicke schweifen.

»Nett hier«, sagte der Lektor.

»Ich geh eigentlich nicht mehr so oft zu Griechen«, sagte die Bekannte.

»Grieche ist nicht gleich Grieche«, sagte der Redakteur.

Dann herrschte Ruhe; als Ruhe vor dem Sturm kam sie dem Redakteur vor, dann eben Sturm, dachte er trotzig, heute spiel ich mal nicht den Verbindlichen, sollen die doch diesen Part übernehmen, der doch, korrigierte er sich, doch wie immer in solchen Fällen war er es, der schließlich das Schweigen brach: »Und du? Hast du immer noch mit deinen Legasthenikern zu tun?«

Hatte sie schon lange nicht mehr. Das Praktikum sei doch befristet gewesen, nun warte sie auf eine Stelle und arbeite aushilfsweise in der Volkshochschule – der Redakteur, der bereits seit Jahren nicht mehr in der Lage war, den verschlungenen Ausbildungsgängen seiner Bekannten zu folgen, rettete sich in gut plazierte Achsos und Achjarichtigs, schaute mal finster-ungläubig, wenn von unglaublich finsteren Streichungen im Sozial- und Bildungssektor die Rede war, und mal verwundert-spöttisch, wenn die Bekannte darüber spottete, die da oben würden sich noch mal wundern, wenn die Folgen solcher Restriktionspolitik – doch mitten in ihre Klagen trug der Ober die Gerichte auf. »Das Riganato ist für mich.«

»Sieht ja lecker aus.«

»Kann ich noch etwas Zitrone haben?«

Zugleich kam auch der Wein, für einen Moment blickten alle auf das randvolle Kupfergefäß und die leeren Gläser, bis der Redakteur dem Lektor, der bereits die Hand ausgestreckt hatte, flink zuvorkam und das Einschenken besorgte. Heimvorteil? Unsicherheiten beim Gegner? Oder nur ein taktisches Manöver? Der Redakteur wandte sich dem Riganato zu.

Kleine Gespräche begleiteten das Essen. Eine Zeitlang drehten sie sich um den Verlag, in welchem der Lektor angestellt war und dessen Produktion der Redakteur behutsam zu sezieren begann, nicht lange, denn der Lektor entwand ihm geschickt das Skalpell, indem er freimütig zu erkennen gab, daß er der letzte wäre, der sich mit der Richtung des Hauses in toto identifizieren könnte. Im Detail aber wußte er so bezeichnende und erheiternde Begegnungen mit Dichtern und Auseinandersetzungen mit Kaufleuten zu schildern, daß der Redakteur in das Gelächter seiner Bekannten miteinstimmen mußte. Ich Blödmann, dachte er dabei.

Dann wurde abgeräumt und eine neue Kerze angezündet. Sinnend strich sich der Lektor durch den schönen Bart, versunken studierte die Bekannte nochmals die Speisekarte, langsam zerlegte der Redakteur ein Streichholz in mehrere gleich lange Teile, die er mit beinahe heftiger Bewegung in den Aschenbecher warf. Interessierte sich eigentlich niemand für das, was er gerade machte?

Offenbar nicht. Vielmehr sprach seine Bekannte den Lektor – ihren Bekannten, dachte der Redakteur verbittert – auf eine offenbar gemeinsame Bekannte an und auf deren offenkundige Schwierigkeiten mit ihrem Freund, der sich nicht von seiner Frau trennen wolle, obwohl doch deren Freund – Scheiße, dachte der Redakteur, während immer undurchsichtigere, den beiden Plaudernden aber bestens geläufige Namen fielen, und halblaut sagte er: »Scheiße.« Fast erschrocken hielt er sich die Hand vor den Mund, beinahe ostentativ lehnte er sich zurück. Er, der während ihrer gemeinsamen Zeit so viel Stolz darein gesetzt hatte, niemals eifersüchtig zu sein, spürte auf einmal, wie er alle Anzeichen der Eifersucht entwickelte, angefangen vom Schmollen über das Sichentziehen bis hin zum – aber das fehlte noch, daß er auch noch direkt werden würde. Nein, das würde er denn doch nie werden. Er doch nicht.

Er wurde es wenig später, als eine Gesprächspause eintrat, da der Wein alle war. »Bestellen wir noch einen halben

Liter?« fragte er, um sogleich hinzuzufügen, er jedenfalls könne einen ordentlichen Schluck vertragen, diese Art von heillosen Beziehungskisten schlage ihm regelmäßig auf den Magen. Erstaunt schauten ihn die beiden anderen an. »Ist was?« fragte seine Bekannte.

»Ach nein, nichts«, antwortete er zunächst; doch da er spürte, daß er seinen Unmut zu begründen hatte, wollte er nicht als Übelnehmer und Sauertopf dastehen – prüfend musterte ihn seine Bekannte, forschend beugte sich der Lektor vor, so daß beider Schultern einander in aller Unschuld berührten, wirklich in aller Unschuld? –, da also griff der Redakteur trotzig nach dem nächstbesten rettenden Strohhalm und berichtete, er sei im Moment ganz einfach etwas sauer, da sein Ressortleiter bereits zum zweiten Male einen von ihm verfaßten Beitrag über Hitchcock geschoben habe, und der hätte doch eigentlich bereits vor einer Woche in der Samstagsbeilage kommen sollen, anläßlich des Beginns der Hitchcock-Retro im Kommunalen Kino.

»Kann man denn zu Hitchcock überhaupt noch etwas Neues sagen?« fragte der Lektor, und für einen Moment zögerte der Redakteur, diese Frage zu beantworten. War sie interessiert gemeint? Lediglich hilfreich? Gar tückisch?

Vorsichtig setzte er seine Worte, wie auf Eis, stets auf ein Knacken gefaßt: »Nein, nein, nichts wirklich Neues. Ich habe anläßlich der Retro und anhand einiger Filme und Selbstzeugnisse lediglich den Suspense-Begriff Hitchcocks erläutert und vor allem auf den Unterschied zwischen dem wichtigen Suspense selber und seinen stets nichtigen Anlässen hingewiesen, indem ich letztere mal chronologisch aneinandergereiht habe, all die Geheimformeln, die kriegswichtigen Chemikalien, die Regierungsgeheimnisse ...«

»Die MacGuffins also«, sagte der Lektor.

»Die was?« fragte die Bekannte.

Der Lektor und der Redakteur wechselten einen Blick. Wer war mit Erklären dran? Schon wollte der Redakteur in

Angriffsstellung gehen, als ihm ein Kopfnicken des Lektors signalisierte, daß der ihm das Hitchcock-Terrain kampflos überließ. Gelassener referierte er daher, wie Hitchcock selber den Begriff des MacGuffin interpretiert habe, daß der ein Trick sei, ein Vorwand, Personen in Gang zu setzen, sie dazu zu veranlassen, sich in lebensgefährliche Situationen zu begeben, letztlich für nichts und wieder nichts, da der MacGuffin wie gesagt nichts beinhalte, sondern lediglich eine Marschrichtung angebe, in ›Eine Dame verschwindet‹ beispielsweise sei der MacGuffin …

»Meinst du jetzt diesen jungen Musikwissenschaftler, diesen … diesen …« – die Bekannte schaute etwas unsicher vom Redakteur zum Lektor, worauf die beiden Männer nach kurzem Blickaustausch ebenfalls nachdenklich die Tischplatte musterten: An wem war es nun, die Bekannte über ihren Irrtum aufzuklären?

»Du kennst den Film?« fragte der Lektor schließlich. Ja sicher, bestätigte die Bekannte, den habe sie doch schon zweimal gesehen, einmal im Kino und einmal im Fernsehen, an einen MacGuffin freilich könne sie sich beim besten Willen nicht erinnern.

»Der MacGuffin ist die Melodie«, sagte der Lektor und fügte fast entschuldigend hinzu, er sei momentan in Hitchcock ziemlich firm, da er vor kurzem eine in den Staaten erschienene Hitchcock-Biographie daraufhin zu prüfen gehabt habe, ob sie etwas für das Verlagsprogramm sei.

»Die von Spoto?« fragte der Redakteur.

»Ja, ja, genau die.«

Der Redakteur, der seine Bekannte kannte, spürte deren Verärgerung. Er wußte, daß er am Scheideweg stand. Wenn er jetzt zur Bekannten hielt, konnte er Ralf mit Leichtigkeit in die Defensive drängen, vielleicht sogar gänzlich ausspielen. Obwohl er darüber unterrichtet war, daß seine Bekannte nach ihm andere Männer gehabt hatte, war ihm das immer wie ein unglaublicher, ja unglaubwürdiger Frevel erschienen: Du sollst nicht andere Männer haben nach mir. Eines freilich war es gewesen, von den anderen lediglich zu wissen – Das werden schon Typen sein! Ha! –, ein anderes aber, einen dieser anderen in Fleisch und Blut vor sich zu sehen. Hatten die beiden bereits was miteinander? Wollten sie etwas miteinander haben?

»Das begreife ich jetzt nicht«, sagte die Bekannte.

»Was?« fragte der Lektor.

»Das mit der Melodie. Die war doch ohne Text.«

»Ja, natürlich.«

»Und wieso sagst du dann, daß das die MacGuffin-Melodie war?«

»Nein, nein, das habe ich nie gesagt. Ich sagte nicht: ›Das war die MacGuffin-Melodie‹, sondern: ›Die Melodie ist der MacGuffin.‹«

Kopfschüttelnd schlug die Frau auf den Tisch. Aber das sei doch Unfug. Eine Melodie könne doch keine Person sein. Man könne doch höchstens eine Melodie einer Person zuordnen. Beispiel: die Schiwago-Melodie. Beifallheischend schaute sie den Redakteur an. Der wußte, daß er sich nun blitzschnell entscheiden mußte. Schlug er sich auf die Seite seiner Bekannten, stünde der Lektor auf verlorenem Posten: einer gegen zwei, ein, zumindest für diesen Abend, wiederhergestelltes Paar gegen den Rest der Welt. Ein kleines *sacrificium intellectus* – und dieser Ralf würde für den weiteren Abend kein Land mehr sehen. Und hatte er das nicht tausendfach verdient? Er, der so unsensibel das so delikate Gleichgewicht ihres so erinnerungsträchtigen Treffens aus der Balance gebracht hatte? Ihres! Der Plural wärmte den Redakteur und erschreckte ihn fast. Gewiß, eigentlich hatten sie nur noch eine gemeinsame Geschichte, nicht mehr. Wirklich nicht? Wäre nicht auch eine gemeinsame Gegenwart wiederherstellbar? Wenigstens kurzfristig? Und sei es auch nur, um diesen Ralf da in die Schranken zu weisen? Der Redakteur wußte, daß seine Bekannte immer noch alleine wohnte. Lebte sie auch allein? Und wo übernachtete der Lektor eigentlich? Der Blick des Redakteurs fiel auf die Reisetasche seines Gegenübers. Das sah nicht gerade nach fester Unterkunft aus. Wollte der heute noch weiter? Aber fuhren so spät überhaupt noch Züge?

Er schaute verstohlen auf die Uhr – schon immer hatte es seine Bekannte gekränkt, wenn er in ihrer Gegenwart auf die Uhr geschaut hatte –, gerade wollte er die MacGuffin-Affäre mit einem Scherz vom Tisch wischen, um seine Bekannte sodann in derart gemeinsame Erinnerungen zu verstricken, daß der Lektor früher oder später glasklar erkennen müßte, wie völlig fehl am Platz er sei, gerade wollte er zu ihr überlaufen – und er wußte auch bereits, wie er dieses erneuerte Bündnis sinnfällig besiegeln wollte, indem er nämlich die Bekannte mit jenem Scherz- und Kosenamen anredete, den er nach ihrer endgültigen Trennung nie wieder verwandt hatte, Spatzl –, da spürte er den Ruck an der Angel.

Der Redakteur nämlich war einer jener immer seltener zu findenden Menschen, die auch in dieser Welt der Kompromisse und in dieser Zeit um sich greifender Relativierungen von der Gewißheit erfüllt waren, daß Wahrheit erkennbar, benennbar, unteilbar, vor allem aber für jedermann unverzichtbar sei; woraus sich für jene, die sich im Besitz der Wahrheit befanden, die Verpflichtung ergab, jenen, die da arg- und sorglos in der Unwahrheit dahinlebten, mit der Fackel ihres Wissens heimzuleuchten, sie aus dem Sumpf niederziehenden Irrtums in die klaren Höhen erlösender Erkenntnis emporzuführen. Überall und immer! Konnte nicht jede Stunde die letzte sein? Und ging es da an, noch die unbedeutendste Seele im noch so geringen Irrtum zu belassen, sie gar darin zu bestärken? Sie in die Irre zu leiten, womöglich für immer und ewig? Der Redakteur hatte keine andere Wahl.

»Der MacGuffin ist ein *gimmick*«, sagte er.

»Wie bitte?« fragte die Bekannte. »Eben hast du doch noch gesagt, er sei eine Melodie.«

Erneuter Irrtum! Das war der Lektor gewesen. Und diesmal zögerte der Redakteur, den Fehler richtigzustellen. Eigentlich war ja nun er dran, dieser Ralf. Nicht daß der an diesem Irrtum schuld war, doch er hatte ihn zweifellos erregt. Der Redakteur betrachtete eindringlich die Tischdekke. Für alle Irrtümer der Welt war er denn doch nicht haftbar zu machen.

»Das habe ich gesagt«, sagte der Lektor. »Aber es stimmt, daß solch ein MacGuffin durchaus beides sein kann, eine Melodie und ein *gimmick*« – worauf er eilends hinzufügte, daß das insofern nicht ganz stimme, als der MacGuffin mit Sicherheit immer ein *gimmick*, jedoch nur in Ausnahmefällen eine Melodie sei –, »und das war er nun mal in ›The Lady Vanishes‹.«

»Ein MacGuffin ist also ein *gimmick*«, sagte die Bekannte gedehnt. »Und was ist ein *gimmick*?«

Nun war er wieder dran. Der Redakteur wußte das, und diesmal antwortete er, ohne zu zögern: »Ein *gimmick* ist eine Finte, ein Dreh. Oder, wenn du so willst, ein Trick.«

Wieder schlug die Frau fast empört auf den Tisch. Was sie wolle, sei einzig und allein, endlich mal darüber aufgeklärt zu werden, worum in aller Welt es eigentlich gehe. Wieso beispielsweise eine Melodie ein Trick sei. Dann seien wohl alle Musikfilme zugleich Trickfilme?

»Wieso das denn?«

»Wenn die Melodie ein MacGuffin ist und der MacGuffin ein *gimmick* und der *gimmick* ein Trick – dann folgt daraus, daß die Melodie ein Trick ist. Jedenfalls nach den Gesetzen der Logik. Oder?«

Diesmal war es der Lektor, dem sie sich fast triumphierend zuwandte, und aufschreckend erkannte der Redakteur, daß der es nun in der Hand hatte, die Fronten entscheidend umzukehren. Der brauchte ja nicht einmal in den Triumph der Frau mit einzustimmen. Der mußte ihn ja nur schmunzelnd bestätigen oder sie stillschweigend gewähren lassen, und schon würde er selber, ausgestoßen, als notorischer Besserwisser dastehen, als humorloser, ja etwas wirrer Faktenhuber, ein cineastischer Michael Kohlhaas auf einsamem Posten, während die da, ein Herz und eine Seele, durch ihn erst sich ihres Zuzweitseins bewußt würden – gar ihrer Zweisamkeit? Wieder fiel sein Blick auf die Reisetasche des Lektors, wieder schaute er, diesmal ganz offen – was hatte er noch zu verlieren? – auf die Uhr. Nein, jetzt fuhren ganz bestimmt keine Züge mehr. Na ja, dann war die Sache eben gelaufen. Da geschah es.

»Ich fürchte, Elke, das mit dem MacGuffin hast du immer noch nicht ganz begriffen«, sagte der Lektor, und ohne auf den sich verfinsternden Gesichtsausdruck der Frau zu achten, auf ihr Zurücklehnen und ihr Abrücken, fuhr er fort: »Mit dem MacGuffin bei Hitchcock ist das so ...«

Den Beginn der nun folgenden Ausführungen nahm der Redakteur nur undeutlich wahr. Nicht die Bedeutung der Worte war ihm wichtig, ihr Gehalt war es: Daß ihm da ein Gleichgesinnter gegenübersaß, einer, dem gleich ihm die unteilbare, dauernde Wahrheit kostbarer war als der flüchtige Vorteil, welcher sich daraus ziehen ließ, die einmal als wahr erkannte Wahrheit den jeweiligen Gegebenheiten anzupassen, sie zurechtzustutzen, gar völlig zu verraten: Bevor der Hahn dreimal gekräht hat ...

Aber kein Hahn, der Ober unterbrach den Redenden. Ob sie noch etwas zu trinken wollten?

Die drei blickten auf. »Ich hab noch was«, sagte die Frau abwehrend. »Ich könnte noch was vertragen«, sagte der Lektor. »Nochmal dasselbe«, sagte der Redakteur bestimmt, und dann gingen die beiden Männer gemeinsam daran, die Frau von ihrem Irrtum zu erlösen.

»Also noch mal«, begann der Lektor: »Der MacGuffin ist ein *gimmick*« – Er sei, genau gesagt, die typisch Hitchcocksche Variante dieses, ja, Tricks, fiel der Redakteur ein – »Richtig!« – Hitchcocks Kino sei doch zuallererst ein Kino der Gefühle – »Aber eines, das sie nicht zeigt, sondern hervorrufen soll« – Jawohl, beim Zuschauer, und deswegen habe Hitchcock in all seinen Filmen seine Protagonisten in eine nach Möglichkeit nicht abreißende Kette von Angst, Furcht, Hoffnung, Erleichterung und erneuten angsterregenden Situationen geschickt – »Erregend! Meint natürlich: den Zuschauer erregend« – Sehr wahr! Also mit einem Wort: suspenseerregend. Und da nun habe Hitchcock ständig vor dem Problem gestanden, weshalb denn seine Protagonisten all diese Schrecklichkeiten auf sich nähmen – »Beziehungsweise: Was eigentlich die jeweiligen Bösewichter dazu veranlaßt, den meist doch nur tumben, auf jeden Fall harmlosen Guten derart schrecklichen Harm anzutun« – Korrekt, und das Movens nun, aber das habe er ja schon alles bereits vor Stunden gesagt, sei der MacGuffin, meist eine Geheim-, besser Leerformel – »Die mathematische Formel in ›The Thirty-nine Steps‹« – ja, oder das Uran in ›Notorious‹ – »Oder die Regierungspapiere in ›North by Northwest‹« – Oder die Geheimklausel in ›Foreign Correspondent‹ – »Genau! Alles also, ebenso wie die von der alten Dame nach London transportierte Melodie in ›The Lady Vanishes‹, vorgegebene, besser vorgebliche Motive, deren Bedeutsamkeit dem Zuschauer des Films lediglich suggeriert, nie aber bewiesen oder gar sinnfällig vor Augen geführt wird« – Eben! In ›The Thirty-nine Steps‹ habe Hitchcock zwar einmal eine solch sinnfällige Beweisführung erwogen – »Mit den unterirdischen Flugzeughallen, richtig! Aber« – Die habe er dann ja wieder aus dem Drehbuch gestrichen, und übriggeblieben sei nur diese Geheimformel und dieser … dieser … ›Mr. Memory!‹ – Genau! Der die Geheimformel im Gedächtnis behalten und außer Landes schmuggeln sollte – »Stimmt! Und Hitchcock selber hat die Nichtigkeit des MacGuffin in einer schönen Anekdote deutlich gemacht« – In dem Gespräch mit Truffaut – »Genau dort. Da sitzt einer im Zug, der ein Paket auf den Knien hat, und sein Gegenüber fragt ihn: ›Was ist denn da drin?‹ Und er antwortet: ›Ein MacGuffin.‹ Darauf der erste: ›Und was ist ein MacGuffin?‹ Antwort: ›Der ist gut gegen die Löwen in dieser Gegend.‹« – Ein Apparat, um in den Adirondack-Bergen Löwen zu fangen, dachte der Redakteur, so hat Hitchcock das gesagt, und das Paket war außerdem im Gepäcknetz, doch er ließ den Lektor gewähren, es gab ja auch so etwas wie läßlichen Irrtum – »›Aber in dieser Gegend gibt es doch gar keine Löwen‹, sagt der erste, darauf der andere: ›Nein? Na dann ist es auch kein MacGuffin.‹«

Lächelnd lehnte sich der Lektor zurück, zu herzlich fast lachte der Redakteur kurz auf. Wie ein Verrat kam ihm sein Lachen plötzlich vor, wußte er doch, was dem Lektor offensichtlich unbekannt zu sein schien, daß nämlich ihre Bekannte jegliche Art von absurden Witzen verabscheute. Sich wappnend wartete er auf ihren Zornesausbruch, doch der blieb aus.

Als ob sie die letzten Sätze gar nicht gehört, wie wenn sie Interesse am zweifach ausgeschrittenen Problemkreis gefunden hätte, sagte sie zuerst »Aha!«, dann »So ist das also!«, darauf »Also Hitchcock arbeitet immer mit einem MacGuffin« und schließlich »Und bei ›Psycho‹ – wo ist da der MacGuffin?«

Die beiden Männer, die zu den ersten Sätzen noch bekräftigend mit dem Kopf genickt hatten, blickten einander rasch an. Wieder war die Frau im Irrtum, doch diesmal hatten sie sich an ihr versündigt. *Pater, peccavi!* An wem war es, sich zuerst Asche auf das Haupt zu streuen?

»Wir haben das alles eben etwas zu vereinfacht dargestellt«, sagte der Redakteur bußfertig. »Hitchcock arbeitet häufig, aber nicht immer mit einem MacGuffin. Eigentlich nur in seinen Agentenfilmen – oder?« Er schaute den Lektor herausfordernd an. Der hatte doch mit gesündigt. Durfte er da das Aschegefäß zurückweisen? Noch einmal stiegen altes Mißtrauen und abgetaner Zorn im Redakteur auf, das letztemal. Denn eilig griff der Lektor seine Frage auf. »Richtig. ›Psycho‹ ist ja ein Psycho-Thriller, wie der Titel schon sagt. Und der braucht natürlich keinen MacGuffin, da sorgt ja bereits die Psycho-Dynamik dafür, daß die Handlung in Gang kommt und am Laufen bleibt. Das Tun des Wahnsinnigen und das, was er den Unschuldigen antut, braucht den Zuschauern nicht erklärt zu werden, denen genügt als Motiv für sein wahnsinniges Handeln die Tatsache, daß er eben wahnsinnig ist.«

Genug der Reue! Die Frau hatte sie, die Männer, bei einer fahrlässigen Irreführung ertappt, sie hatten Abbitte geleistet, der Redakteur nickte dem Lektor bekräftigend zu, gemeinsam schauten sie die Frau an, sie, die sie mit vereinter Kraft nicht nur aus ihrem Irrtum errettet, sondern sogar in den Stand gesetzt hatten, sie, die Männer, ihrerseits des Irrtums zu überführen – nun lächelten die beiden der Dritten im Bunde der Wahrheit zu – »Es ist mehr Freude im Himmel über einen Sünder, der Buße tut, als über neunundneunzig Gerechte« –, und doch hatten sie sich wohl niemals zuvor in einem schwärzeren Irrtum befunden als gerade in diesem Augenblick.

Denn erstaunt beugte sich die Frau vor und erklärte den noch Erstaunteren, das mit dem MacGuffin habe sie schon begriffen, keine Sorge, und natürlich gebe es auch in ›Psycho‹ einen, diese, seine, ausgestopfte Frau nämlich, die der Gregory Peck da immer mit sich rumschleppe.

So viele Hände, Hirne und Münder hatten die beiden Männer gar nicht, um sich der Springflut der Irrtümer zu erwehren, die da über sie hereinbrach. Also diese ausgestopfte Frau sei selbstredend nicht die Frau des Wahnsinnigen, sondern dessen Mutter, und die schleppe er auch nicht dauernd herum, sondern lediglich in einer kurzen Einstellung, mit einem MacGuffin jedoch habe sie nicht das geringste zu tun, eben weil sie einen sichtbaren, unverzichtbaren und nicht austauschbaren Teil der Handlung sowie der Geschichte des Wahnsinnigen darstelle, und letzterer schließlich sei natürlich nicht von Gregory Peck, sondern von Anthony Perkins gespielt worden.

Die Frau, die den gesamten Wortschwall ohne erkennbare Gemütsbewegung über sich hatte ergehen lassen, fuhr bei den letzten Worten auf: »Natürlich war das Gregory Peck!«

»Ach woher denn!«

»Jede Wette! Das war Gregory Peck!«

»Vollkommener Unfug! Gregory Peck hat in zwei ganz anderen Hitchcock-Filmen mitgespielt, in ›Suspicion‹ und in … in …«

»In ›The Paradine Case‹«, ergänzte der Lektor.

»Genau! Aber doch nicht in ›Psycho‹!«

Die Frau blickte von einem Mann zum anderen. Noch schien sie es nicht glauben zu können, daß sie zwei derart gleichgesinnten, zwei so gleichermaßen unerbittlichen Richtern gegenübersaß. »Komm, Ralf«, sagte sie fast einschmeichelnd, »das war doch Gregory Peck!«

»In ›The Paradine Case‹, ja.«

»Nein. In ›Psycho‹!«

Ein allerletzter Scheideweg, und doch wußte der Redakteur bereits im voraus, wer sich von wem trennen würde. Da stand immer noch die Reisetasche des Lektors. Na und? Der letzte Zug war nun mit Sicherheit abgefahren. Na, und wenn schon. Gelassen lehnte er sich zurück und schenkte sein Glas voll.

»Nein«, sagte der Lektor, »du irrst. In ›Psycho‹, das war Anthony Perkins.«

Das voraussehbare Scheiden vollzog sich rasch und nach Lage der Dinge bemerkenswert ruhig. Die Frau erklärte, sie habe ja nichts dagegen, sich von Leuten, die offenbar alles besser wüßten, einen Abend lang belehren zu lassen, sie räume ihnen jedoch nicht das Recht ein, sie für dumm zu verkaufen. Das mit dem MacGuffin sei eine Sache, darüber lasse sich streiten, das in ›Psycho‹ aber sei eindeutig Gregory Peck gewesen. Nach einigen nun bereits recht halbherzigen Einwänden – nicht einmal ein Heiliger könnte eine Seele erretten, die das im Grunde ihres Herzens gar nicht will – und nach einigen rituellen Aufbruchs- und Absetzbewegungen – »Ich muß morgen früh raus ... Weißt du schon, wo du unterkommst, Ralf? Sieht man sich mal?« – trennten sich die Wege, nachdem die Männer der Frau noch bedeutet hatten, sie würden ihre Rechnung gerne übernehmen.

»Lieb von euch, aber ich zahle an der Theke. Tschüs, Ralf. Tschüs, du!«

»Tschüs.«

»Tschüs.«

So ging sie hin, verstockt, auf der breiten Prachtstraße des Irrtums, während sich die Männer allein wiederfanden, alleingelassen auf jenem schmalen, steinigen Weg zum Licht und zur Wahrheit.

»Wie heißt du eigentlich?« fragte der Lektor. »Ich habe deinen Namen vorhin nicht richtig mitbekommen.«

»Gerhard.«

»Zum Wohl, Gerhard.«

»Prost, Ralf.«

Da das Kupfergefäß schon wieder leer war, mußte zunächst die Frage geklärt werden, ob noch Wein bestellt werden sollte – »Positiv!« – und wieviel – »Noch einen halben Liter?« »Gut, noch einen!« –, und dann war die Leere zu füllen, die der Weggang der Frau hinterlassen hatte. Die Männer taten auch dies zielstrebig und welterfahren, ein, zwei Worte zur Frau noch, ebenso unverbindlich wie abschließend, kein Wort mehr über Hitchcock, der hätte sie möglicherweise doch nochmals auf die Frau zurückgebracht, statt dessen ein fast spielerisches Abklopfen von Studiengängen, Ausbildungswegen und Arbeitssituationen. Erwartungsgemäß förderte diese Fühlungnahme rasch auch die ersten gemeinsamen Bekannten zutage und das Erstaunen darüber, wie klein doch die Welt sei, jenes innige Wohlbehagen derer also, die einander aufgrund untrüglicher, wenn auch unsichtbarer Insignien als Mitglieder eines weitverzweigten Ordens erkennen – aber nein, dieses Erkennen hatte ja bereits lange zuvor stattgefunden, nun wurde die Erkenntnis bestätigt und vertieft, durch gezielt beiläufig ins Gespräch eingestreute Schlüsselnamen und Losungswörter – »Ja, wenn du den frühen Barthes meinst, den der ›Mythen des Alltags‹« oder »Klar, Bataille ist ein Fall für sich« –, als sich der Lektor plötzlich räusperte und nach einem einleitenden »Ist eigentlich nicht so wichtig« erst zögernd, dann aber bestimmt fortfuhr: »Ich wollte es eigentlich schon vorhin sagen, aber da ging gerade alles etwas durcheinander: Der in ›Suspicion‹ war nicht Gregory Peck, sondern Cary Grant. Gregory Peck war in ›Spellbound‹.«

Betroffen erst, dann bewundernd erkannte der Redakteur, wer ihm da gegenübersaß: ein Größerer. Einer, der aber auch gar nichts durchgehen ließ.

»Stimmt«, sagte er, »›Spellbound‹. Natürlich.«

Es war spät, als sie das Lokal verließen, und es war klar, was jetzt kommen mußte. Auf seine Reisetasche blickend, sagte der Lektor, daß er sich jetzt wohl noch ein Hotel suchen müsse, eigentlich habe er ja geglaubt, bei der Frau übernachten zu können, aber Elke – er breitete die Arme aus.

»Du kannst bei uns übernachten«, sagte der Redakteur. »Wir haben Platz genug, und meine Frau ist dran gewöhnt, daß ich hin und wieder noch wen mitbringe.«

Ein Malermärchen

Es war einmal ein alter Maler, der merkte, daß es dem Ende zuging. Da versammelte er seine Familie und seine Freunde um sich, auf daß es ihm leichter falle, zu scheiden. Doch je länger er sein Leben und Werk bedachte, desto sinnloser erschien ihm ersteres und desto wertloser letzteres, und schließlich ergriff ihn eine solche Trauer, daß er seine Erkenntnis nicht länger für sich behalten konnte.

»Nichts ist mir gelungen, nichts«, hub er an.

»Ach, was er wieder redet«, entgegnete darauf seine Gattin unter dem Kopfnicken der anderen. »Alles ist dir gelungen, alles!«

»Nein, nichts«, wiederholte der Maler düster. »Nicht einmal einen einfachen Eierbecher habe ich zu malen vermocht, nicht einmal den!«

»Nun hört euch das an!« rief sein ältester Freund entgeistert. »Dir sollte kein Eierbecher gelungen sein, ausgerechnet dir, dessen ›Stilleben mit Eierbecher‹ heute der Stolz der Staatsgalerie ist?!«

»Nun, der war in der Tat nicht ganz daneben, dieser Eierbecher«, räumte der Maler ein, »der war sogar ganz gut, da ich ihn mit heller Grüner Erde untermalt und dann ganz leicht mit Titanweiß, Ocker und etwas Königsblau dunkel gehöht hatte – aber ach, was bedeutet das schon? Fünfzig Jahre gemalt – und was bleibt? Ein Eierbecher! Als Eierbecher-Maler werde ich weiterleben, und die, die mich so nennen, werden tausendfach recht haben, habe ich es doch nicht einmal geschafft, einen einzigen Ast im Gegenlicht zu gestalten.«

»Ja, ist denn das zum Anhören!« stöhnte da der Sohn des Malers voller Schmerz auf. »Wie kannst du nur so etwas behaupten, du, dessen ›Baumgruppe im Gegenlicht‹ der unbestrittene Mittelpunkt aller Gegenlichtausstellungen war und ist?«

»Ach ja, die Baumgruppe«, erinnerte sich der Maler. »Doch, die hatte was. Aber da hatte ich auch einen Abendhimmel unterlegt, auf dem es sich fast von selbst malte, mit dem spitzesten Pinsel gab ich das Blattwerk, Krapplack und Casslerbraun gemischt, erst dann setzte ich die Lichter mit fast unvermischtem Neapelgelb hell und einer Spur Laubgrün. Aber sonst? Mißraten, alles mißraten! Mißraten selbst die einfachsten Sujets, mißraten sogar der Versuch, einen Krug im Eck zu malen!«

»Der und mißraten?!« heulte da der Neffe auf. »Dein ›Krug im Eck‹, welcher heute in keinem Werk fehlt, welches auch nur den geringsten Bezug hat zum Thema Krug, Eck oder Innenräume überhaupt? Hörte man denn je eine unsinnigere Rede?«

»Ach der!« sagte der Maler versöhnlich. »Ja, dieser Krug war nicht übel. Alles in kalten Farben gehalten, und nur etwas warme Terra Pozzuoli in den helleren Partien des Kruges – doch, doch, das funktionierte. Aber was ist das alles schon? Gegen irgendeinen Velazquez beispielsweise?! Habe ich jemals ›Las Meninas‹ gemalt? Oder ›Die Übergabe von Breda‹? Oder auch nur einen ›Philipp der Vierte‹?«

Die um sein Bett Versammelten schwiegen betroffen. Dann endlich räusperte sich ein ergrauter Vetter und begann: »Nun ja, einen ›Philipp der Vierte‹ hast du freilich nicht …«, doch er kam nicht dazu, den Satz zu Ende zu führen, denn auf einmal saß der Maler senkrecht im Bett und schrie: »Das weiß ich selber, daß ich keinen ›Philipp der Vierte‹ gemalt habe! Darüber brauchst du mich nicht zu belehren! Wie hätte ich den denn auch malen sollen? Ist doch schon längst über den Jordan, der Herr! Und hört endlich damit auf, mir dauernd den Velazquez vorzuhalten! Velazquez, Velazquez, Velazquez! Was hat denn der schon groß gemalt? ›Philipp der Vierte‹, ›Die Übergabe von Breda‹, ›Las Meninas‹ – so doll ist diese ganze spanische Mischpoke ja nun auch wieder nicht! Und wenn er die nicht vor dem Pinsel hatte, dann war er ganz schön verratzt, euer Velazquez. Oder gibt es von ihm einen ›Krug im Eck‹, eine ›Baumgruppe im Gegenlicht‹ oder auch nur ein ›Stilleben mit Eierbecher‹? Ha! Da könnt ihr lange suchen! Gibt's im Velazquez-Œuvre nämlich nicht, ihr Caballero-Anbeter! Gibt es allerdings im selbst seiner Familie offensichtlich weitgehend unbekannten Œuvre eines anderen Malers – sein Name tut nichts zur Sache –, doch warum euch mit bescheidenen, wenn auch gut gemalten Sujets langweilen, da ihr offensichtlich nur Augen habt für die vordergründige Pracht pseudo-opulenter Hofmalereien?!«

Mit diesen Worten aber schlug der Maler die Bettdecke zurück, sprang aus dem Bett und rief, indes er wütend auf den Boden stampfte: »Hinaus! Alle hinaus! Geht doch zu eurem Velazquez, geht nur, aber habt wenigstens so viel Anstand im hispanophilen Leib, einen Sterbenden, der nebenbei bemerkt ebenfalls Maler ist, wenigstens in seiner letzten Stunde mit eurer Velazquez-Anbetung zu verschonen. Hinaus!«

Erschreckt wichen Freunde und Familie, der Maler aber, da er ohnedies aufgestanden war, schaute in der Küche nach etwas Trinkbarem und begann, da er auf dem Rückweg zufällig an seiner Staffelei vorbeikam, rasch noch einen etwas verrutschten Reflex zu korrigieren, welcher ihn auf seinem letzten Bild ›Zwei Schälchen‹ schon immer gestört hatte. Nach einer Stunde war er derart gut in Fahrt, daß er gleich noch ein neues Bild begann, und so malte und malte er, und da er sicher nicht gestorben ist, weil Malen und Sterben einander ausschließen – entweder das eine oder das andere –, malt er wohl noch heute.

Die Flucht in die Falle

Mangold und Witte, zwei Männer, die seit der Schulzeit miteinander befreundet waren, sich jedoch etliche Monate nicht mehr gesehen hatten, saßen einander in einem italienischen Lokal der Düsseldorfer Altstadt gegenüber.

»Und als Wein?« fragte Witte. »Was hältst du von einem Chianti classico?«

Mangold zuckte die Achseln. Er wußte so gut wie Witte, daß dies eine rhetorische Frage war, da Witte, dem Italienkenner, in allen Fragen italienischer Küche, zumal italienischer Weine, der Vorrang und das Recht der Entscheidung zustanden, doch er wußte zugleich, daß unter Freunden auch eine rhetorische Frage eine zumindest rhetorische Antwort verdiente: »Ja. Bin ich dabei.«

Während die Vorspeisen aufgetragen wurden, besprach sich Witte mit einem der Ober, der bald darauf mit einer Flasche wiederkehrte, auf deren Etikett ein Ritter zu Pferde abgebildet war.

San Felice, las Mangold, während Witte mit erhobener Stimme »San Felice« sagte und hinzufügte: »Das Weingut liegt etwa zehn Kilometer von unserem Haus entfernt. Ein sehr ordentlicher Chianti.« Er nickte dem Kellner zu, welcher umgehend die Flasche entkorkte, worauf sich das gestische Ritual des Probeschenkens, Proberiechens und Probeschmeckens anschloß, ein Vorgang, dem Mangold auch dann leicht gepeinigt beiwohnte, wenn er, was meist der Fall war, nicht als Protagonist mitzuwirken hatte. Witte dagegen, als ob er nicht nur den Wein zu kosten, sondern auch die Peinlichkeit des Vorgangs auszukosten hätte, drehte nicht nur mehrmals das Glas in der Hand, ließ nicht nur den Probeschluck eine Zeitlang im Munde hin- und herwandern, er blickte auch derart ausgedehnt und gedankenverloren vom Glas zum Etikett, daß Mangold dem Freund bereits mit einem aufmunternden »Na« zu Hilfe eilen wollte, als Witte ihm mit dem kaum überraschenden, da von Anfang an unausweichlichen »Si, si, va bene« zuvorkam.

Schon vor dem Antipasto hatten beide Männer einige jener harmloseren Fragen abhaken können, die immer dann gestellt werden, wenn gute Bekannte einander längere Zeit nicht gesehen haben, nun aßen sie schweigend, um sich für die zweite Runde zu stärken, für jene Fragen also, die zu stellen nicht ungefährlich war, da der Fragende mit manchmal unerwartet ausführlichen Antworten zu rechnen hatte. Freundespflicht freilich gebot, auch diese Fragen nicht auszusparen, offen war lediglich, wer den Anfang machte; und nachdem Witte bereits zum dritten Mal erklärt hatte, der Parmaschinken sei gar nicht so übel, glaubte sich Mangold genötigt, diesem beredten Schweigen ein Ende zu setzen. »Und mit Tanja bist du nicht mehr zusammen?« fragte er.

Witte blickte zögernd auf.

»Ich hörte so was von den Kaisers«, erklärte Mangold fast entschuldigend.

Wie alle Freunde, auch diejenigen, die einander kaum schreiben, und dann nichts über persönliche Angelegenheiten, hatten sich Witte und Mangold während der vergangenen zehn Monate nicht völlig aus den Augen verloren. Durch gemeinsame Bekannte war die eine oder andere Nachricht vom Befinden des anderen vermittelt oder weitergetragen worden, so daß Mangold in groben Zügen über die ebenso übliche wie durchsichtige Geschichte unterrichtet war, die sich zwischen Witte und Tanja zugetragen hatte: Weshalb wohl setzte ein Mann, der die Vierzig überschritten hatte, seine Ehe zugunsten einer sehr viel jüngeren Fotoassistentin der härtesten Belastung aus? Weshalb verreiste er mit der jungen Person? Und weshalb wohl löste sich diese Beziehung nach einigen, wie es hieß, stürmischen Monaten wieder auf? Die Antwort konnte kaum überraschend ausfallen, mit einem gleichwohl aufmerksamen Blick schaute Mangold den Freund an, der seine Augen bereits wieder gesenkt hatte und fast fahrig ein Stück Weißbrot zu einer Kugel formte. »Das ist eine längere Geschichte«, sagte er schließlich.

Wie ein Schatten glitt der Ausdruck unbestimmter Besorgtheit über Mangolds Gesicht, das sich freilich gleich darauf wieder in strahlender Anteilnahme zeigte. Wenn er da durchmußte, mußte er eben da durch. »Ja?« fragte er, sich leicht vorbeugend.

»Ja leider«, antwortete Witte, wurde jedoch durch den Kellner an weiteren Ausführungen gehindert, da der das von Witte empfohlene Nudelgericht auftrug. »Spaghetti al pesto«, erläuterte dieser, während er zur Gabel griff, »eine sehr einfache Salsa – Basilikum, Öl, etwas Knoblauch –, doch eine der mir liebsten. Ich hoffe, du magst sie.« Für einen Moment erwog Mangold, dem Freund mitzuteilen, daß er dergleichen bereits gegessen habe, doch dann ließ er es. »Sieht gut aus«, sagte er taktvoll und begann gleichfalls zu essen.

»Also die Sache mit Tanja« – Wittes Blick glitt suchend die mit den Fotos von Gästen unterschiedlichster Prominenz vollgehängte Wand entlang, so, als ob er dort einen Hinweis darauf zu finden hoffe, wie er Mangold die Sache mit Tanja darzulegen habe –, »die Sache mit Tanja also. Es war eine von diesen Geschichten, keine Frage. Und wem sie just passieret, dem bricht das Herz entzwei, Heine, aber nein, heutzutage bricht einem ja nichts mehr entzwei, jedenfalls nicht das Herz.« Witte aß halbherzig von den Spaghetti. »Zumindest nicht in unserem Alter«, fuhr er fort, »da bricht man sich höchstens das Genick ... Zum Beispiel beim Drachenfliegen«, setzte er rasch hinzu, als er Mangolds abermals besorgten Blick bemerkte. »Allein gegen die Elemente! Die typische Ersatzbefriedigung der Mittvierziger. Oder man verrenkt sich den Fuß beim Jogging. Allein gegen den inneren Schweinehund! Auch so eine solipsistische Angelegenheit. Dann schon lieber zu zweit ins Bett. Das ist zwar nicht sehr originell, aber bewährt. Außerdem: Wer in unserem Alter noch an Originalität glaubt, läuft Gefahr, als Original zu enden.«

Mangold schob fast ärgerlich seinen Teller beiseite. »Ja, ja, genug«, sagte er dem Kellner. Was eigentlich brachte den Freund dazu, derart kunstreich, ja gekünstelt daherzureden? Obwohl ihnen niemand zuhörte, schämte er sich für den Redenden. Aber war nicht die Fähigkeit, für den anderen Scham empfinden zu können, der Mark- und Prüfstein jeder Freundschaft? Hätte er sich denn für einen Fremden oder einen ihm Gleichgültigen jemals geschämt? Besänftigt zündete er eine Zigarette an. »Also wie war das mit Tanja?« fragte er ergeben. Auch Witte schob den noch halbvollen Teller beiseite, dann erhob er sich plötzlich. »Bin gleich wieder da«, sagte er erklärend. Nachdenklich sah Mangold ihm nach.

»Also die Sache mit Tanja«, setzte Witte, zurückgekommen, nochmals an. »Ich will dich nicht mit dem Anfang der Geschichte langweilen, nicht mit der Geschichte selber, schon gar nicht mit den Details der Geschichte, das Ende der Geschichte freilich ist bemerkenswert. Doch das ist wie gesagt eine längere Geschichte.« Auch Witte zündete eine Zigarette an, fast schien es Mangold, als ob der Freund durch ihn hindurchsähe, so starr blickte er plötzlich. Doch er sammelte sich wohl nur.

»Also hier in Düsseldorf war das mit Tanja noch ganz gut gelaufen. Sie hatte ihre Arbeit, ich hatte meine Arbeit, sie hatte ihre Wohnung, ich hatte meine Wohnung, unseren alles in allem recht dosierten Treffen eignete immer etwas Außergewöhnliches, fast Festliches. Dabei hätte ich Tanja durchaus öfter sehen können. Ingrid drängte mich geradezu, die Sache doch richtig auszuleben, und auch Tanja bestand darauf, häufiger mit mir zusammenzusein. Ich aber hatte nicht die geringste Neigung, diesen für mich bei Licht betrachtet sehr befriedigenden Zustand zu ändern. Indem ich mich Tanja gegenüber rar machte, erstrahlte meine Aura nur um so numinoser; indem ich Ingrid zu verstehen gab, meine Zurückhaltung in Sachen Tanja sei ein Opfer, das ich dem Fortbestand unserer Ehe erbringe, band ich sie da in Fesseln der Schuld, wo sie von Rechts wegen hätte aufbegehren können – ich hatte beide Frauen voll im Griff oder glaubte das doch zumindest. Bis Ingrid dann dieses delikate Gleichgewicht mit einem Schlage ins Schwanken brachte.« Hier unterbrach sich Witte, da der Kellner die Hauptgerichte brachte, Ossobuco, Leber auf venezianische Art und eine Platte mit Beilagen. »Un' altra« – Witte hielt die bereits fast geleerte Flasche hoch, dann fuhr er fort: »Ingrid also – nein, ich muß anders beginnen. Der Sommer nahte. Nahte?« Er schaute grübelnd auf das Ochsenfleisch. »Naht der Sommer? Entschuldige, die Worte sind manchmal so merkwürdig.«

»Der Sommer nahte«, kam ihm Mangold zu Hilfe.

»Ja, er nahte«, bekräftigte Witte, »und mit ihm näherte sich auch die Ferienfrage. Nicht für mich – mir war klar, daß Ingrid und ich wie jedes Jahr in unser Haus bei Castelnuovo Berardenga fahren würden, na, du kennst es ja. Nein, du weißt lediglich davon. Wieso hast du mich in all den acht Jahren eigentlich noch nie in unserem Haus besucht?« Mangold breitete entschuldigend die Hände aus. »Na egal, darüber reden wir noch. Ingrid jedenfalls legte sich quer. Sie wolle meinem Glück oder meiner Selbstfindung, oder wie immer man das im Moment nennt, nicht im Wege stehen. Sie werde daher mit einer Freundin in die Bretagne fahren. Ich aber solle unser italienisches Haus ohne Rücksicht auf persönliche Bedenken oder gemeinsame Erinnerungen so nutzen, wie es mir am besten passe –

also ruhig auch für einige Ferienwochen mit Tanja. Ein raffinierter Schachzug, der mich unversehens völlig in ihre Schuld brachte, den ich aber, wer weiß, doch noch hätte parieren oder doch wenigstens neutralisieren können, wäre mir Ingrid nicht mit einem weiteren zutiefst gemeinen – oder, wenn du so willst, hochintelligenten – Zug zuvorgekommen, indem sie, auf welchen Wegen immer, Tanja von ihrem Angebot in Kenntnis setzte. Tanja, die, so seltsam es klingt, trotz ihrer vierundzwanzig Jahre noch nie in Italien gewesen war.« Witte schenkte nach, hielt nochmals zur Erinnerung die nun vollkommen leere Flasche in die Höhe, dann fuhr er fort: »Es gab kein Zurück mehr, und wenn ich ehrlich sein soll, dann wollte ich nach anfänglichem Schwanken auch gar nicht mehr zurück. Die Aussicht, einem zwanzig Jahre jüngeren Menschen zum ersten Mal die Wunder Italiens vorführen zu können, die Vorstellung, mit ihm die schönste Zeit des Jahres, Mitte August bis Mitte September, in einem der immer noch gesegnetsten Landstriche, dem senesischen Teil der Toscana, verbringen zu können, all das schien mir unversehens derart verlockend, daß ich mich aller Lebenserfahrung zum Trotz kopfüber in ein Abenteuer stürzte, das freilich nicht zum erhofften langanhaltenden Höhepunkt mediterran-erotischer Sommerphantasien werden sollte, sondern rasch und jäh an einem furchtbar realen Tiefpunkt ungeahnter Peinlichkeit endete.«

Mangold, der den langen Sätzen des Freundes mit bereits verträumter Gelassenheit gefolgt war, schreckte bei den letzten Worten unwillkürlich auf. »Ach ja?« fragte er wach, fast wachsam.

»O ja«, erwiderte Witte, ohne dem Ober, welcher die zweite Flasche entkorkte, Beachtung zu schenken. »Und wenn ich Peinlichkeit sage, dann meine ich auch Peinlichkeit. Ich habe die ganze Geschichte noch niemandem erzählt, schon gar nicht Ingrid, und auch dir erzähle ich sie nur deshalb, weil ich weiß, daß du sie für dich behalten wirst.« Worte, die Mangold nach raschem Überlegen nicht mit Worten, sondern dem teilnahmsvollsten Blick erwiderte, dessen er fähig war. Keine schlechte Wahl, da Witte ohnehin nicht bereit zu sein schien, sich unterbrechen zu lassen, sondern von nun an sein Reden nur dann kurzfristig einstellte, wenn er einen weiteren Schluck Rotwein zu benötigen glaubte.

»Schade, daß du das Haus nicht kennst – einiges würdest du dann rascher und besser verstehen können. Man schaut von ihm aus auf eine der lieblichsten Landschaften, die sich denken läßt, auf die Siena umgebenden Hügel; man sieht von ihm aus eine der schönsten Stadtsilhouetten, die man sich ausmalen kann, die Sienas; die unmittelbare Umgebung des Hauses jedoch ist durchaus nicht lieblich, noch ganz Chianti, also herbes Berg-, Wald-, Öl- und Weinland. Ebenso herb, auf den ersten Blick fast reizlos, das Haus. Von armen Bauern aus dem hellen Naturstein der Gegend zuammengestückelt, seit Jahrhunderten von armen Bauern bewohnt, von den ärmsten der Gegend wahrscheinlich, da es eines der entlegensten Häuser der Gegend ist – sein überlieferter Name ›La Villa‹ ist wohl als Spitzname zu verstehen. Noch heute ist das Haus nur unter Schwierigkeiten zu erreichen, es liegt am Ende einer sich den Berg hochwindenden Schotterstraße, deren letzter Teil kaum Straße genannt zu werden verdient; das nächste Dorf ist sieben, die nächste Kleinstadt zwölf, und die nächste größere Stadt, Siena, etwa fünfundzwanzig Kilometer entfernt – trotzdem habe ich mich in diesem Hause niemals einsam oder von der Welt abgeschnitten gefühlt, es liegt einem ja alles zu Füßen und vor Augen, Gehöfte, Dörfer, Städtchen, die Stadt, auf sich ständig überschneidenden Hügeln und Hügelketten, hinter welchen bei klarer Sicht auch noch jede Menge blaues Bergland zu sehen ist, ja sogar der makellose Kegel des ehemals vulkanischen Monte Amiata. Tanja freilich …« – Witte drehte nachdenklich die Flasche –, »Tanja war bereits bei der Ankunft von dem Haus enttäuscht, und sie gab sich auch gar keine Mühe, ihre Enttäuschung zu verbergen. Worauf ich mir die Mühe machte, die Gründe dieser Enttäuschung herauszufinden, jedoch wenig mehr erfuhr, als daß sie sich alles anders vorgestellt habe – sie hatte wohl eine wirkliche Villa erwartet, irregeführt durch den Namen und trotz meiner vorbeugenden Beschreibungen. Ihre Enttäuschung hielt an, als ich sie am nächsten Tage durch die nähere Umgebung führte. Die Landschaft interessierte sie kaum, Castelnuovo fand sie öde, was zweifellos stimmt, der Ort ist von einer berauschenden, weil durch und durch italienischen, sprich metaphysischen Ödheit, doch da war ja immer noch Siena. Dorthin aber wollte ich nicht, jedenfalls nicht sofort und gleich, nicht schon wieder eine größere Stadt, nicht schon wieder Geschäfte, Autos und Parkprobleme, wir hatten ja gerade erst Düsseldorf verlassen. Tanja fügte sich, wenn auch widerwillig, dann, am Nachmittag des dritten Tages kamen die Bergmanns vorbei, und damit begann das Unglück. War das überhaupt schon am dritten Tag?« Unter Zuhilfenahme seiner Finger begann Witte eine offensichtlich komplizierte Rechnung in Angriff zu nehmen, ein Umstand, den Mangold nutzte, sich mal kurz zu entschuldigen. Ohne aufzublicken, ließ der Freund ihn gehen.

»Es war der dritte Tag!« Witte rief es dem Zurückkehrenden fast entgegen. »Ein Sonntag. Wir waren ja am Abend des elften angekommen!« Mißmutig setzte sich Mangold. Der dritte Tag, der vierte Tag – war das nicht alles ganz gleichgültig? Diese Sommergeschichten – waren sie nicht eine wie die andere? Aber es war doch Witte, der da seine Geschichte erzählte, besänftigte er sich, und als er aufschaute, lag wieder freundliche Erwartung in seinem Blick.

»Die Bergmanns also. Du wirst sie nicht kennen, er ist freiberuflicher Journalist, sie war früher Texterin. Aus

München, wo ich sie allerdings noch nie besucht habe, wir sehen uns lediglich in Italien, dort freilich schon seit Jahren, Sommer für Sommer. Nachbarn also, auch wenn ihr Haus – ein sehr schönes Haus – nicht in unmittelbarer Nachbarschaft liegt, etwa zehn Kilometer Richtung Siena. Ein spontaner Besuch, der sich allerdings nicht ohne Betretenheit und Stocken anließ – sie hatten natürlich erwartet, mich mit Ingrid anzutreffen, nun stellte ich ihnen Tanja vor, verlegen halb, halb stolz, so, wie eben Männer unseres Alters Gleichaltrigen die Neue vorstellen, vorausgesetzt, sie ist deutlich jung und sichtlich hübsch – und das alles war Tanja zweifellos. Doch bald schon hatten wir die Situation allesamt bestens im Griff, nicht zuletzt dank der abgeklärten Lebensart der Bergmanns, die, anstatt Fragen zu stellen, rasch ein unverfängliches, wenn auch keineswegs nur unverbindliches Gespräch in Gang zu setzen wußten, nette Leute, wirklich, an jenem Nachmittage aber nichtsahnende Handlanger der Auflösung und des Bösen. Denn sie waren es, die bei Gebäck und Rotwein den Vorschlag machten, gemeinsam den am 16. August in Siena stattfindenden Palio zu besuchen. Du weißt, was der Palio ist?«

»Ein Pferderennen?« fragte Mangold.

»Ein Wahnsinn«, erwiderte Witte fast barsch, lenkte jedoch sogleich ein: »Das weiß ich auch erst seit diesem Jahr, seit meinem ersten und letzten Palio. Denn der Palio ...« – er ballte die Faust –, »der senesische Palio findet zweimal im Jahr statt, am 7. Juli und am 16. August. Er ist ein Ereignis, das mittlerweile ganz Italien zu interessieren scheint, da alle größeren italienischen Zeitungen über den Ausgang des Rennens berichten; das Palio-Fieber grassiert nicht nur in Siena selber, es erfaßt und spaltet auch regelmäßig die senesische Provinz – und dennoch hatte ich es in all den acht Jahren, die ich teils im Juli, teils im August geradezu im Bannkreis des Palio verbrachte, vermieden, mir einen Palio anzuschauen. Nicht grundlos, mein Lieber, nicht grundlos!« Witte öffnete belehrend die Hand, von nun an untermalte sein Zeigefinger die Ausführungen. »Der Palio ist ein Pferderennen, richtig, doch eines, das unter recht ungewöhnlichen Bedingungen stattfindet. Dreimal umkreisen zehn Reiter auf ungesattelten Pferden die Piazza del Campo, den Haupt- und Prachtplatz Sienas; die Masse der Zuschauer aber steht dichtgedrängt auf eben diesem muschelförmigen Platz, inmitten des Rennens also, von Absperrungen umgeben und wehrlos der Sonne ausgesetzt. Und wenn ich etwas hasse, dann ist es, in Absperrungen wehrlos der Sonne ausgesetzt zu sein. Größere Menschenansammlungen mag ich übrigens auch nicht besonders.« Verstehend nickte Mangold. »Tanja freilich ... Tanja fand den Vorschlag der Bergmanns gleich toll. Je mehr ich abwehrte, desto heftiger drängte sie darauf, hinzugehen. Sie könne sich doch den Bergmanns auch alleine anschließen, schlug ich vor, das aber schien ihren Wunsch, mit mir hinzugehen, nur um so nachhaltiger anzustacheln. Wie um den Bergmanns zu beweisen, wer von uns beiden der Stärkere sei, zog sie nach allen Regeln der Kunst eine dieser Bezauberndes-Mädi-bezwingt-Daddy-Brummbär-Schoten ab, alles mit reichlich Bittebitte und Geschmolle garniert ...« Witte hielt einen Augenblick inne. »Ich will nicht schlecht über Tanja reden«, sagte er beinahe entschuldigend. »Sie hatte auch ihre guten Seiten, sogar sehr gute, während dieses Nachmittages allerdings war von denen wenig zu merken. Sage ich, denn die Bergmanns schien sie in der Tat bezaubert zu haben. Die unterstützten, lächelnd erst, dann lachend, ihr Bitten, und schließlich – was blieb ihm angesichts der Übermacht übrig – gab Daddy Brummbär nach, eine Entscheidung, die allgemein gefeiert und reichlich begossen wurde. Beim Abschied aber kamen wir überein, uns am 16., dem Tag des Palio, um 14 Uhr an der Fonte Gaia, dem Brunnen der Piazza del Campo, zu treffen.

In der Hausbibliothek hatte Tanja ein Buch über Siena aufgestöbert, den nächsten Tag verwandte sie darauf, sich in Sachen Siena und vor allem in punkto Palio schlau zu machen. Fortwährend teilte sie mir neue Erkenntnisse mit, Lesefrüchte, die mir in der Regel freilich nicht ganz unbekannt waren: daß man die senesischen Stadtteile Contraden nenne, daß es davon siebzehn Stück gebe, daß jede Contrade ihr Symbol habe, daß der Palio zwischen den Contraden ausgetragen werde und so weiter – doch ich muß zugeben, daß sie dank ihrer raschen, wenn auch nicht besonders organisierten Auffassungsgabe am Abend mehr über den Palio wußte, als ich in all den Jahren aufgeschnappt und behalten hatte. Ich war nämlich nicht nur nie zum Palio gegangen, ich hatte mich auch stets geweigert, jener Sorte um Siena ansässiger Fremder nachzueifern, die sich nach und nach zu Intimkennern der Paliogeheimnisse entwickelt hatten, zum Gegenstück jener zugereisten *aficionados* à la Hemingway, die keine Fiesta, keinen Stierkampf und keine Gelegenheit auslassen, ihr Wissen so breit wie zäh vor den staunenden Nichteingeweihten auszubreiten. Doch ich werde wohl schon wieder ungerecht.«

Hier unterbrach sich Witte, da der Kellner fragte, ob er abtragen könne. Er wechselte einen Blick mit Mangold, der bestätigend nickte. »Auch einen Kaffee?« Mangold nickte abermals. »Due caffe e due grappe. Auch eine Grappa?« Zum dritten Mal nickte Mangold. »Due grappe allora.« Witte schien den Faden verloren zu haben, doch nicht lange: »Ach was, ich bin die Gerechtigkeit in Person. Und da ich außerdem klaustrophob bin – nicht auffällig klaustrophob, aber doch einer von denen, die sich im Kino nie in die Mitte setzen –, widmete ich den Tag vor dem Palio gänzlich der inneren und vor allem äußerlichen Ertüchtigung, enthielt mich des Alkohols und weitgehend auch der Zigaretten, setzte mich in genauen Dosierungen der noch ungewohnten italienischen Sonne aus und fühlte mich, als am Abend ein wohltuend erfrischender Wind vom Tal wehte, derart gestärkt, daß ich mit einem nicht mehr beklommenen, sondern fast wollüstigen Schauder dem nächsten Tag entgegensah, so, wie man den Beginn eines als besonders schön gruslig gepriesenen Gruselfilms erwartet. Allerdings meide ich Gruselfilme in der Regel. Stimmt nicht, ich gehe gar nicht rein. Ich vertrage sie nicht. Leider bin ich mit den Jahren immer leichter zu beeindrucken. Geht dir das eigentlich auch so?«

Für einen Augenblick erwog Mangold die Möglichkeit einer ernstgemeinten Frage und die einer ernstzunehmenden Antwort. Doch statt dessen schüttelte er nur vage den Kopf. Je eher der Freund zum Punkt kam, desto besser für beide. Für alle, dachte er zu seinem eigenen Erstaunen, ohne daß er hätte sagen können, wen eigentlich er mit ›alle‹ meinte. Vielleicht die ganze unglückselige Corona, die sich nun hoffentlich bald auf diesem Platz da versammeln würde. »Ja?« sagte er anspornend.

»Ja – und am nächsten Tag ging es also nach Siena. Nicht erst gegen Mittag, wie ausgemacht war, sondern bereits um zehn, da Tanja dem Siena-Führer entnommen hatte, man solle die Palio-Atmosphäre nach Möglichkeit bereits vom Vortage an auf sich einwirken lassen, mit Bestimmtheit aber den ganzen Tag des Palio über, erst so gerate man in den Sog dieses so einzigartigen wie letztlich unbeschreiblichen Ereignisses – na und so weiter. Und es ließ sich ja auch ganz gut an. Schon in den Dörfern und Vorstädten sahen wir die ersten Fahnen der Contraden – Anhänger der unterschiedlichen Stadtteile hatten damit ihre Fenster geschmückt –, und Tanja hielt mich über die jeweiligen Symbole auf dem laufenden: Da, der Panther! Da, die Giraffe! Da, die Muschel! Überraschend leicht fand ich einen Parkplatz am Rande der Stadtmauer, durch die rosige Porta Ovile betraten wir Siena. Nun ist Siena ja sehr schön. Warst du mal in Siena? Ich brauche jetzt noch eine Grappa. Willst du auch noch eine Grappa? Due altre grappe, per favore. Und Siena war auch diesmal sehr schön. Schön laut, schön voll, schön heiß. Schön blöd auch die Senesen, die sich da durch die Straßen drängten – na, eher schön weggetreten. Fast alle waren durch ein bedrucktes Tuch als Anhänger oder Mitglied irgendeiner Contrade kenntlich gemacht, fast alle schienen nur eines im Kopf zu haben: die Qualitäten der unterschiedlichen Pferde und die Interessen ihrer Reiter. Wußtest du, daß die Pferde nicht den Stadtteilen gehören, sondern vor jedem Rennen neu ausgelost werden? Und daß die Reiter, die *fantini,* nicht den Contraden entstammen, deren Farben sie vertreten, sondern Mietlinge sind, meist aus Sardinien oder der Maremma, Söldner also, die bezahlt werden und daher auch bestochen werden können? Und die auch bestochen werden, und das nicht zu knapp? Nun, ich wußte das alles an jenem Morgen auch noch nicht. Doch daß da etwas in der Luft lag, teilte sich mir von dem Augenblick an mit, an dem wir eine Bar auf dem Wege zur Piazza betraten, um dort das Frühstück einzuwerfen. Kaum daß die Kassiererin aufblickte, fast Zufall, daß der Barmann uns bediente, denn beide waren mit einem weiteren Kunden in ein abgründiges Gespräch vertieft, von dem ich immer nur *cavallo, cavallo* verstand, also Pferd, sprich Bahnhof.

Es lag was in der Luft, sagte ich, und richtig, zehn Minuten später hatten Tanja und ich bereits den ersten Streit. Den ersten dieses Tages, genauer gesagt. Die Tücher der Contraden hatten es ihr angetan; überall wurden sie feilgeboten, und sie wollte, daß ich ihr eins kaufte. Ich lehnte ab. Der Contradenwahn der Senesen sei deren Sache. Touristen sollten sich da raushalten, sie liefen sonst Gefahr, anbiedernd zu wirken. Wieso anbiedernd? Komm, kauf mir doch so ein Tuch. – Kauf dir selber eins, die sind doch billig. – Darum geht es nicht, ich will ein Tuch von dir. – Warum? – Als Test. – Was für ein Test? Der Test, erklärte sie mir, hätte darin bestanden, welches Symbol mir für sie passend erschienen wäre. Ob ich also Istrice, das Stachelschwein, Lupa, die Wölfin, Leocomo, das Einhorn, Onda, die Welle, Chiocciola, die Schnecke, oder eines der restlichen zwölf Stadtteilembleme ausgesucht hätte. Aber nun sei sie nicht mehr interessiert. Zu schade – wieso eigentlich ließ ich mich zu dieser dümmlichen Replik hinreißen? –, wo ich doch so ein schönes Emblem für sie wüßte und das auch gerne zu kaufen bereit sei: Oca, die Gans. Bis zur Piazza sprach Tanja kein Wort mit mir.

Die Piazza also. Wie oft hatte ich bereits auf ihr gestanden, immer hatte ich sie bewundert, ja geliebt, nie war sie mir als Falle erschienen. Anders an diesem Tage. Noch war der Platz nur mäßig gefüllt – das Schauspiel sollte ja erst um fünf Uhr abends beginnen –, doch schon waren längs den Häusern die Tribünen aufgebaut, schon war der rund um den Platz führende Parcours mit gestampftem Lehm bedeckt, schon hatte man die steinernen Pfeiler, welche den ziegelbedeckten Teil des Platzes von der Rennbahn trennen, durch große Holztafeln zu einer nur noch hier und da durchlässigen Absperrung verbunden. Diese Vorkehrungen freilich erheiterten mich auf den ersten Blick eher, als daß sie mich bedrückten. Noch ging ja rund um den Platz das gewohnte Leben weiter, wenn auch unter ungewohnten Bedingungen: Die Tische der den Platz säumenden Cafés und Restaurants standen auf gelb gleißendem Lehm, wer die Lokale selber betreten wollte, mußte sich bücken, da die umlaufenden Tribünen so konstruiert waren, daß sie nur den allernotwendigsten Durchlaß zu den Häusern aussparten. Auch waren bestimmte Lokale und Hauseingänge bereits gänzlich durch die Sitzreihen versperrt und nur dadurch zu erreichen, daß man sich von einem der Durchlässe aus bis zum betreffenden Portal vorarbeitete, immer an der Wand lang, durch all die anderen Menschen hindurch, die sich ebenfalls im schmalen, niedrigen Tribüneninneren drängten, um irgendwelche Geschäfte oder Eingänge zu erreichen, Eingesperrte auch sie in einem Zwinger aus waagrechten Holzbrettern und senkrechten Menschenbeinen, doch ich greife vor, das war alles erst später, und diesmal war es eindeutig Tanjas Schuld, aber darauf komme ich noch.

Der Platz also. Er war so harmonisch, so weitläufig, so einzigartig wie immer. Alarmiert jedoch bemerkte ich – und es war das erste Mal, daß ich dies bemerkte –, wie abgeschnitten von der Stadt er dalag. Oder wie aus der Stadt herausgeschnitten? Paß auf!«

Mangold schrak fast zusammen, als Witte plötzlich derart direkt das Wort an ihn richtete. »Ich paß die ganze Zeit auf«, sagte er beinahe unwirsch, doch Witte, der nun endlich das passende Wort gefunden zu haben schien, redete weiter: »Hineingeschnitten! Da breitet sich also dieser prächtige Platz aus, doch keine breiten Prachtstraßen führen auf ihn zu, sondern lediglich Sträßchen, Gassen eigentlich; fast lückenlos, wie eine Mauer, umstehen ihn der Palazzo Pubblico und die anderen Palazzi, kaum daß die schmalen, dunklen Einschnitte im Ziegelrot der Fassaden zu bemerken sind – dieser Platz öffnet sich nicht, er schließt sich ab, und beim Palio tut er das gleich doppelt: Während die Gebäude die Rennbahn einschließen, wird die zuschauende Menge auf dem gepflasterten Halbrund von der Bahn eingeschlossen, und das, so viel wußte ich bereits, für mindestens zwei Stunden, da dem Rennen noch ein Umzug in historischen Kostümen voranzugehen pflegt.

Von alldem schien Tanja nichts zu bemerken. Der Platz bezauberte sie sogleich, und ihre unverstellte Freude an all dem Unerwarteten, Unbekannten und Ungewohnten bezauberte auch mich. So wenig ich vom Palio weiß, von senesischer Kunst weiß ich einiges, für eine Stunde wenigstens wurde wenigstens ein Teil meiner Düsseldorfer Italienphantasien wahr: Der große Zampano weihte ein lernbegieriges junges Ding in die Wunder spätmittelalterlicher Architektur und Malerei ein, und der junge Mensch ließ sich doch tatsächlich von dessen feuriger Gelehrsamkeit anrühren, ja anstecken. Simone Martinis Fresko des reitenden Feldherrn Guidoriccio fand Tanja sogar wirklich Spitze, lange stand ich mit ihr vor dem Bild, nicht ahnend, wie sehr mir Guidoriccios lebende Kopien noch am gleichen Nachmittag auf den Geist gehen sollten. Ah, unvergeßliche Stunde in den kühlen Sälen des Palazzo Pubblico! Dann, als wir wieder auf den Platz traten, traf mich die Hitze wie ein Schlag. Sagte ich bereits, daß die Senesen den Palio gleich zweimal im Jahr begehen?« Witte blickte nachdenklich in sein leeres Schnapsglas. »Noch eine Grappa? Ancora due grappe! Ja, zwei. Beide finden zu Ehren der Mutter Gottes statt, der Juli-Palio ist der Madonna von Provenzano, der August-Palio der Assunta geweiht, der aufgefahrenen Madonna also. Daher auch das Datum, sechzehnter August, ein Tag nach Ferragosto, dem Fest Mariä Himmelfahrt, der oft heißesten Zeit des Jahres – nicht zufällig ist es die klassische Ferienzeit der Italiener. Und habe ich schon gesagt, daß ich große Hitze nicht besonders mag, schon gar nicht in großen Städten?«

Mangold nickte müde, fast verzagt. Das alles kam ja gar nicht von der Stelle! Wie eine Maus im Tretrad schien der Freund sich ständig im Kreise drehen zu müssen. Würde er je einen Ausgang finden? Verstohlen sah er nach der Uhr, da kamen die Schnäpse. »Und dann?« Anspornend hob er das Glas.

»Der Friede zwischen Tanja und mir hielt nicht lange an. Daß sie verlangte, ich solle für uns zwei Tribünenplätze erstehen, war noch relativ leicht abzuschmettern. Erstens kosten die zwischen hundert und dreihundert Mark, zweitens hatte ich nicht so viel Geld bei mir, und drittens waren die Tribünen bereits seit Tagen vollständig ausverkauft. Auch vermochte ich Tanja begreiflich zu machen, selbst kleiner gewachsene Menschen seien in der Lage, das Rennen vom Platz aus zu verfolgen, da der wegen seiner amphitheatralischen Lage und Schräge von jedem Punkt aus eine befriedigende Sicht garantiere – du, frag mich nicht, wie das geht, es geht jedenfalls. Den Ausschlag aber gab, daß ich mich überdies auf die Bergmanns berufen konnte, Palio-Besucher seit Jahren, die sich lediglich einmal den Luxus der Tribünenplätze geleistet und anschließend übereinstimmend versichert hätten, die wirkliche Palio-Atmosphäre sei nur inmitten der Menge zu erfahren, auf dem für jedermann kostenlos zugänglichen Platz also. So flocht ich selber eifrig an der Schlinge, in der ich mich dann so schrecklich fangen sollte.« Hier griff Witte zum Grappa. »Der nächste Streit war weniger leicht beizulegen. Stimmt nicht. Der wurde eigentlich gar nicht beigelegt, als offene Wunde vergiftete er von nun an den Rest dieses umwitterten Tages. Es war mittlerweile halb eins, und Tanja wollte in einem der Restaurants, die den Platz umgaben, zu Mittag essen, unter einem der Sonnenschirme, auf dem gelben Lehm der Rennbahn. Dem Reiseführer hatte sie entnommen, daß allen anderen Lokalen das ›La Mangia‹ vorzuziehen sei, ein Restaurant, das seinen Namen der Tatsache verdankt, daß es dem gleichnamigen Ratshausturm gegenüberliegt. Ich war dagegen und schlug vor, statt dessen in einem der preiswerteren, jedoch keineswegs schlechteren Restaurants der nicht weniger pittoresken Innenstadt zu essen. Sie drängte mich, nachzufragen, ob im ›La Mangia‹ ein Tisch frei sei. Zu meiner Erleichterung konnte ich auf die Riservato-Schilder auf sämtlichen Tischen hinweisen. Dann eben im Nachbarrestaurant, da stünden keine Schilder. Nun kam es zum Schwur – ich weigerte mich, zu fragen. – Wieso? – Weil ich keine überteuerten Touristenpreise zahlen wolle. Zugleich ahnte ich bereits, daß ich log, was meine Position nicht gerade stärkte, mein Lieber, nicht gerade stärkte.«

Witte, der offenbar entschlossen war, die Wahrheit zu

sagen und nichts als die Wahrheit, hatte keinen Blick für die gefurchte Stirn Mangolds. Eindringlich fuhr er fort:

»Du kennst das nicht, und weil du es nicht kennst, kannst du es, fürchte ich, auch nicht verstehen. Du bist nie als Jugendlicher durch die Toscana getrampt, mit einem Tagessatz von DM 7,50. Als Neunzehnjähriger stand ich das erste Mal auf der Piazza del Campo und habe diejenigen, die da im Freien speisten, ebenso beneidet wie verachtet. So einer wie die da wollte ich nie werden, vielleicht deswegen, weil ich damals unter keinen Umständen so einer wie die da sein konnte. Dort zu tafeln, das war für mich der Inbegriff des Luxus, verstehst du? Morgens wie abends schnitt ich mir Tomaten auf das viel zu rasch vertrocknete Weißbrot – Jugend, Italien und Opfer gehörten für mich unzertrennbar zusammen, ja meine Opfer machten geradezu meinen Stolz und die Essenz meines Italienerlebnisses aus. Ein Italien, das die da natürlich nie zu erfahren imstande waren, die Speisenden, die Satten, die Allerweltstouristen mit einem Wort. Die, die sich alles leisten konnten und eben deswegen nichts erlebten, nicht die Gastfreundschaft der Bauern, die dich bei Petroleumlicht mit Vin Santo bewirteten, und nicht die Feindseligkeit der Natur, die dir in Nullkommanix dein Zelt wegschwemmte, denn wenn es in Italien mal regnet, dann richtig. Aber wieso bin ich jetzt eigentlich beim Wetter gelandet?« Wie schuldbewußt hob Mangold die Hände. »Na egal«, sagte Witte fast entschuldigend. »Ach ja! Und da kommt also dieser junge Mensch daher, Tanja, ist das erste Mal in Italien und will als erstes auf der Piazza del Campo zu Mittag essen. Und ich schlage es ihr ab. Damals glaubte ich dafür so etwas wie finanzielle, meinethalben auch erzieherische Gründe ins Feld führen zu können, heute glaube ich zu wissen, daß es weit eher ältlicher Neid und kleinliche Mißgunst waren, vielleicht auch Platzangst – na egal. Ich war der Cicerone, ich hatte das Geld – nicht daß Tanja keins gehabt hätte, doch sie hatte keins dabei –, also hatte ich auch das Sagen. Als Kompromiß schlug ich vor, nach dem Essen den Kaffee oder ein Eis auf der Piazza einzunehmen; dann aßen wir gut, wenn auch reichlich schweigsam in einer schmalen, schattigen Straße nahe dem Dom. Laut genug freilich war es auch dort. Immer wieder zogen singend und in ungestalten Haufen die Anhänger unterschiedlicher Contraden durch die Gassen, schon waren die ersten Trommelwirbel zu hören, die die traditionellen, sehr viel gestalteteren Umzüge des Nachmittags ankündigten. All das beseitigte unsere Mißstimmung nicht, überdeckte sie aber. Dann war da der Wein, ein sehr guter Vernaccia di San Gimignano, der lockerte und spülte weitere Verklemmungen und Beklommenheiten hinweg. Schon redeten wir wieder miteinander, und als wir aufbrachen, um die Bergmanns zu treffen, schritt ich wie auf Wolken.

Die beiden warteten bereits an der Fonte Gaia, wir erkannten sie schon von weitem. Von nun an gestaltete sich alles einfacher, die Gespräche liefen überkreuz und überquer, umsichtig lenkten die Bergmanns, Palio-Eingeweihte er wie sie, unsere Schritte. Da war gleich um die Ecke der offene Stall zu besichtigen, in dem die vier weißen Ochsen noch einmal speisen durften, bevor sie den ebenfalls im Stall ausgestellten Catroccio, den Bannerwagen Sienas, rund um den Platz zu ziehen hatten, da war die ausgehängte Liste der an diesem Palio teilnehmenden Contraden zu studieren, da mußte man zum Domplatz, um dem Umzug der Stachelschweine beizuwohnen, und zum Palazzo del Monte dei Paschi, um die Contrade der Wölfin zu bewundern; denn nun zogen die Schautruppen bereits in vollem Wichs herum, ungemein ernste Jünglinge in Renaissancekostümen umrahmten einen womöglich noch ernsteren, jedenfalls reiferen Herrn in Prachtrüstung, den Capitano des jeweiligen Stadtteils, vor allem aber waren da Fahnenschwinger. Magst du Fahnenschwinger? Auf dem Domplatz sah ich die ersten: geschickte Burschen, welche die beeindruckend großen Lappen in eindrucksvoll vielfältigen Arten und Weisen zu schwingen imstande waren, vornerum, hintenrum, auf einem Bein, im Knien, und das immer voll synchronisiert, da die Fahnenschwinger stets als Paar auftraten – wirklich sehr ansprechend, immer vorausgesetzt, daß man Fahnenschwinger mag. War es der Wein, wollte ich es der von dem ganzen Geschwinge sichtlich beeindruckten Tanja recht tun – jedenfalls gab ich vor, das ganze Gelärme und Gewedel sehr schön zu finden, und vielleicht entsprach das zu diesem Zeitpunkt auch noch der Wahrheit. Aber was ist Wahrheit? Heute jedenfalls hasse ich dieses ebenso bewegungsverliebte wie letztlich lahmarschige Pack, und ich habe meine Gründe dafür, mein Lieber, gute Gründe, schreckliche Gründe, schrecklich gute Gründe. Doch ich greife schon wieder vor, erst mal drängten wir uns durch die immer volleren, immer lauteren Sträßchen; wenn wir uns zu verlieren drohten, hob Bergmann meinen Regenschirm – habe ich dir schon erzählt, daß ich die ganze Zeit über mit einem schwarzen Regenschirm herumgelaufen war? Dem einzigen Regenschirm, der an diesem immer noch wolkenlosen, heißen Tage durch die Straßen Sienas getragen wurde? Er sollte mir auf der Piazza als Sonnenschutz dienen, Tanja hatte mich fast flehentlich gebeten, ihn doch im Auto zu lassen, er wirke so albern – doch nun, da sich Bergmann seiner bemächtigt hatte, ihn wie einen Spazierstock hart aufs Pflaster stieß, fand sie ihn auf einmal sehr witzig, na egal. Und dann waren da überall Bars, in denen man auf die Schnelle irgend etwas Durstlöschendes sicherstellen konnte; während die Frauen die Obstsäfte durchprobierten, hielten sich Bergmann und ich an die mittelharten Sachen, doch obwohl wir das gleiche tranken, waren doch schwerlich zwei unterschiedlichere Trinker denkbar. Ihm war jedes neue Glas ein weiteres I-Tüpfelchen, das seiner strahlenden Palio-Euphorie letzten Schliff und Glanz verlieh, ich trank, um meine nie gänzlich unterdrückte Furcht in immer haltbarere Ketten zu binden, eine Furcht, die stets dann erneut ihr Haupt zu erheben drohte, wenn ich mich, aus der schützenden Bar kommend, in einer schon wieder dichter gewordenen Menschenmenge fand. Was da an Volk unterwegs war!« Witte schüttelte in nachträglicher Ungläubigkeit den Kopf. »Und fast alles Senesen! Jedenfalls Italiener. Kaum Touristen! Jedenfalls nicht mehr als sonst. Unglaublich! Einfach unglaublich!« Mangold tat sein Bestes, die Verwunderung des Freundes wenigstens mimisch zu teilen. Der aber nahm das kaum wahr. »Na gut. Tanja und ich gerieten noch einmal kurz aneinander, als sie davon berichtete, wie gut ihr die Darstellung des Guidorucci – Guidoriccio, verbesserte ich – von Lorenzetti gefallen habe – von Simone Martini, warf ich ein, da Tanja ihn offensichtlich mit den Brüdern Lorenzetti verwechselte, die ebenfalls Wandbilder im Palazzo Pubblico gemalt hatten, allerdings keinen Feldherrn, sondern die Allegorie der guten und schlechten Regierung –, und dieses Bild, fuhr Tanja tapfer fort, sei das erste Landschaftsbild der europäischen Kunst. Nun ist es das keineswegs, auf dem Bild findet sich lediglich die erste großformatige Landschaftsdarstellung der europäischen Kunst, und die auch nur als Hintergrund; die Bergmanns, die das so gut wußten wie ich, schwiegen jedoch taktvoll, nur ich mußte mal wieder alles richtigstellen: O nein! Das erste gesicherte Landschaftsbild der europäischen Kunst sei von einem der Lorenzettis. – Eben hast du noch gesagt, es ist von Simone Martini. – Ach was, ich rede jetzt nicht vom Guidoriccio, ich meine ein ganz anderes Bild, eigentlich zwei Bilder, kleinformatige Landschaften, wahrscheinlich Reste einer Brauttruhe, in der hiesigen Pinacoteca. – Du hast mir aber selber gesagt … na und so weiter, denn natürlich hatte ich ihr das alles bereits am Vormittag haarklein erklärt, und natürlich hatte sie einiges durcheinandergebracht, und natürlich hätte ich in Gegenwart der Bergmanns den Mund halten sollen, doch ich konnte ganz einfach nicht anders: Der große Zampano ließ die Maske fallen, der blanke Oberlehrer kam zum Vorschein und hätte wohl noch lange doziert, wäre Bergmann ihm nicht mit einigen versöhnlichen Scherzen wirkungsvoll in die Parade gefahren und hätte seine Frau nicht zum Aufbruch gedrängt, es sei allmählich Zeit, endgültig einen Platz auf der Piazza einzunehmen. Durch das Nadelöhr der Porta Salaria zwängten wir uns gleich all den anderen, die dasselbe Ziel hatten, auf den Campo – nein, erst war noch die Sache mit dem Eis.«

Witte seufzte auf. So, als sei er es, der die ganze unglückselige Geschichte anzuhören habe, dachte Mangold beinahe ungehalten.

»Wir wollten also gerade den Lehmboden der Rennbahn überqueren, um durch einen der noch offenen Eingänge auf den bereits merklich gefüllten Platz zu gelangen, als Tanja, wohl um sich für den Guidorucci-Riccio zu rächen, plötzlich darauf bestand, endlich ihr Eis zu bekommen. – Welches Eis denn? – Das, das du mir heute mittag versprochen hast. – Aber jetzt ist es doch Nachmittag. – Na und? Ich will trotzdem noch mein Eis. Versprochen ist versprochen. – Und wo soll ich das auf einmal herzaubern? Da verwandte sich Bergmann für Tanja. Dort, hinter den Tribünen, befinde sich eine seines Wissens ausgezeichnete Gelateria, wir müßten uns, von diesem Durchgang aus gesehen – er zeigte auf den Durchgang – immer rechts halten. Wir sollten uns jedoch beeilen, fiel seine Frau ein, der Platz werde um fünf geschlossen, sie würden schon mal auf dem Campo Aufstellung nehmen, ihr zumindest sei jetzt nicht nach Eis. Mit einem ›Beeilt euch also!‹ schloß sich Bergmann seiner Frau an.« Abermals seufzte Witte. »Es war halb fünf, als ich Tanja bedrückt und wütend ins Tribüneninnere folgte. Waren mir schon die vollgestopften Gassen wie eine Art Vorhölle erschienen, so kam das hier bereits der Hölle nahe. Während uns die Menschen entgegendrängten – Säumige, die nun auf den Platz wollten –, schoben und preßten wir uns als einzige gegen den Strom, weit vor uns die unerreichbar erscheinende, ja anscheinend unerreichbare Gelateria. Unser Vorhaben war dermaßen unsinnig, das Gatter, in das wir uns begeben hatten, derart unheilvoll, daß ich schließlich jeden Versuch des Weiterkommens aufgab und Tanja in den nächstbesten offenen Eingang zog, in ein merkwürdiges, fast leeres Etablissement, eine Art Pizzeria, nein, eher eine Art Birreria, ein Bierlokal also, in welchem ich zur Strafe zwei große Bier vom Faß orderte. Da – ich schob Tanja das Glas hin – da habe sie ihr Eis. Sie wolle wieder hinaus. Nein, jetzt werde erst mal das Eis gegessen. Sie trinke aber kein Bier. Das sei nun mal das einzige Eis, das sie hier hätten, hmmm, köstlich erfrischend. – Sehr witzig. – Nicht so witzig wie dein Wunsch, ausgerechnet jetzt und ausgerechnet unter diesen Umständen noch Eis zu essen. – Laß uns rausgehen, der Palio fängt doch gleich an. – Langsam, langsam, so ein feingehopftes Eis will auch mit Andacht weggeschlabbert werden ... Warum sprach ich nur so mit ihr?« Mangold wich Wittes fragendem Blick aus. »Ich mochte sie doch! Na – mögen ist vielleicht nicht das richtige Wort. Ich ...« Wie ein Schwert hing der begonnene Satz über dem Schweigen. Dann, ohne an die möglichen Folgen zu denken, sprang Mangold wie so oft schon für den Freund in die Bresche. »Du?« fragte er selbstlos.

»Na egal«, fuhr Witte entschlossen fort. »Ich trank also erst mal mein Bier, dann das Tanjas, das immer noch vor ihr stand, immer noch unberührt; ich, der ich doch nicht einmal in Deutschland Bier trinke, geschweige denn in Italien – so stellte ich nichtsahnend die Weichen, auf denen ich geradewegs ins Verderben rattern sollte. Rumpeldipumpel!« Witte prostete Mangold düster zu. »Auf das, was wir lieben! Und ich liebte es eben, Tanja zu zeigen, wo der Hammer hängt. Nicht, was du denkst! Nicht, was du denkst! Aber wo waren wir stehengeblieben?«

Wir? fragte sich Mangold verzweifelt. Wieso wir?

»Ach ja! Ein Blick auf die Uhr, zehn vor fünf, Zeit, endlich auf den Platz zu gehen! Wie leicht sich das anließ, wie schwer das dann zu bewerkstelligen war. Unter den Tribünen kaum ein Mensch mehr, in den Tribünenreihen allerdings auch nicht mehr die Spur eines Ausstiegs. Während ich unsere Biere getrunken hatte, waren die offengelassenen Ein- und Ausgänge ebenfalls in Tribünen verwandelt worden, durch Bretter, die man in vorbereitete Halterungen geschoben hatte, Bänke jetzt, die ebenfalls alle besetzt waren. Nein, nicht alle. Nach einigem Suchen bemerkte ich, daß sich drei, vier tiefer gelegene Bretter noch aus der Halterung schieben ließen, ich tat das, gebückt, fast kriechend traten wir auf die Rennbahn – und sahen uns erneut gefangen. Der Einlaß zwischen den Pfeilern, durch den die Bergmanns noch vor zwanzig Minuten auf den Platz gelangt waren – er war weg! Statt dessen eine lückenlose, hölzerne Absperrung, hinter der sich ebenso lückenlos die Menge drängte. Wir aber, Tanja und ich, standen unversehens auf dem vollkommen leeren Parcours. Tische, Stühle, Sonnenschirme – all das war natürlich schon längst weggeräumt worden. Aber daß da auch keine Menschen mehr auf und ab flanierten! Daß wir beide buchstäblich die einzigen lebenden Wesen auf dieser breiten und weiten Rennbahn waren, angestarrt von abertausend Augen – denn nicht nur hatten sich Platz und Tribüne gefüllt, auch auf den Balkons und in den Fenstern der hochragenden Häuser drängten sich bereits Zuschauer, obwohl es doch noch gar nichts zu schauen gab – nein, stimmt nicht: Es gab ja uns. Was tun? Ich schritt panisch aus, ohne mich um Tanja zu kümmern. Irgendwo mußte sich doch eine rettende Lücke finden, eine, die auf den Platz führte. Da war aber keine mehr. Weit hinter mir beschwor mich eine immer verzweifeltere Tanja, doch nicht so schnell zu gehen. Ich rief zurück, das hätte sie nun von ihrem ewigen Eisessen …« Witte schenkte schnell nach und trank hastig. »Wir hatten den Halbkreis der Bahn an seinem Scheitelpunkt betreten, waren nun bereits dort angelangt, wo dieser Halbkreis in jene einigermaßen grade Gerade übergeht, die von da ab an dem breitgelagerten Gebäude des Palazzo Pubblico entlangführt – und immer noch kein Entrinnen! Freilich, durch die schmale Via Giovanni Dupre hätten wir uns nach rechts, in die Stadt retten können, doch wir wollten ja nach links, auf den Platz, wollten durch die Mauer der Zehntausende, die unseren verzweifelten Lauf mitverfolgten – zwei Mäuse auf der Suche nach einem Loch in die Falle. Und wir fanden es auch, natürlich, erst aber mußten wir fast die gesamte Gerade hinter uns bringen, ich immer vorneweg, Tanja, nun nicht mehr klagend, sondern in versteinertem Zorn immer hinterher, bis wir endlich die Kette der Carabinieri erreichten, die die Rennbahn in Höhe der Via del Porrione absperrten und zugleich einen Zugang zum Platz offenhielten. Verwundert – wo kamen die denn her? – rückte einer der Polizisten beiseite, als ich ihn plötzlich auf den Rücken tippte, und dann – endlich bequemte ich mich dazu, auf Tanja zu warten – waren wir glücklich wieder unter Menschen, in einem Strom, der uns förmlich in den Platz riß. Wir hatten es geschafft, jetzt gab es kein Entrinnen mehr.

Freilich – erst einmal war es auf dem Platz gar nicht so eng und schlimm, wie es von der Bahn aus den Anschein gehabt hatte. Am Rand standen die Zuschauer bereits gepreßt und unbeweglich, gegen den Rand drängten sich viele der Neuankömmlinge – doch noch konnte man sich auf den weniger begehrten Teilen des Campo ohne Schwierigkeit bewegen; ganze Gruppen hockten oder lagerten unbehelligt auf dem Boden, hier und da gab es auch Stände, die Limonade und Erdnüsse verkauften, nur Limonade, wie ich rasch und bedauernd feststellte – er ist ja doch eine Stütze, der Alkohol, jedenfalls glaubte ich das damals noch, eine Stütze allerdings, die selber ständig neu gestützt werden mußte, durch Nachschub, und der, ich bemerkte es besorgt, würde während der nächsten zwei, drei Stunden ausbleiben. Prost auch!« In gewohnter Verbindlichkeit griff Mangold ebenfalls zum Glas. »Dafür fanden wir die Bergmanns ohne Schwierigkeiten. Ganz in unserer Nähe, gegenüber dem Hauptportal des Palazzo Pubblico entdeckte Tanja den hochgereckten schwarzen Schirm, lachend berichtete uns das Paar, wie seltsam sich unser Gang auf der leeren Rennbahn ausgenommen habe. Da mußten auch wir lachen. Das war ja eigentlich alles schrecklich komisch. Und so schrecklich heiß war es auch nicht mehr, obwohl wir auf dem sonnenbeschienenen Teil des Platzes standen. Aber die Schatten der Häuser wuchsen ja, außerdem hatte sich ein leichter Wolkenschleier vor die Sonne gelegt; fast erleichtert konstatierte Bergmann, die *rinfrescata* werde heute wohl ausbleiben, die ›Erfrischung‹, das traditionelle Sommergewitter, das – so wollen es landläufige Meinung und meteorologisches Brauchtum – regelmäßig am Nachmittage des sechzehnten August über Italien niederzugehen hat. Von da war es dann kein weiter Weg zu sehr viel naheliegenderen Traditionen. Palio war angesagt, und darüber wußte Bergmann viel zu sagen, alles mit Hand und mit Fuß und mit Pfiff und mit Witz und mit Charme und mit Schirm, von welchem er sich offenbar gar nicht mehr zu trennen gedachte – also Tanja jedenfalls war ganz hingerissen.« Wittes Hand fuhr vor, fast hätte er Mangolds Arm berührt.

»Ich werde schon wieder ungerecht, stimmt's? Ich will aber nicht ungerecht werden, und ich werde auch nicht ungerecht werden. Ich schaff das schon, mein Lieber, keine Sorge, und wie ich das schaffe!« Wittes Mittelfinger schlug den Takt zu seinen Versicherungen. »Es war nun halb sechs, und noch immer füllte sich der Platz. Den Eingang, durch welchen wir gerade noch hatten hindurchschlüpfen können, hatte man zwar geschlossen, doch immer noch hielten die Carabinieri einen letzten, von uns weit entfernten Durchgang offen. Da wir am tiefsten Punkt des Platzes standen, gegenüber der Capella di Piazza, einer dem Mangia-Turm angeklebten offenen Loggia, blickte ich, wenn ich mich umwandte, auf ein Meer von Haar. Nein, auf eine Matte von Haaren. Nein, auf eine leicht ansteigende Haarmatte. Nein, paß auf: Die Nächststehenden hatten noch Gesichter. Von den Näherstehenden sah ich noch halbe Gesichter, Stirnen, das Haar. Von den Weiterstehenden dann nur noch das Haar, bis schließlich das Haar der Nochweiterstehenden unterschiedslos ineinanderfloß, sich zu jener schwarzbraunen Haarmatte vereinigte, von der ich sprach. Nein – Haarmeer ist doch besser. In eine Matte kann ja nichts hineinströmen, genau so aber nahm sich der Zufluß der Neuankömmlinge aus, als Haarstrom, der sich anfangs mit großer Kraft ins Haarmeer ergoß, dann unmerklich langsamer wurde und schließlich ganz zum Stillstand kam. Bißchen viel Haare. Und hatte Bergmann nicht gesagt, der Platz werde um fünf geschlossen? Egal – raus kam man jedenfalls nicht mehr. Froh über jede Ablenkung, hörte ich Bergmann zu. Der erzählte gerade vom Juli-Palio, dem Palio der Zwischenfälle, wie ihn die Zeitungen getauft hätten. Die traditionelle Schiebung nämlich sei bereits perfekt gewesen, der Stadtteil Bruco, die Raupe, habe das erste Mal seit dreißig Jahren gewinnen sollen. Um nicht selber zu gewinnen, sei der bestochene *fantino* des mit Bruco befreundeten Stadtteils Onda, die Welle, vom Pferd gefallen. Der Reiter des mit Bruco verfeindeten Stadtteils Giraffa, die Giraffe, jedoch habe derart geistesgegenwärtig und bösartig auf das herrenlose Onda-Pferd eingeschlagen, daß es tatsächlich als erstes durchs Ziel gegangen sei. Sieg für die Contrade Onda also, da beim Palio nicht der Reiter, sondern das Pferd gewinne. Bergmann weidete sich an unserem Erstaunen. Ja, so sei das. Und zwar deshalb, weil Pferd und Reiter als Dualität begriffen würden, richtiger: als ewiger Dualismus. Das von Natur aus unbestechliche, der Contrade durch Los zugefallene Pferd nämlich verkörpere *l'onore,* die Ehre, der Reiter dürfe, nein müsse daher zwangsläufig den Gegenpart übernehmen – sonst sei der Dualismus ja nicht perfekt –, die Rolle des zu allen Schandtaten bereiten Schlitzohrs also, das denn auch mit allen Waffen kämpfe: mit Bestechung, mit Schlägen gegen andere Pferde, vor allem aber andere Reiter, mit geradezu lebensgefährlichen Störmanövern – so gebe es *fantini,* die eigens deshalb von ihrem Pferd vor die Beine eines der anderen Pferde fielen, um dieses zum Sturz zu bringen. Denn – und das sei eine weitere Eigenart des Palio – häufig gehe es weniger um den Sieg des eigenen Pferdes, so erstrebenswert der auch sei, sondern vielmehr darum, den Sieg der Feindcontrade mit allen Mitteln zu verhindern. Zwischen den Stadtteilen nämlich herrschten Feindschaften, die ebenso weit zurückreichten wie das Rennen selber, also Jahrhunderte. Feinde beispielsweise seien die bereits erwähnte, früher einmal adlige Contrade der Giraffe und die von alters her proletarische der Raupe, die der Wölfin und die des Stachelschweins, die der Schildkröte und die der Schnecke.

Das alles erzählte Bergmann, und seine Frau wußte ebenfalls Kennerhaftes beizusteuern, daß die Pferde am Vortage des Rennens in den Stadtteilkirchen gesegnet und geweiht würden, vom Priester und mit der Formel ›Und nun benimm dich wie ein Mann, gehe hinfort und kehre als Sieger zurück‹, vor dem Rennen selber allerdings vertraue man dann mehr dem Doping als der Segnung – wieder mußten wir alle lachen, und dann fragte ich, ob jemand eine Limonade wolle, bald käme man nicht mehr zum Stand durch. Die Bergmanns wollten, Tanja wollte nicht, mit zwei Limonadeflaschen in Händen kehrte ich gerade noch rechtzeitig zurück, um gemeinsam mit den anderen den Anfang des Spektakels zu erleben. Oder das, was der Italiener unter Anfang versteht.«

Sah Witte den Ausdruck unbestimmter Furcht in Mangolds Augen oder ahnte er ihn lediglich? Auf jeden Fall beeilte er sich, Zuversicht zu verbreiten: »Du – ich mach's kurz. Wenn es der Italiener nur auch so kurz gemacht hätte! Ich rede nicht vom Rennen selber, das ist so kurz, kürzer geht es nicht: drei Runden à eine halbe Minute, in anderthalb Minuten also ist alles vorbei – aber das Vorprogramm! Es war nun etwa Viertel vor sechs, da trabte zu einem Böllerschuß erst mal berittene Polizei auf die Bahn. In Uniformen des neunzehnten Jahrhunderts allerdings, mit Dreispitz und Degen, den zogen sie nach der ersten Runde aus der Scheide, und dann ging es in vollem Galopp und mit gestrecktem Degen noch einmal um den Platz, Reiterattacke von Anno dunnemals, sehr ansprechend, doch, doch. Aber dann! Magst du eigentlich Umzüge? Nein, nein, nicht die üblichen, dreimal umgezogen, einmal abgebrannt, nein – so historische? Ich habe sie schon 1953 nicht gemocht, bei der Tausendjahrfeier meiner Heimatstadt, aber das da in Siena stellte alles in den Schatten. Dabei gab ich mir anfangs redlich Mühe, den nicht enden wollenden Aufmarsch ebenso zu mögen wie die unablässig Aufmarschierenden: den Herold der Stadt, die Trompeter zu Fuß, die Vertreter irgendwelcher senesischer Provinzen, die Schautruppen der Contraden schließlich. Sie alle betraten – von uns aus kaum erkennbar – den Platz dort, wo Tanja und ich aus der Kurve in die Gerade eingelaufen waren, marschierten dann allerdings in entgegengesetzter Richtung um das gesamte Halbrund, bis sie endlich, vor dem Palazzo Pubblico angelangt, entweder in den Toren des Rathauses verschwanden oder aber auf einer bereitstehenden Tribüne Platz nahmen, von welcher aus sie fortan einen farbenprächtigen Anblick boten oder aber, schlimmer noch, weitertuteten und weitertrommelten. Aber ich bin schon wieder ungerecht.« Witte untermalte diesen Satz mit einem Trommelwirbel seiner Finger. »Nein, ich bin überhaupt nicht ungerecht. Der Leidende ist nie ungerecht. Und ich habe gelitten, mein Lieber, und wie ich gelitten habe. Hör zu!

Der Wolkenschleier hatte sich verzogen, mit erstaunlicher Kraft heizte die späte Augustsonne den Platz erneut auf. Immer noch quoll der Strom der Unentwegten durch den immer noch offenen Einlaß in das Meer der Wartenden. Jetzt füllten sich die letzten leeren Stellen, nun erhoben sich die letzten Lagernden, um nicht unter die Füße der Nachdrängenden zu kommen. Enger rückten auch wir zusammen, die Bergmanns, Tanja und ich; als ich den Arm um ihre Schulter legte, schien ihr Körper zu erstarren. Da gab es gegenläufige Bewegung auf der Bahn. Während die Schautruppen dem Rathaustor zustrebten, wurde eine Bahre in die links vom Tor befindliche Loggia getragen. Jetzt erst erkannte ich, daß hinter der halbhohen Marmorbalustrade, unter dem luftigen Marmorbaldachin, der ärztliche Notdienst sein Quartier bezogen hatte. Mit ganzer Wucht wurde mir bewußt, daß dort, wo Ärzte warten, auch zu Verarztende erwartet werden. Wie stand es denn um mich? Bist du schon mal im Kino ohnmächtig geworden? Ich ja – nicht gerade im Zuschauerraum, aber doch auf der Toilette, bis dahin hatte ich mich gerade noch schleppen können. Ich kenne die Symptome, ich weiß, wie sich das ankündigt und wie du dann auf einmal aus der Welt fällst. Nein, falsch. Du wirst aus der Welt gestoßen. Aber nicht gleich. Erst einmal entfernt sich die Welt von dir. Die Bilder bedeuten nichts mehr, die Laute teilen nichts mehr mit. Alles tritt zurück, doch nur, um Kraft zu sammeln. Denn plötzlich fällt alles über dich her. Das Helle wird unbegreiflich hell, das Laute unfaßbar laut, das Nahe unerträglich nah. Was auseinanderzufallen schien, hängt auf einmal wieder unzertrennlich zusammen. Wie eine Kette umschlingt es dich. All das, was vorgab, nichts mehr zu bedeuten, meint unvermittelt und unmißverständlich ein und dasselbe: Es sind alles Warnzeichen. Zugleich setzen die körperlichen Warnungen ein: Zittern, Herzrasen, Schweißausbruch – wie gesagt, ich weiß, wie das ist. Und ich weiß auch, wie das geht, wenn du das alles schon mal prophylaktisch durchcheckst. Ich kenne die handfeste Panik ebenso wie die grundlose, die, die dich dann packt, wenn du mit Schrecken feststellst, daß eigentlich sämtliche Voraussetzungen für eine handfeste Panik gegeben sind.

Ich seh mich also um. Ich horche in mich rein – aber nein, da ist nichts. Nicht der Hauch einer Furcht, nicht die Spur einer Flatter. War es der Schutzschild des Alkohols, der mich beschirmte, war es meine durch den Lebenskampf unerwartet gestählte psycho-physische Konstitution – auf mir selber unbegreifliche Weise schien mir die geradezu klassische Versammlung widriger Umstände, in die ich hineingeraten war, nicht das geringste anhaben zu können. Ich war ganz einfach rundum in Ordnung, sah man mal von der Tatsache ab, daß ich ganz gerne kurz ausgetreten wäre.«

Witte wedelte mit der leeren Flasche. »Eine packen wir doch noch?« fragte er Mangold. »Was jetzt kommt, wird nicht so lustig«, fügte er hinzu, da aber entnahm er Mangolds unbestimmten Handbewegungen Abwehr, ja Ablehnung. »Ein Viertel Rotwein!« rief er dem Kellner nach.

»Na egal – mittlerweile also waren etwa sieben Contraden an uns vorbeigezogen, und noch immer rückten weitere nach. Sie betraten die Rennbahn in einem gewissen Abstand, dachten allerdings nicht daran, zügig bis zum Palazzo Pubblico durchzumarschieren, im Gegenteil. Erst mal blieben sie stehen, damit die Fahnenschwinger ihre Fahnen schwingen und in die Luft werfen konnten, dann rückten sie etwas vor, um erneut stehenzubleiben und das Spielchen zu wiederholen. Derweil hatte die nächste Contrade den Platz betreten, natürlich auch sie mit Fahnenschwingern nebst Trommlern, alles ging also noch mal von vorne los, das Geschwinge, das Getrommle, das Gerücke, das Stehenbleiben vor allem. Immer also waren mehrere Contraden auf dem Platz, und da insgesamt zehn am Rennen teilnahmen, hoffte ich ein Ende absehen zu können, nachdem doch schon fünf Stadtteile ihr Ziel erreicht hatten und da doch weitere fünf damit beschäftigt waren, ihre Schau abzuziehen. Da aber, nach Schnecke, Muschel, Einhorn, Schildkröte, Welle, Giraffe, Adler, Gans, Stachelschwein und Wölfin, rückte unvermutet eine weitere Contrade nach, Drago, der Drachen, und jäh ahnte ich, daß dieses Untier lediglich die Vorhut jener restlichen Contraden bildete, die aufgrund mir undurchsichtiger Regeln vom Assunta-Palio ausgeschlossen waren. Eine Ahnung, die Bergmann sogleich zu schrecklicher Gewißheit verfestigte: Aber ja! Vor jedem Palio zögen natürlich sämtliche siebzehn Contraden auf! Und auch die nichtbeteiligten sieben allesamt mit Tambour, Fahnenschwingern, Hauptmann, vier Pagen, Standartenträgern und Paradepferden – allerdings ohne Reiter, da sie ja nicht beim Wettkampf anzutreten hätten.

Aber dann, also nach diesen ganzen siebzehn Contraden, da würde es dann ja wohl losgehen, fragte ich in wilder Hoffnung. Aber woher denn, antwortete Bergmann, dann kämen erst mal noch Magistratspersonen, dann der ochsengezogene Carroccio, den wir bereits am Nachmittag hätten bewundern können, nun aber von kostümierten Beamten besetzt und vom Palio gekrönt, ja Palio, denn das Rennen sei nach seinem Preis benannt, also nach dem Palio, einer Standarte, die für jedes Rennen von wechselnden Malern neu gestaltet werde, wobei das Motiv allerdings unwandelbar das gleiche bliebe, die Madonna natürlich, sogar der Erzkommunist und Nichtskönner Guttuso habe sich einmal an der Mutter Gottes vergreifen dürfen, ja – und dann kämen natürlich noch jede Menge Bewaffnete, regelrechte Ritter in voller Rüstung, danach freilich, da fange der Palio dann aber gleich an.

Ein furchterregend ironisches Lächeln begleitete diese Worte, ich hütete mich, weiterzufragen. Immer noch wurden, da die Schautruppen die Rennbahn nicht zur Gänze umrundeten, der letzte Zugang also geöffnet bleiben konnte, Schaulustige auf den Platz gelassen. Nun begann es auch in unserer Umgebung merklich eng zu werden. Wie um sie zu schützen, zog ich Tanja enger an mich. Unmerklich erst, dann ergeben, schließlich bereitwillig löste sie sich aus ihrer Starrheit, aneinandergeschmiegt schickten sich unsere Körper an, jenen Frieden zu schließen, welcher höher ist denn alle Vernunft – wenn nur nicht mein eigener Körper von solch sich ständig verschärfendem Unfrieden heimgesucht worden wäre! Unbarmherzig langsam, genau so wie es Bergmann vorausgesagt hatte, rollte das Programm ab.

Irgendwann schwankte ein riesiges blau-rosa Frauenzimmer an mir vorbei, die Standarte, auf der der Maler Renzo Vespignani angeblich seine Lebensgefährtin in Gestalt der Madonna verewigt hatte, doch längst tat ich nur noch so, als ob der Umzug mich interessiere, längst suchte ich den Platz danach ab, ob irgendwo eine wie immer geartete Entsorgungsanstalt zu finden sei. Da war aber keine. Sehr italienisch, mein Lieber, sehr italienisch! Da trommelt man Zehntausende für Stunden auf einem ausweglosen Platz zusammen, Männer, Frauen, Kinder, da schenkt man überdies noch Limonade aus, da verschwendet man aber nicht den geringsten Gedanken daran, wie das natürlichste Bedürfnis der Masse zu stillen sei. Ist doch ihre Sache, wie sie damit fertig wird!

Wie aber wurden die alle damit fertig? Lückenlos reihte sich nun Haar an Haar, niemand wankte oder wich – ja, war ich denn der einzige, den die Gedankenlosigkeit der Stadtverwaltung zu immer hoffnungsloserer Ausschau zwang? Dann, endlich, das Ende des Zuges, bemitleidenswerte Ritter, rundum gepanzert und mit geschlossenem Visier, blinde und bewegungsunfähige Wesen, die vom Pferd gehoben und in den Palazzo Pubblico getragen werden mußten, wahrscheinlich geradewegs ins Badezimmer, dachte ich neidisch, fast zugleich aber ging ein Aufschrei durch die Menge – sag mal, stimmt das überhaupt?«

»Was?« fragte Mangold verwirrt.

»Daß ein Aufschrei durch die Menge geht? Sagt man das wirklich? Es klingt so ungemein betulich. Rast er nicht eher, der Aufschrei? Na egal. Die Menge jedenfalls schrie auf, denn nun schossen die Reiter aus dem Rathaustor, ein Haufen bunter, bösartiger Gesellen, die noch einmal kurz anhielten, um eine Peitsche in Empfang zu nehmen, und die dann zum Start trabten, dorthin, wo die Bergmanns und wir vor etwa zwei Stunden den unheilvollen Platz betreten hatten und wo nun auf einer Balustrade bereits Organisatoren, Ehrengäste, der Bürgermeister, vor allem aber der Siegespreis, der Palio, auf den Beginn des Rennens warteten. Oder auf das, was man in Italien so Beginn nennt. Denn während sich sämtliche Trommler noch einmal zu einem wahrhaft furchteinflößenden, ganz und gar heidnischen Wirbel zusammentaten, während der Platz mal hier, mal dort geradezu aufzublühen schien, da die versammelten Anhänger der einen oder anderen Contrade geschlossen ihre farbigen Tücher schwenkten, während neben uns eine Frau zitternd in die Knie sank, sich bekreuzigend, dieweil andere Mädchen die Spannung nur dadurch ertragen zu können schienen, daß sie sich mit geschlossenen Augen und haltlos stammelnden Lippen an ihren Freund klammerten – wie anders Tanja und ich, wir hatten uns längst wieder voneinander gelöst, gottlob, so konnte ich wenigstens ein wenig die Beine vertreten –, in all diesem äußerlichen Lärm und inneren Aufruhr also schrie uns Bergmann die teuflischen Regeln des erwarteten Starts zu: Daß da hinten, wir könnten sie leider nicht sehen, Seile gespannt seien, die *canape*, daß nun um die Reihenfolge der Aufstellung gelost werde, daß der wichtigste Part aber jenem *fantino* zufalle, der als letzter in den Startbereich einzureiten habe. Denn solange der sich raushalte, dürfe der *mossiere*, der Starter, die *mossa*, den Start, nicht auslösen. Da! Herr und Frau Bergmann tauschten ebenso kennerische wie bedenkliche Blicke – das werde ein schwieriger Start! Lupa als Letzter und Istrice als Vorletzter – zwei verfeindete Contraden als Schlußlichter! Istrice könne also, ja müsse den Startgalopp von Lupa behindern, während der *fantino* von Lupa wiederum alles daransetzen werde, erst dann in den Start einzureiten, wenn jene der befreundeten Contraden, die ihm am meisten Schmiergeld bezahlt habe, sich in günstiger Startposition befinde ...: Hoffentlich passiert nicht das gleiche wie im Juli!

Ich begriff nichts. Ich sah lediglich auf und ab tanzende Pferderücken, darauf Reiter, die weder willens noch fähig zu sein schienen, ihre Gäule in gerader Linie am Start zu versammeln. Kaum war so etwas wie Ordnung in das ständige Gewackel eingekehrt, scherte einer aus, ritt an die zwanzig Meter zurück, worauf all die anderen Reiter sich ebenfalls in alle Richtungen zerstreuten, um sich darauf, wie es schien nur äußerst widerwillig, erneut im Startbereich zusammenzufinden. Ein elendes Schauspiel, das jedoch die auf dem Platz herrschende Spannung weiter anheizte, eine Spannung, welche sich sicherlich auch mir mitgeteilt hätte, wäre ich nicht ständig, und immer ausschließlicher, mit Spannungen ganz anderer Art beschäftigt gewesen. So war es Tanja, die das wissen wollte, was ich nicht zu fragen vermochte oder wagte: Was war denn im Juli?

Aber das sei doch der Palio der Zwischenfälle gewesen, belehrten uns die Bergmanns, nach zehn Fehlstarts, nach mehr als einer Stunde ergebnislosen Bangens und Wartens habe die Rennleitung die Veranstaltung auf den nächsten Tag verschoben und – doch ich hörte bereits nicht mehr zu. Mehr als eine Stunde! Und selbst wenn das Rennen in absehbarer Zeit würde starten können – aus dem Schneider wäre ich noch lange nicht. All das Volk, das in Stunden auf den Platz gedrängt war, würde zumindest eine Stunde brauchen, um sich durch die wenigen Flaschenhälse wieder in die Stadt ergießen zu können, dorthin, wo es Bars gab und *gabinetti* – mit fast erdrückender Härte überfiel mich die Einsicht, daß mir nicht mehr die Zeit blieb, auf den Ausgang des Rennens zu warten, daß ich vielmehr hier und jetzt auf einen Ausweg sinnen mußte. Und ich fand ihn. Er war so naheliegend, daß ich ein Lächeln nicht unterdrükken konnte. Nein, eher ein Grinsen. Aber erst …« Witte schwenkte sein leeres Glas, und da auch Mangold diesmal zustimmend nickte, streckte er dem Kellner zwei gespreizte Finger entgegen; schweigend warteten beide, bis die vollen Gläser vor ihnen standen. Als ob er Kräfte gesammelt habe, reckte sich Witte und ließ dann die Ellbogen schwer auf den Tisch fallen.

»Ich mußte also die ganze Zeit pullern«, sagte er. »Ich hoffe, daß das klargeworden ist. Ich meine, es ist doch unwürdig, diesen Fakt in diese ganzen Andeutungen einzuhüllen. Geht aber wohl nicht anders. Das Pullern …« Er trank. »Es ist ein so knäbisches Bedürfnis. Nein – so ein knäbisches Thema. So unerwachsen jedenfalls. Immer noch wurden immer wieder Bahren in die Notstation unter der Loggia getragen, und fast beneidete ich die Getragenen. Was ihnen widerfahren war, entbehrte – bei aller Betretenheit, die es auslöste – nicht der Würde. Der Ohnmächtige, das weiß man, erliegt einer Macht, der nicht durch Appelle an die Willenskraft des Erlegenen beizukommen ist. Er ist unschuldig – oder doch zumindest entschuldigt. Er wird beherrscht; vom anderen aber, von dem, den die Notdurft beutelt, heißt es, er könne sich nicht beherrschen. Mi chiama la natura, mich ruft die Natur – so umschreibt der Italiener den Wunsch, auszutreten. Doch wehe, sie ruft zur falschen Zeit, dann, wenn es keinen Austritt gibt! Da treten erbarmungslos die Gesetze unserer Reinlichkeitskultur in Kraft, da drohen dem, der ihnen zuwiderhandelt oder nicht entsprechen kann, die schrecklichsten gesellschaftlichen Sanktionen: Schimpf, Schande, bestenfalls Lächerlichkeit. Na egal.

Während am Start das wirre Gedrängel und Gerangel kein Ende nehmen wollte, sorgte ich für Abhilfe. Ich hielt noch immer die Limonadenflasche in der Hand, eine Plastikflasche mit Schraubverschluß, immer noch etwa zur Hälfte mit Fruchtsaft gefüllt. Doch das ließ sich ja ändern. Während aller Augen auf den Start gerichtet waren, während, von einem Böllerschuß eingeleitet, der erste Start durch einen zweiten Böllerschuß zum Fehlstart entwertet wurde, entleerte ich unbemerkt die Flasche, um sie, begänne das Rennen erst richtig, mit ganz anderer Flüssigkeit füllen zu können – du verstehst? Während des Rennens nämlich, zumindest vermutete ich das, wäre die Aufmerksamkeit aller dermaßen absorbiert, daß niemand einen Blick für zufällige Parallelaktionen im Souterrain erübrigen würde. So stand ich denn von Fehlstart zu Fehlstart Gewehr bei Fuß, sprich Hand am Hosenstall, dieweil die andere Hand die vorsorglich geöffnete Plastikflasche in Bereitschaft hielt – Ist es schlimm? Es kommt noch schlimmer. Denn plötzlich, nach drei Fehlstarts, nach weiteren schrecklichen Exzessen von Massenhysterie und Verfall – die neben uns kniende Frau hatte sich zwar erhoben, war aber nun ganz blau im Gesicht, in welchem es überdies auch noch ständig zitterte und zuckte – auf einmal also ging es wirklich los, ohne daß ich diesmal einen Böllerschuß gehört hätte. Noch nach den ersten hundert Metern glaubte ich an einen weiteren Fehlstart, gleich mir schien der ganze Platz unschlüssig, fast gelähmt dem Beginn des

Rennens zu folgen, wenn es denn ein Rennen war, da sich auch einige der Reiter offensichtlich nur halbherzig und unter Protest auf den Weg machten, aber nein, der annullierende Böllerschuß blieb aus, der Assunta-Palio war unterwegs.

Es wurde, ich entnahm das tags darauf den Journalen, eines der gewalttätigsten und dramatischsten Rennen seit Palio-Gedenken. Schon der Start sei zweifelhaft und unheilverkündend gewesen. Ein zu junger, zu unerfahrener *mossiere* habe Pferde auf die Bahn geschickt, die sich zum Teil nicht in korrekter Position befanden, und Reiter, die einander fortwährend behinderten. Lediglich das favorisierte Pferd der Giraffa, Panezio, sei gut weggekommen. In der ersten gefährlichen Kurve bereits, der von San Martino, habe es das Pferd von Oca aus der Bahn getragen, den unglücklichen Cassius, der wegen Beinbruchs unmittelbar nach dem Rennen notgeschlachtet worden sei. Das gleiche Schicksal habe wenig später Bramante, das Pferd der Istrice, ereilt. Nur drei der zehn Reiter seien überhaupt auf dem Rücken ihrer Pferde im Ziel eingelaufen. Sechs seien regulär heruntergefallen – drei davon hätten nach dem Rennen ärztliche Hilfe in Anspruch nehmen müssen –, einer, der siebte also, habe andere Gründe gehabt, vorzeitig vom Pferd zu steigen: Ercolino, der *fantino* der Tartuca, sei dem Gegner von der Chiocciola mit solch unverstellter Gemeinheit zu Leibe gerückt, daß er lange vor dem Ziel, an welchem ihn bereits die Chiocciola-Anhänger erwarteten, das Rennen beendet und sein Heil in der Flucht gesucht habe. Sieger sei die vom Start an führende Giraffa geworden. Die Contrade habe ihren achtundzwanzigsten, Panezio seinen achten Sieg feiern können, er sei somit das erfolgreichste Palio-Pferd aller Zeiten. Während anschließend im Stadtteil der Giraffa der Wein in Strömen geflossen sei, habe die Polizei wiederholt Prügeleien zwischen Tartuca- und Chiocciola- sowie zwischen Lupa- und Istrice-Anhängern schlichten müssen. In den ärztlichen Notdiensten sei es bis zum Morgengrauen hoch hergegangen, wobei die Erklärung für all die Frakturen und Prellungen unterschiedslos in dem traditionellen Satz bestanden habe: ›Ich bin zu Hause die Treppe runtergefallen.‹ Ein dramatisches Rennen, wie gesagt.«

Witte lehnte sich zurück und drehte gedankenverloren am Glas. Mangold schaute ihm zu und erwog die Möglichkeit einer Frage, verwarf sie jedoch sogleich. Sollte der Freund doch sehen, wie er da rauskam. Natürlich würde er da rauskommen. Als ob er nicht schon überall und immer irgendwie rausgekommen wäre. Warum erweckte er überhaupt den Eindruck, er käme da nicht ohne fremde Hilfe raus? Schweigend blickten beide aneinander vorbei, bis es dem einen zuviel wurde. »Und?« fragte Mangold.

»Und was? Ach so!« Witte lächelte. »Du, alles easy. Mein Manöver klappte natürlich ohne Schwierigkeiten, die Köpfe der anderen flogen ja nur so hin und her. Ich bekam sogar noch das meiste vom Rennen mit. Wirklich sehr dramatisch. Ein Pferd war doch tatsächlich schneller gewesen als die anderen. Und die Freude der Sieger kannte tatsächlich keine Grenzen, nur daß die Sieger maximal ein Siebzehntel der Menge ausmachten. Sechzehn Siebzehntel schwiegen also, wenn sie nicht regelrecht trauerten. Sehr merkwürdig. All dieser Lärm, über Stunden, dann diese nicht einmal zwei Minuten währende Spannung, schließlich diese Stille. Nun nahmen die Menschen einander wieder wahr. Wie Mitwisser schauten sie sich an. Keiner vermochte mehr, dem anderen weiszumachen, er sei wegen eines Pferderennens gekommen. Alle wußten, daß es das geregelte Wüste, das voraussehbare Unerwartete, das erhoffte Befürchtete gewesen war, das sie zusammengeführt und alle miteinander so lange unter so unmenschlichen Bedingungen hatte ausharren lassen. Nein, nicht alle. Neulinge wie Tanja und ich hatten all das ja nicht wissen können. Für uns war dieser

Palio so etwas wie eine Initiation. Eine sehr oberflächliche freilich. Ohne die Feinheiten des Rituals zu begreifen, hatten wir doch einen Blick in diesen traditionsgetarnten, malerisch dekorierten Abgrund von Blut, Leidenschaft und Leiden werfen können, wobei ich freilich zugeben muß, daß mein Blick durch die Umstände ein wenig getrübt gewesen war. Na egal. Ich rede vielleicht einen Quatsch zusammen.«

Bei diesen Worten schreckte Mangold auf. Sie bewiesen ihm, daß der Freund wirklich der Hilfe bedurfte. Fast schalt er sich für seine Saumseligkeit. Nun aber stürzte er ihm mit ausgebreiteten Armen entgegen. »Und?« fragte er.

»Auch wir schauten einander wieder an, nachdem wir so lange in die Weite gestarrt hatten. Die Bergmanns schauten uns, die Neulinge, an, prüfend, ob wir die Probe bestanden hätten, ich schaute die Bergmanns und Tanja an, forschend, ob ihnen etwas aufgefallen sei, und Tanja schaute mich an, strahlend. Ein Ruck ging durch die Menge, Gemurmel begleitete die Bewegung. Alles war gelaufen, man schickte sich an zu gehen. Auch Tanja trat einen Schritt vor. Das sei wirklich heiß gewesen, jetzt benötige sie einen Schluck. – Einen Schluck was? – Na das! – Da erst bemerkte ich, daß ich noch immer die Plastikflasche in der Hand hielt. Entgeistert schüttelte ich den Kopf. – Doch! – Nein! – Tanja lachte mich ungläubig an. Ich lachte hilflos zurück. Ohne Arg – das Schauspiel der vergangenen Minuten schien sie mit den Kränkungen des Tages versöhnt zu haben – kehrte Tanja das bezaubernde Mädi raus: Bitte, bitte, bitte. Zum allgemeinen Erstaunen aber – auch die Bergmanns betrachteten mich fassungslos – lehnte Daddy Brummbär nicht nur ein weiteres Mal kategorisch ab, nein, er schleuderte die Limonadeflasche auch noch geradezu wütend von sich, einfach in die haarige Menge hinein, die sich da langsam über den Platz schob – ich kann nur hoffen, daß der Verschluß, den ich unmittelbar nach vollbrachter Tat so fest wie möglich wieder aufgeschraubt hatte, dem Aufprall Widerstand geleistet hat.«

Witte schaute auf, dann drehte er sich um. »Ach, wir sind die letzten«, sagte er nach einem Blick auf die geleerten Tische. »Na egal. Das war's ja auch schon. Diese letzte Niederlage war zuviel für Mädi. Als wir nach einer halben Stunde schweigenden Gedrängels glücklich auf der Via di Città standen, dort, wo man wieder atmen, ausschreiten, weggehen konnte, teilte sie Daddy Brummbär mit, sie werde sich den Bergmanns anschließen. Verlegen nickten die Bergmanns dazu. Irgendwann während des ganzen Hin- und Hergeschiebes muß Tanja sie wohl becirct haben. Oder glaubten sie, das arme Ding vor mir in Schutz nehmen zu müssen? Tags darauf kam Tanja noch einmal vorbei – Bergmann chauffierte sie –, um ihre Sachen abzuholen. Da ich keine Szenen machen kann, unterließ ich es, eine zu machen. Einen schlimmen Moment allerdings erlebte ich, als Bergmann mir meinen Regenschirm zurückgab und bei dieser Gelegenheit versuchte, mir verstehend die Hand auf die Schulter zu legen. Bis heute weiß ich nicht, was er verstanden zu haben glaubte – Sie ist zu jung für dich? Du bist zu alt für sie? Sie ist zu gut für dich? Du bist zu schlecht für sie? –, ich weiß lediglich, daß er nichts verstanden haben konnte. Ich verstand das Ganze ja selber nicht, und rückblickend begreife ich überhaupt nichts mehr. Die Bergmanns sollen übrigens noch zwei ganz reizende Wochen mit einer ganz zauberhaften Tanja verbracht haben. Das hörte ich hinterher von den Volkerts, die Richtung San Gusme wohnen, denn weder die Bergmanns noch Tanja habe ich seither wiedergesehen. Aber jetzt sollten wir wohl zahlen. Ich glaube, die wollen hier dichtmachen. Und du? Wie läuft es eigentlich mit Barbara? Blendend, stimmt's? Ja, ja, du bist halt ein Glückspilz!«

Das, so berichtete es Mangold gut einen Monat später Fehringer, einem gemeinsamen Freund, sei der Moment gewesen, an welchem er sich ernstlich gefragt habe, ob Witte als Freund oder wenigstens als sozial funktionierendes Wesen noch ernst zu nehmen sei. »Ist er natürlich nicht«, lautete Fehringers Antwort, »und außerdem glaube ich ihm kein Wort von seiner Geschichte.«

Fahndung und Gegenwart

Der kluge Mann, kaum daß er sich aus den Armen der schönen Frau gelöst hatte, begann zu überlegen, was ihm da widerfahren war. Er saß nun im Intercity Roland, der ihn bis nach Basel getragen hätte, doch er mußte ja schon eher raus. Es war früher Morgen, Frühstückszeit, der kluge Mann bestellte ein Frühstück. Der Kellner entschuldigte das Fehlen des Streichkäses, ob eine doppelte Portion Leberwurst recht sei. Aber sicher.

Der Kellner brachte das Frühstück, doch der kluge Mann nahm das kaum wahr. Wie erschlagen starrte er in die Landschaft, die ihm noch nie so grün vorgekommen war. Das rührte daher, daß sie von einem ungemein grauen Himmel überwölbt wurde. Grün wirkt vor Grau grüner. Der Betrachter, der sich in Farben auskannte, wußte das, trotzdem erschlug ihn das Grün beinahe. So viel Grün. Er wandte sich dem Frühstück zu.

Der kluge Mann war der schönen Frau zufällig über den Weg gelaufen. Eine Veranstaltung, gemeinsame Bekannte, ein anschließender, von den Veranstaltern ausgerichteter Lokalbesuch – diese Schiene. Er hatte darauf geachtet, neben der schönen Frau zu sitzen. Immer mehr Leute hatten sich dazugesellt, immer häufiger waren Tische verrückt, war die Sitzordnung geändert worden. Der kluge Mann hatte all seine Klugheit aufbieten müssen, um weiterhin neben der schönen Frau sitzen zu können, doch dank so umsichtiger wie vorausschauender Planung war ihm das trotz aller Gefährdungen gelungen.

Wer nebeneinander sitzt, kann miteinander reden. Der kluge Mann redete mit der schönen Frau. Rasch fand er heraus, daß sie ebenfalls klug war. Von diesem Moment an schlug er eine Doppelstrategie ein. Er versuchte, seine Klugheit ins beste Licht zu setzen, indem er sich bemühte, der schönen Frau kluge Dinge zu sagen oder ihr doch wenigstens kluge Fragen zu stellen. Zugleich, doch dessen war er sich anfangs gar nicht bewußt, suchte er nach Gelegenheiten, sich der schönen Frau zu nähern, indem er ihr Feuer gab oder große geistige Zusammenhänge herstellte, die es ihm erlaubten, ebenso weitläufige Bewegungen auszuführen. So viel Beredsamkeit. Hin und her fuhren seine Hände, selbst während des Essens kamen sie kaum zur Ruhe.

Während der kluge Mann seine Gegenwart betonte, drehte sich das Gespräch, das er mit der schönen Frau führte, um die Vergangenheit. Sie schrieb an einer Arbeit über Aristoteles. Dabei, so erläuterte sie, seien ihr Grundlagen, ja Grundfragen abendländischen Denkens deutlich geworden, welche noch heute weiterwirkten. Woher dieser Drang rühre zurückzublicken, wollte der kluge Mann wissen. Der sei, so scheine es ihm, der abendländischen Kultur immanent, wobei sich allerdings die mit dieser Blickrichtung verbundenen Zwecke und Hoffnungen verändert hätten. Anfangs sei es wohl darum gegangen, das Bestehende zu legitimieren. Ob kaiserliche Würde, ob scholastisches System – stets habe das Gegenwärtige seine Weihe erst durch den Verweis auf ältere Herrschaft und schon gedachtes Denken empfangen. Das aber sei, warf die schöne Frau ein, noch kein geschichtliches Denken gewesen. Richtig, da habe, griff der kluge Mann den Gedanken auf, die Geschichte ja noch als Beispielsammlung gedient, aus der man sich habe versorgen können, geleitet lediglich von gegenwärtigen Zwecken, nicht von dem Wunsch, Geschichte gewordenes Handeln oder Geschichte bestimmendes Denken in seiner jeweiligen Eigenständigkeit und Unwiederholbarkeit zu begreifen.

Ranke, sagte die schöne Frau, worauf der kluge Mann seine Hand der ihren so weit näherte, daß er sie anstandslos, wie getrieben von dankbarem Verstehen, hätte drücken können. Er ließ die seine jedoch in der Schwebe, eine kleine Spannung entstand, welche er mit dem Satz löste: Jede Epoche ist unmittelbar zu Gott. Aber, so fuhr er fort, diese Art von historischem Denken sei ihm zwar verständlich – er deutete kurz auf seinen Kopf –, nicht jedoch begreiflich – er drehte die gespreizten Hände –, diese ganze positivistisch orientierte Geschichtsbetrachtung – er legte den Kopf in den Nacken und schaute gedankenvoll auf die schweren roten Vorhänge, die offensichtlich *bellezza* und *grandezza* signalisieren sollten, es war nämlich ein sizilianisches Lokal, in dem sie saßen.

Für einen Moment wußte er nicht weiter, weshalb es ihm geraten schien, die schöne Frau bedeutend anzuschauen. Sie blickte fragend zurück. Ach so ja! Es gebe ja noch eine dritte Art zurückzublicken, die eines Marx oder eines Freud, und deren Blickwinkel wiederum sei identisch mit dem des – sicherlich nicht zufällig zur gleichen Zeit entstandenen – Kriminalromans, gehe es doch allen dreien darum, die Ursachen für die gestörte Ordnung und das schlechte Bestehende aufzudecken.

Nun blickte die schöne Frau bedeutend, was dem klugen Mann Mut und Gelegenheit zu sehr weitgespannten Fingerzeigen und geistig wie körperlich ausufernden Bewegungen gab. Der Kriminalroman sei doch geradezu der Prototyp des analytischen Romans, das gegenwärtige Verbrechen, mit dem er zuverlässig einsetze, entpuppe sich doch stets als notwendige Folge vergangenen Unrechts oder anderer in der Vergangenheit angelegter unguter Keime, die es im Verlauf der Handlung aufzuspüren gelte, um das anfängliche Rätsel der daraus erwachsenen bösen Tat lösen zu können. Und verhalte es sich bei der Psychoanalyse etwa anders? Oder beim Marxismus? Entfremdung oder Neurose – was seien die denn anderes als der Mord, richtiger: das Verbrechen?

Beschwörend stützte der kluge Mann seine Hand gegen die Schulter der schönen Frau. Wobei er natürlich nicht auf platte Parallelen, sondern auf Ähnlichkeiten der Struktur aus sei, fügte er gewichtig hinzu, dem Schlüsselwort ›Struktur‹ dadurch zusätzliches Gewicht verleihend, daß er bei dessen Erwähnung den Druck der Finger für einen so flüchtigen wie bedeutsamen Augenblick verstärkte. Ja, Struktur, denn in allen Fällen gehe der Blick zurück, und stets tue er das in der Hoffnung, den einschneidenden, alles verändernden Zeitpunkt dingfest machen zu können, an dem – *grosso modo* gesprochen – ehemalige Unschuld sich in noch gegenwärtig weiterwirkende Schuld verkehrt habe.

Nichts unschuldiger als zwei Menschen, die sich im Netz von Wort und Widerwort, Bewegung und Gegenbewegung derart unlösbar verstricken, daß alles bei ihrem Anblick betroffen einhält und zurücktritt. Nur nicht stören! Längst schon hatten sich die Veranstalter und die Bekannten verabschiedet, längst waren die Kellner dabei, das nunmehr gänzlich leere Lokal für den nächsten Tag zu rüsten, und noch immer erfreuten sich die beiden letzten Gäste der schieren Gegenwart. In einer Gesprächspause wurden sie sich des unaufhörlich plätschernden Springbrunnens bewußt, der in der Mitte des Raumes stand, umrahmt von nackten Putten und Pomonen aus Kunststoff.

»Der da fiel zu Boden, als wir das Lokal betraten«, sagte die schöne Frau und wies auf einen Putto mit Füllhorn.

»War es nicht der da?« fragte der kluge Mann und deutete auf dessen Nachbarn, der eine Laute hielt.

»Nein, der da: Es klang so hohl, als er aufprallte, dann rollte er noch etwas. Erinnerst du dich nicht?«

Das ließ sich der kluge Mann nicht zweimal sagen. Er erinnerte sich geradezu begeistert. Nun hatten sie bereits eine gemeinsame Erinnerung. Zeit zu gehen.

Der Gehende redet anders als der Sitzende. Die leeren

Straßen waren wie eine Bühne. »Weshalb dieser Blick zurück?« fragte der kluge Mann und breitete fragend die Arme aus vor dem Hintergrund eines noch erleuchteten Musikaliengeschäfts. Hatte sich nicht dort früher die Werkstatt des Geigenbauers Roth befunden?

»Weshalb wird die Gegenwart durchweg als Übel begriffen?« Er winkelte die Arme an.

»Und die Zukunft? Und die Zukunft?« Er hielt fragend die Innenflächen der Hände vor das Gesicht. Gab es eigentlich noch irgendwo was zu trinken?

Der kluge Mann wußte darauf keine Antwort. Er war in jener Stadt groß geworden, doch er hatte sie bereits vor vielen Jahren verlassen. Alles erinnerte ihn an etwas, doch alles hatte sich zugleich verändert. Die Stadt war ihm zutiefst vertraut gewesen, auch verhaßt, doch nun kränkten ihn die Veränderungen. Das waren doch alles Veränderungen zum Schlechten! Warum hatte man nicht alles so lassen können, wie es war? Man hatte doch damit rechnen müssen, daß er wiederkäme! Wieso hatte man hier überhaupt weitergelebt ohne ihn?

Der kluge Mann schaute sich unschlüssig um. Die Lokale seiner Jugend, das wußte er, gab es nicht mehr. Nun war er auf den Rat und das Wohlwollen der schönen Frau angewiesen. Wenn der kein Lokal mehr einfiel, dann war Sense. Dann konnte er sie nur noch vor die Haustüre bringen. Wo wohnte sie überhaupt?

Der schönen Frau fiel ein Lokal ein, ein Studentenlokal natürlich, die Stadt war ja eine Universitätsstadt. Unter anderen Umständen hätte der kluge Mann wohl nur rasch und mißmutig hineingeschaut – zuviel Unruhe in jeder Hinsicht, in toxikologischer, intellektueller und erotischer, während er sich zunehmend darum bemühte, Ruhe zu bewahren –, doch nun, in Begleitung der schönen Frau, betrat er den lärmerfüllten Raum gelassen, fast freudig. Da sie noch dazugehörte, gehörte auch er noch dazu.

Bei einem Weißwein nahmen sie das Gespräch wieder auf. Nun drehte es sich um den gemeinsamen Bekannten, der die beiden, bei Lichte betrachtet, zusammengeführt hatte, und den beide, das stellte sich rasch heraus, hochschätzten. Der kluge Mann verstand es, dieser Hochschätzung beredten Ausdruck zu geben, die schöne Frau tat es ihm gleich, eine Zeitlang hatte es sogar den Anschein, als ob beide in einen Wettstreit treten wollten, wer den Bekannten aufrichtiger und höher schätze. Ein kühler Strahlenkranz von Selbstlosigkeit und Reinheit umgab die Redenden, die nun, bei Erwähnung der Vorzüge und Talente des Bekannten, immer häufiger Gelegenheit hatten, einander eigene, wenn auch auf den Bekannten bezogene, biographische Details mitzuteilen, was wiederum dem klugen Mann die Möglichkeit gab, trotz aller Selbstvergessenheit einfache Rechenaufgaben zu lösen: »Wenn sie ihn 1976 mit 24 Jahren kennengelernt hat, dann ist sie heute ...«

Als auch dieses Lokal schließlich schloß, als die schöne Frau und der kluge Mann ein weiteres Mal auf die noch leerere Straße traten, da waren sie einander keine gänzlich unbeschriebenen Blätter mehr. Hier und da standen bereits Wörter, die, so kam es dem klugen Mann jedenfalls vor, geradezu danach schrien, zu ganzen Sätzen verbunden zu werden. Nur nicht aufhören zu reden.

Doch die klare Nachtluft ließ ihn für einen Moment innehalten. Er erinnerte sich ähnlicher Momente, in denen er ähnlich innegehalten hatte. Warum die Leerräume zwischen den Wörtern ausfüllen? Konnten die Sätze, die sie zu bilden im Begriffe waren, jemals das halten, was der noch unbeschriebene Raum versprach? Wie sollten sie. Konnte der kluge Mann ausgerechnet jetzt abbrechen, da doch die Möglichkeit bestand, die Verheißung der Wörter in bislang ganz unerhörten Sätzen einzulösen? Wie sollte er. Also weiterreden.

So trieb der Nachtwind zwei Blätter vor sich her, die

sich bei jedem Gang und jeder Kehrtwendung fortwährend auffüllten. Da es so viel zu sagen gab, konnten diese Gänge kein Ende finden, die vom Lokal zur Haustüre der schönen Frau führten, dann zu einem Taxistand, dann, als dort kein Taxi wartete, durch immer stillere und baumreichere Straßen, in die Gegend, in der der kluge Mann aufgewachsen war. Auftrumpfend, beinahe mitleidig, erinnerte er sich der Langeweile und der Ängste, die ihn damals fast erstickt hatten. Wie lastend und klebrig alles gewesen war. Wie weit er all das hinter sich gelassen hatte. Nun war seine Vergangenheit nichts weiter als der Kadaver eines endlich überwundenen Feindes, auf dem er leichtfüßig tanzte. Die Gegenwart der schönen Frau ermutigte ihn zu immer gewagteren Sprüngen, und alle gelangen ihm. Er sprach von quälenden früheren Unsicherheiten, vor denen sich seine jetzige Sicherheit nur um so strahlender abheben sollte. Wie er damals ein Mädchen nach Hause gebracht und es nicht gewagt hatte, sie zu berühren. Damit wollte er sagen, daß ihm das nicht mehr passieren könne, wie zum Beweis umarmte er die schöne Frau. Sie ließ es lächelnd geschehen.

Zeit verrinnt, stockt, fließt, strömt reißend dahin. Der kluge Mann fühlte sich von ihr aufgehoben und davongeschwemmt. An der Seite der schönen Frau trug sie ihn die ganzen verschlungenen Wege zurück, vor ihre Haustüre und geradewegs hinauf in ihr Zimmer. Er fand noch Zeit, das Zimmer zu loben, es erinnerte ihn in seiner Kargheit an Zimmer, die er selber einmal bewohnt hatte, transitorische Zimmer nannte er sie, und er hätte wohl noch weiter ausgeholt und verglichen, hätte die schöne Frau ihn nicht vor vollendete Tatsachen gestellt, indem sie das Bett richtete. In dieser Nacht verglich er nicht weiter.

Am nächsten Tag war der kluge Mann in Geschäften unterwegs, zur verabredeten Zeit fand er sich wieder bei der schönen Frau ein. Essen gehen. Sie knüpften flüchtig da an, wo sie aufgehört hatten, ihm genügte es, in ihr Haar zu fassen; ihr, mit dem Zeigefinger seinem Schlüsselbein entlangzufahren. So viel Sicherheit. Sie traten auf die Straße.

Noch war es hell, und auf Schritt und Tritt sprangen dem klugen Mann die Verwüstungen ins Gesicht. Das Rathaus! ereiferte er sich. Neugedeckt und frischgestrichen erinnerte es ihn an Schweinchen Dick. So was Rosiges! So was Cremiges! Ja, waren sie hier denn in Disneyland? Doch es kam noch schlimmer. Immer wieder wandte er sich fassungslos der schönen Frau zu. Da fehlten ja ganze Häuserzeilen! Widerwärtiges Pseudofachwerk hatte sie ersetzt, in vorspringenden Betonwannen verkümmerten pflegeleichte Hartlaubgewächse. Aber dort! Die Wöhler-Schule stand noch. Die hatte er mal besucht vor, Moment, fünfunddreißig Jahren, damals war ihm der abweisende Bau furchterregend vorgekommen, heute erschien er ihm würdig. Und da! Im Haus, in dem sich jetzt das Standesamt befand, hatte er mal gewohnt. Und hier ...

Später, beim Essen, verwunderte er sich selber über die Treuherzigkeit, mit welcher er der schönen Frau seine Biographie ausbreitete. Er könnte ihr doch irgendwas erzählen, beschwor er sein Gegenüber, warum berichte er ausgerechnet die Wahrheit?

Ja, warum eigentlich, fragte sie zurück, die Möglichkeit, sich neu zu entwerfen, mache doch den eigentlichen Reiz solch zufälliger Begegnungen aus; doch wie im Rausch wühlten dann beide trotzdem in ihrer Geschichte, kramten sogar Urgroßväter und Urgroßmütter hervor, mächtige Gestalten, die weitläufige estnische Güter verwaltet und schneeweiße bulgarische Pferde geritten hatten und die, einmal heraufbeschworen, so anwesend waren, als ob sie nie wieder ganz verblassen sollten.

Der Drang, die eigene Geschichte mitzuteilen, habe sicherlich eine doppelte Ursache, warf der kluge Mann ein. Da gebe es eindrucksvolle biographische Details, die auf die Bewunderung des Zuhörers zielten, und geradezu beschämende, die es auf seinen Widerspruch abgesehen hätten. Er beispielsweise mache sich gerne klein, in der Erwartung, sogleich vom Gegenüber aufgerichtet zu werden. Um genau zu sein: vom liebenden Gegenüber. Das sei sozusagen eine Probe; wer ihn liebe, der könne ihn unmöglich so liegenlassen. Wer ihn aber nicht aufrichte, der sei, da er ihn nicht liebe, auch keiner Gegenliebe wert. Seine Gegenliebe jedoch bestehe darin, daß er, kaum aufgerichtet, sich auf den Aufrichtenden stütze und ihn bedrücke.

Ob er jetzt Widerspruch erwarte, fragte die schöne Frau. Er fühle sich durchschaut, erwiderte der kluge Mann geschmeichelt. Vergebens bemühte er sich, ein stolzes Lächeln zu unterdrücken, denn während über dem Tisch die Worte leichtsinnig hin- und hergingen, hatten sich unter dem Tisch die Beine fest ineinander verschränkt. Die Redenden verstummten für einen Augenblick und schauten einander vielsagend an.

Ach so ja, Biographie. Biographie sei immer zweierlei, insistierte der kluge Mann, Schatzkästlein und Schlangengrube. Ja, bei Licht betrachtet sei sie beides zugleich, wer hineingreife, könne niemals vorhersagen, was er eigentlich zu fassen bekomme, eine Kette oder eine Schlange, und oft genug täusche selbst der Augenschein, und der Verblendete halte das, was er zutage gefördert habe, für ein Diadem, während das vermeintliche Schmuckstück bereits zum Biß ansetze.

So redet, wer seiner Sache sicher ist. Da der kluge Mann seine Tasche im Zimmer der schönen Frau zurückgelassen hatte, wußte er, daß er eine weitere Nacht bei ihr verbringen würde. Er konnte ja nicht ohne seine Tasche reisen, und mittlerweile ging der nächste Zug erst am nächsten Morgen. Er brachte das zur Sprache.

Sie sei ziemlich müde, gab die schöne Frau zu bedenken. Das sei er doch auch! bekräftigte der kluge Mann. Ihm gehe es lediglich um irgendeine Schlafstelle, fügte er mit gespielter Ernsthaftigkeit hinzu und schob den Teller weg. So viel Zukunft. Da konnte man sich der Vergangenheit gegenüber alles herausnehmen. Jeder Griff ein Treffer. Keine Rede von Schlangen oder Ketten. Dafür massenhaft farbige Gläser, glitzernde Scherben, die sie wechselseitig ausbreiteten, um sich daran zu entzücken, wie herrlich eins zum anderen paßte. Berichtete sie von einem Marder, fielen ihm all die Marder ein, die er in seinem Leben gesehen hatte. Erzählte er von dem Besuch eines russischen Ostergottesdienstes, erinnerte sie sich der ausschweifenden Osterbräuche ihrer Familie. Längst gingen sie wieder durch dunkle Straßen, schon standen sie wieder im Zimmer der schönen Frau. Alles wie gehabt, und doch war alles anders.

Nun fragte der kluge Mann schon nicht mehr, ob er die Jacke ablegen könne, er legte sie einfach ab. Nun fand er den Weg ins Bad schon alleine. Nun wußte er schon, was ihn erwartete, als die schöne Frau ihr Haar löste, doch als es herabfiel, konnte er es wieder kaum fassen. So viel Haar.

Ob er abkassieren könne, wollte der Kellner des Speisewagens wissen, er werde abgelöst. Der kluge Mann zahlte zerstreut und suchte ein leeres Abteil. Bald hatte er eins gefunden, in dem er es sich bequem machte. Bei aller Müdigkeit war er noch immer nicht imstande, die Geschichte auf sich beruhen zu lassen. Er sah keine andere Möglichkeit, sie zu behalten, als sich zu erinnern. Er wußte aber auch, daß jede Erinnerung entrückte. Etwas lag hinter ihm, von dem er sich in jeder Hinsicht entfernte, räumlich und zeitlich. Warum das, was so sinnvoll wie sinnlich gewesen war, nachträglich auf den Begriff bringen? Wie andererseits damit fertig werden, wenn er nicht Worte dafür fand? Doch Worte waren zugleich Feststellungen; und hatten ihn die beiden vergangenen Tage nicht gerade dadurch bezaubert, daß sie schiere Bewegung gewesen waren? Jetzt, in seiner Erinnerung, stellten sie sich jedenfalls so dar, aber wieweit konnte er seiner Erinnerung trauen? Mußte er sie nicht –

wollte er sichergehen – mit dem vergleichen, dessen sich die schöne Frau erinnerte? Und dann? Konnte er es zulassen, daß sie seine Erinnerungen durchkreuzte? Was, wenn sie da Stumpfheit und Schwere erinnerte, wo er Glanz und Leichtigkeit erlebt hatte? Alles war ihm bedeutend erschienen – aber war er überhaupt in der Lage, alles richtig zu deuten? Gab es versteckte Fingerzeige, verdeckte Mehrdeutigkeiten und scheinbar unwichtige Hinweise, die den Schluß zuließen, daß er etwas übersehen hatte? Täuschte er sich? War er etwa getäuscht worden? Er versuchte, sich zu erinnern. Als ob er das nicht bereits die ganze Zeit getan hätte. Ihn schreckte die Möglichkeit, er könnte der Dumme gewesen sein. Ihm dämmerte, daß er, was immer er tat, der Dumme sein würde. Ihn beruhigte der Gedanke, daß das in der Natur der Sache lag. Er beruhigte ihn derart, daß er unverzüglich einschlief. So fest, daß er es um ein Haar versäumt hätte, an seinem Reiseziel auszusteigen.

Die Florestan-Fragmente

Was bisher geschah: Da in Frankfurt Smog-Alarm ausgelöst worden ist, sind Phyllis, Chloë, Anselmus, Sir Pit und Florestan in ein toscanisches Landhaus geflohen. Um sich die Zeit zu vertreiben, erzählen sie einander Geschichten.

Nun war die Reihe an Florestan, eine Erzählung zum besten zu geben, er ließ sich auch nicht lange bitten, verdrückte nur noch rasch eine von Chloës köstlichen Bouletten und begann, nachdem er en passant ein Gläschen Grappa sichergestellt hatte:

»Ihr alle seht doch dort hinten die Ruinen, die sich gegen den Abendhimmel abzeichnen.«

»Abzeichnen gilt nicht«, warf Anselmus keck ein. »Selberzeichnen macht den wahren Künstler aus!«

Chloë lächelte in sich hinein.

»Das sind die Ruinen des vormals sehr bedeutenden Kastells von Montegrossi«, fuhr Florestan unbeirrt fort.

»Monte Grossi meint sich Großi Bergi«, fiel Sir Pit munter ein, was Phyllis dazu veranlaßte, »Laßt doch den Florestan mal erzählen!« zu sagen.

»In diesem Kastell nun«, setzte Florestan von neuem an, »lebte so um das Jahr – na ja, es kann auch etwas später gewesen sein, der mächtige Conte Ugo di Ricasoli, der in der ganzen Gegend wegen seines ungestümen Temperaments und seiner blendenden Erfolge bei den Frauen gefürchtet und geachtet ward. Da begab es sich, daß der Conte Ugo während einer Jagd eines jungen Mädchens ansichtig wurde, dessen Schönheit ihn sogleich veranlaßte, sein Pferd zu zügeln. Wer dieses Mädchen sei, fragte er seinen Troß, doch keiner konnte ihm Antwort geben, bis sich schließlich ein buckliger Armbrustspanner vordrängte und erklärte, seines Wissens sei das Beatrice, eine Schäferin aus Grimoli, Tochter des Köhlers Battista, eine, wie er mit schiefem Grinsen hinzufügte, gottesfürchtige und unbescholtene Jungfrau, der bisher schon viele Burschen ohne Erfolg den Hof gemacht hätten.

Diese Worte genügten, um in dem Conte zwei durchaus widerstreitende Empfindungen auszulösen. Einmal entbrannte er in unsterblicher Liebe zu der schönen Beatrice, zum anderen aber schwor er bei allen Heiligen, sich ihrer niemals durch jene Gewalt, die ihm als Herr der gesamten Gegend ohne weiteres zu Gebote stand, zu bemächtigen, sondern der Jungfrau gegenüber lediglich jene Waffen anzuwenden, die die Natur allen Männern ohngeachtet ihres Standes bereitstellt: das gewinnende Auftreten und die List.

Wieder im Kastell von Montegrossi angelangt, bestellte er daher unverzüglich den buckligen Armbrustspanner, einen Mann namens Gino, zu sich und trug ihm auf, der schönen Beatrice einen Topf voll heißer Suppe aus der Küche des Kastells zu bringen. Aber die werde doch auf dem langen Wege bis Grimoli erkalten, wandte Gino ein, worauf Conte Ugo ungeduldig erwiderte, das solle sie auch, er aber, Gino, sei angehalten, der schönen Beatrice lediglich zu sagen: ›Diese Suppe läßt dir mein Herr, der Signor Matz, bringen, wohl bekomm's!‹

Der Armbrustspanner tat, wie ihm geheißen, und am nächsten Tag befahl ihm der Conte Ugo abermals, einen Kübel Suppe zur schönen Schäferin zu tragen, wobei er wiederum sagen sollte: ›Diese Suppe läßt dir mein Herr, der Signor Matz, bringen, wohl bekomm's!‹

So ging das die Woche weiter, bis schließlich, am siebenten Tage, Conte Ugo dem Armbrustspanner beschied, heute werde er die Suppe selber zu Beatrice bringen, er benötige seinen Dienst nicht mehr, welche Worte der bucklige Gino mit einem unangemessen fröhlichen ›Wohl bekomm's‹ quittierte.

Der Conte Ugo di Ricasoli traf die schöne Schäferin denn auch richtig auf der Wiese bei Grimoli an, reichte ihr den Kübel mit der erkalteten Suppe und sagte: ›Diese Suppe läßt dir mein Herr, der Signor Matz, bringen, wohl bekomm's!‹

In diesem Satz aber lag eine zwiefache List verborgen: Einmal wollte der Conte, daß die Schäferin frage, was die ganzen erkalteten Suppen zu bedeuten hätten, darauf nämlich gedachte er zu antworten: ›So wie die Suppe, so erkaltet auch die Liebe, so sie nicht zur rechten Zeit genossen wird‹ –, zum anderen aber hoffte er, daß Beatrice sich nach dem Spender all der kalten Suppen, dem Signor Matz, erkundigen werde, worauf er das Gespräch auf diesen ebenso mächtigen wie geknechteten Herrn zu bringen gedachte, den nur eine schöne Jungfrau davor bewahren könne, in ewiger Dunkelheit dahinzuschmachten. Den weiteren Verlauf der Unterhaltung aber malte er sich folgendermaßen aus: Wer denn dieser seltsame Herr sei – so sollte die schöne Schäferin nach dem listigen Plan des Conte fragen –, worauf er antworten wollte, der Signor Matz sei der Herr aller Herren hier.

Aber nein, das sei doch der Conte Ugo di Ricasoli, würde das Mädchen antworten, worauf er sich schmerzlich lächelnd als eben dieser Conte zu erkennen geben und hinzufügen wollte, der erwähnte Signor Matz sei noch weitaus mächtiger als er.

Welches denn dann die Ländereien dieses Signors seien, sollte die Schäferin darauf verdutzt fragen. Ach, in seiner Hose beispielsweise herrsche er uneingeschränkt! wollte der Conte antworten, und darauf, so hoffte er, würden die unschuldigen Worte in weit weniger unschuldige Handgreiflichkeiten übergehen, die ihn, des war er sicher, über kurz oder lang zum Ziel seiner glühenden Wünsche führen müßten.

Doch zum Erstaunen des Conte Ugo aß die schöne Beatrice die Suppe ohne jeden Einwand, leckte sich zum Schluß die feingeschwungenen Lippen und reichte den Topf mit der Bemerkung zurück, diesmal habe die Suppe mehr Fleisch enthalten, was ihrem Geschmack sehr zugute gekommen sei.

›Und daß sie kalt war, hat dich wohl nicht gestört?‹ fragte der Conte lauernd, doch die Schäferin zuckte nur lächelnd mit den Achseln und lehnte sich mit einem mehrdeutigen Seufzer gegen den Olivenbaum, in dessen Schatten die beiden saßen.

›Es ist nämlich bei der Suppe so wie bei der Liebe‹, fuhr der Conte bedeutungsvoll fort, ›beide erkalten, wenn man sie nicht zur rechten Zeit zu genießen weiß.‹

Doch diese Worte zeitigten keine andere Folge als die, daß sich das Mädchen zufrieden räkelte und ein wenig an ihrem Busenband herumzupfte.

›Das sind nicht meine Worte‹, sagte der Conte, wobei er bereits jenes schmerzliche Lächeln zum Einsatz brachte, das er sich eigentlich für einen späteren Zeitpunkt hatte aufsparen wollen, ›der das sagt, ist mein Herr, der Signor Matz.‹

›Sagt er das?‹ fragte die schöne Beatrice und sah gedankenverloren einem Käfer zu, der auf ihrem braunen Knie herumkrabbelte, wobei er sich derart in den Falten ihres ein wenig hochgeschlagenen Rockes verkrallte, daß sie das schwere Tuch noch ein wenig höher zog.

›Mein Signor Matz ist ein großmächtiger Herr!‹ rief der Conte Ugo mit Nachdruck aus, ›obwohl er in ständiger Dunkelheit schmachtet!‹

›Macht er das?‹ entgegnete die Schäferin, indes sie den Käfer mit einem Zweiglein daran zu hindern trachtete, die schattigen Gefilde unter ihrem Rocksaum aufzusuchen.

›In meiner Hose beispielsweise herrscht er uneingeschränkt‹, platzte der Conte di Ricasoli heraus und deutete, alle List vergessend, auf seinen Hosenlatz, der sich bereits in höchst verräterischer Weise zu bauschen begonnen hatte.

›Tut er das?‹ war die Antwort der Schönen, die den Käfer augenscheinlich trotz des Zweigleins nicht von seinem Weg hatte abbringen können, weshalb sie, die Beine spreizend, damit begann, auch jene Gegenden ihrer Schenkel in Augenschein zu nehmen, deren Weiße davon kündete, daß sie gemeinhin nicht den Strahlen der wärmenden Sonne zugänglich waren.

›Ich bin übrigens der Conte di Ricasoli!‹ rief der Conte mit dem letzten Rest an Beherrschung aus, der ihm noch zu Gebote stand.

›Sind Sie das?‹ fragte die schöne Schäferin, die ihre Suche mittlerweile auch auf jenes dunkle Dreieck ausgedehnt hatte, das nun schon seit Tagen der Mittelpunkt aller Sehnsüchte des Conte gewesen war und das er, da es sich ihm so unvermittelt offenbarte, fast befremdet betrachtete, zumal es gerade von einem mühsam dahinkrabbelnden Käfer überquert wurde.

Da aber knöpfte er, all seine Pläne vergessend, seinen Hosenlatz auf und war gerade dabei, sich mit dem Ruf ›Gestatten Sie, daß ich Ihnen, schönste Jungfrau, den mächtigen Signor Matz vorstelle!‹ der Herrin seiner Träume zu nähern, als diese, ihren Rock mit einer raschen Bewegung zurückschlagend, blitzenden Auges ausrief, er, der Conte Ugo, sei einem Schwindler aufgesessen, den Signor Matz kenne sie nun bereits seit sechs Tagen, der Herr Gino sei so freundlich gewesen, ihr diese Bekanntschaft zu vermitteln, und aufgrund dieser Kenntnis könne sie dem Conte versichern, daß es sich bei dem Herrn, den er in seiner Hose beherberge, keineswegs um den Signor Matz, höchstens um einen ebenso dreisten wie kläglichen Doppelgänger handeln könne, einen nichtsnutzigen Wicht, den sie, wäre sie mit der Macht eines Conte ausgestattet, unverzüglich mit Schimpf und Schande aus dessen Beinkleid vertreiben würde.

Da erkannte der Conte Ugo di Ricasoli, daß seine List auf derart bodenlose Art und Weise gescheitert war, daß ihn nur noch eine großherzige Geste vor der vollkommenen Lächerlichkeit retten konnte, weshalb er für den nächsten Samstag eine Trauung in der Kapelle des Kastells von Montegrossi anberaumen ließ, eine Trauung zwischen, wie er den Prete mit einem nun wirklich schmerzlichen Lächeln wissen ließ, drei Personen: der schönen Schäferin Beatrice aus Grimoli, dem buckligen Armbrustspanner Gino und dem Signor Matz …«

Florestans Geschichte war zu Ende gediehen, und alle hatten Gott gepriesen, daß er dem wahren Signor Matz würdigen Lohn verliehen, als Anselmus, der eine Aufforderung zum Erzählen nicht erst zu erwarten pflegte, also begann:

»Ihr alle kennt sicherlich meine Leidenschaft für mechanisches Spielzeug.«

Nein, wurde ihm von den Zuhörern entgegengehalten, die kenne man nicht, ja Chloë verstieg sich sogar zu dem Ausruf. »Seit wann interessierst denn du dich für mechanisches Spielzeug?!«

Das habe er bereits als junger Mensch getan, entgegnete Anselmus kühl.

»Aber jetzt doch nicht mehr«, warf Chloë ob des Anselmus Kühle um so erhitzter ein, »davon müßte ich doch etwas gemerkt haben!«

»Wenn du bisher nichts davon bemerkt hast, dann wirst du eben jetzt etwas davon erfahren«, entgegnete Anselmus derart bestimmt, daß sich aller Augen auf ihn richteten, worauf er sich zurücklehnte und begann: »Ihr alle kennt also jetzt meine Leidenschaft für mechanisches Spielzeug.«

»Wieso denn jetzt?« mischte sich da Sir Pit ein. Er für

sein Teil – und das wolle er sich schon mal zugute halten – kenne sie schon sehr viel länger, diese Leidenschaft.

Nun war es an Anselmus, verblüfft zu sein. »Seit wann denn?« fragte er.

Na, seit damals, beschied ihm Sir Pit, seit dieser Sache mit dem aufziehbaren Schnapsglas, das heißt, aufziehbar sei es eigentlich nicht gewesen, doch an ein Schnapsglas erinnere er sich zweifelsfrei, und auch er, der Anselmus, müsse sich doch daran erinnern, er habe den Obstler ja bestellt, damals in Pertisau, aber nein, das sei ja kein Obstler gewesen, sondern ein Weißwein, und den habe ja auch nicht er geordert, sondern Meyer-Rosa, na egal.

Florestan war dieser Abschweifung mit wachsender Ungeduld gefolgt. Er sah es gern, wenn alles seine Ordnung hatte, dieser Abend aber stand im Begriff, in außerordentliche Unordnung abzugleiten. So bestimmt wie hilfreich fragte er daher den Anselmus: »Und?«

»Ihr alle«, setzte dieser unverzagt an, »kennt also – teils bereits länger, teils erst seit jetzt – meine Leidenschaft für mechanisches Spielzeug. Diese Leidenschaft aber hätte mich einmal um ein Haar Kopf und Kragen gekostet. Es war« – fuhr er fort, ohne Sir Pits Einwurf Beachtung zu schenken, um den Kragen wäre es aber echt schade gewesen – »während des Karnevals in Genua, jenes Karnevals, der, wie jedermann weiß, als der zugleich sinnenfroheste und ungestümste von ganz Italien gilt. Ich hatte mich, um diese Tage in aller Bequemlichkeit genießen zu können, im Hotel Ambassadore einquartiert, in jenem Hotel also, das direkt an der Piazza Doria, dem Zentrum des tollen Maskentreibens gelegen ist; ich war auch bereits ein-, zweimal, maskiert natürlich, durch das Gewoge der anderen Masken über die Piazza geschlendert, als mir, gerade als ich mich in der Hotel-Bar für den nächsten Ausgang stärkte, das Mißgeschick widerfuhr, von einem ungeschickten Ober über und über mit Rotwein bespritzt zu werden. Zornig begehrte ich auf: Mein schönes, schneeweißes Pierrot-Kostüm sei ruiniert! Betreten eilte der Geschäftsführer herbei: Man werde es natürlich so rasch wie möglich reinigen, ob ich für diesen Abend mit einem Ersatz vorliebnehmen könne, einem wunderschönen Arlecchino-Kostüm, das, um die Wahrheit zu gestehen, eigentlich einem reichen Landsmann von mir gehöre bzw. gehört habe, der Besitzer nämlich sei an diesem Morgen überraschend eilig aufgebrochen, wobei er das Kostüm in der Reinigung zurückgelassen habe, weshalb ich es ...

Um es kurz zu machen: Ich nahm das Angebot an, freute mich kurz des prächtigen und äußerst ungewohnten Anblicks, der sich mir im Spiegel bot, band die schwarze Maske fester und betrat bald darauf erwartungsvoll den Platz, in der Hoffnung, mein ungewöhnlich kostbarer Aufzug werde, vor allem bei den reizenden weiblichen Masken, nicht unbemerkt bleiben. Doch es sollte anders kommen.

Ich war noch nicht lange unterwegs, als ich auf einmal das Gefühl hatte, jemand verfolge mich. Doch wer? Die Truffaldinos, Arlecchinos, Pierrots und Pulcinellen um mich her glichen einander fast wie ein Ei dem anderen, unmöglich, auch nur eine Maske im Auge zu behalten, da fortwährend Ebenbilder sie vervielfachten; und trotzdem war da dieses so unbeweisbare wie unabweisbare Gefühl: Ich werde verfolgt.«

Gerade wollte Anselmus, der allgemeinen Aufmerksamkeit sicher, eine spannungssteigernde Kunstpause mit dem Verzehr eines rundlichen Hartgebäcks verbinden, als Chloë auf einmal schneidend erklärte: »Du hast dich niemals für mechanisches Spielzeug interessiert!«

Aber natürlich habe er das, entgegnete Anselmus. Chloë kenne ihn doch erst seit drei Jahren, davor aber – und auch seither, fügte er fast tückisch hinzu – habe er fortwährend seiner Leidenschaft für mechanisches Spielzeug gefrönt. So, wie beispielsweise damals in Nürnberg, als er, statt das

Germanische Nationalmuseum zu besichtigen, sich absentiert habe, um auf der Spielwarenmesse …

»Wir waren niemals in Nürnberg«, warf Chloë hart ein.

»Nein? Na, dann habe ich mich auch nicht absentiert«, beeilte sich Anselmus zu erklären. »Aber was wollte ich eigentlich erzählen?«

»Du wurdest gerade während des Karnevals in Genua verfolgt«, half ihm Phyllis auf die Sprünge.

»Wurde ich das? Ach ja! Ich hatte also das unabweisbare Gefühl, verfolgt zu werden, und befand mich plötzlich in jenem Widerstreit der Gefühle, den wohl jeder Verfolgte durchlebt, wenn er sich einerseits keiner Schuld, zugleich aber einer möglichen Bedrohung bewußt ist, wenn er also beunruhigt im Verfolger zugleich das Rätsel und dessen Lösung zu erkennen glaubt, und das um so unausweichlicher, je länger er sich verfolgt wähnt und schließlich auch weiß.

So jedenfalls ging es mir. Schon wollte ich dem vermeintlichen Spiel, das zunehmend ernster zu werden schien, ein Ende setzen, schon wollte ich auf meinen mutmaßlichen Verfolger zutreten – denn mittlerweile glaubte ich, ihn ausgemacht zu haben, eine doch recht ungewöhnliche Maske, deren glutrote, langgezogene Nase mir mehr und mehr wie die eines Spür- und Bluthundes vorkam, zumal ich sie im Gewirr der Gäßchen der Altstadt von Genua nicht ein einziges Mal hatte abschütteln können; immer dann, wenn ich mich durch rascheren Gang und plötzliches Abbiegen gerettet zu haben glaubte, tauchte sie an einer Wegkreuzung oder auf einer Piazzetta wieder auf, und zwar nicht hinter, sondern vor mir, als habe sie mein Ziel bereits gewittert; ich aber war fortwährend der Meinung gewesen, meine Spuren dank der um mich hin und her flutenden Menge gründlich verwischt zu haben … Da also, auf der zufällig etwas weniger belebten Piazza Cavour, faßte ich mir ein Herz, trat auf meinen Verfolger zu und …«

»Mit wem warst du eigentlich damals in Nürnberg?« unterbrach Chloë den Redefluß des Erzählers, ohngeachtet der Tatsache, daß Phyllis ihr begütigend den Arm drückte und Sir Pit sowie Florestan leidend die Augen verdrehten.

»Ich war gar nicht in Nürnberg, habe ich doch schon gesagt«, erklärte Anselmus. »Und eben erzähle ich vom Karneval in Genua.«

»Du warst überhaupt nie in Genua«, wies ihn Chloë zurecht. »Lüg doch nicht! Aber in Nürnberg warst du. Das spüre ich. Mit wem?«

»Mit mir«, sprang Sir Pit überraschend ein. »Gemeinsam wollten wir durch das Germanische Nationalmuseum schlendern, nur er und ich und diese ganzen anderen ausgestopften Germanen, ich hatte mich schon so darauf gefreut, doch plötzlich war er weg, erst heute erfahre ich, wo er abgeblieben ist – oh, so hättest du mich doch mitgenommen zu deiner Spielzeugwarenmesse!« Sich vorbeugend starrte Sir Pit den Anselmus verzweifelt an.

»Quatsch!« sagte Chloë.

»Und dann?« fragte Phyllis.

»Was dann?«

»Du trittst auf deinen Verfolger zu, und der ...«

»Ach so!« Die spitze Nase reibend, schaute Anselmus in den Sternenhimmel, dann sagte er: »Ach der!« und darauf: »Und der redet mich mit ›deutscher Graf‹ und mit ›Graf von Salem‹ an – er sagt allerdings ›Conte tedesco‹ und ›Conte di Salem‹ –, sogleich dämmert mir natürlich, daß da eine Verwechslung vorliegen muß, doch gerade als ich meinem Verfolger ins Wort fallen will, da überreicht er mir ein parfümiertes Billett, das verschlossen zu lassen meine Neugierde denn doch nicht zuläßt. Ich erbreche es und erfahre, eine gewisse Lucia erwarte ihren Geliebten – Tesoro! war der Brief überschrieben – um 21 Uhr an der gewohnten Pforte des Palazzo Vendramin, eine Mitteilung, die in mir sogleich einen Sturm widerstreitendster Gefühle auslöste. Denn natürlich wußte ich, daß die Duchessa di Vendramin in eben dem Maße als die schönste Frau Genuas, wenn nicht Italiens, galt, wie ihr Gatte, der Duca, im Rufe stand, der eifersüchtigste Gatte der Halbinsel zu sein – als plötzlich ein Postscriptum meine Neugierde endgültig entflammte: ›Komm! Die mechanische Maus wird dir wie gewohnt den Weg weisen!‹ Das gab den Ausschlag.«

»Kratz, kratz«, schnarrte Sir Pit, während sich Chloë hilfesuchend an die anderen Zuhörer wandte: »Der war nie in Genua, ehrlich!« Ein Einwand, den Anselmus elegant nutzte, da er fortfuhr:

»Ehrlich gesagt war es die Maus, die mich dazu bewog, mich zur angegebenen Zeit vor dem Palazzo Vendramin einzufinden, jenem schier unermeßlichen Gebäude inmitten des historischen Stadtkerns von Genua, vor jenem verwitterten Prunkbau, dessen langgezogene Renaissance-Mauern ich nun auf der Suche nach besagter Pforte Meter für Meter musterte. Schon war ich auf der nur spärlich beleuchteten Rückseite des riesigen Komplexes angelangt, schon wollte ich resignierend aufgeben, da hörte ich ein Quieken und erblickte auf der ersten der drei Stufen, welche zur unscheinbarsten aller Pforten dieses einlaßreichen Palazzo führten, eine Maus, welche mich aus seltsam glühenden Augen anstarrte. Nur kurz, dann huschte sie die Stufen hinauf, wie auf ein Signal öffnete sich besagte Pforte, fröstelnd trat ich in einen langen Gang, welcher nur mäßig vom Licht einiger trostloser Glühbirnen erhellt wurde. Ein Gang, der sich alsbald in mehrere Gänge verzweigte, doch wieder war es die Maus, die mir laut quiekend den Weg wies, während sie ansonsten derart lautlos und gradlinig durch erst leere Gänge, dann leere Zimmer, schließlich leere Säle schnurrte, daß mein anfängliches Mißtrauen, das könne keine mechanische Maus sein, sich zur Gewißheit wandelte, es müsse sich um eine solche handeln, da erstens keine Maus der Welt einen derart unbeirrten Kurs verfolgt, keine aber auch die Gabe besessen hätte, jedwede Tür wie durch Geisterhand aufspringen zu lassen – wahrscheinlich waren da Selenzellen im Spiel. Wie immer ...« Mit langen Fingern zog Anselmus an seinem Kinn. »Langweile ich euch?« fragte er unvermittelt. Allgemeines Kopfschütteln war die Antwort, der sich einzig Chloë nicht anschloß, da sie »Und wie!« und »Erzähl mal lieber, mit wem du in Nürnberg warst« sagte.

»Aber das kommt doch noch früh genug«, antwortete Anselmus zur Überraschung aller, zog noch einmal an seinem Kinn, um den langen Zeigefinger sodann steil in die Luft zu stechen: »Schon glaubte ich, niemals ans Ziel zu gelangen, immer neue Säle taten sich vor mir auf, immer von neuem aufspringende Türen, da, nachdem wir, die Maus und ich, einen weiteren prunkvollen, doch intim beleuchteten Raum durchquert hatten, verharrte meine Führerin plötzlich an dessen Stirnseite vor einer Flügeltür. Langsam öffneten sich die Flügel und gaben den Blick frei in schwärzeste Dunkelheit. Ich zögerte einzutreten, da wandte mir die Maus ihre glühenden Augen zu, ein Blick, darin Spott und lockende Ermutigung zu liegen schienen. Meine Bedenken überwindend, wohl auch getrieben von der Hoffnung, nun endlich am erwarteten Ziel, dem Boudoir der Duchessa, angelangt zu sein, folgte ich der Maus, die, langsamer als zuvor, wie mir schien, schnurgerade in jenem Dunkel verschwand, das kurz darauf auch mich umgeben sollte. Denn kaum hatte ich den Raum betreten, da schloß sich die Flügeltür hinter mir – für immer, wie ich bereits jetzt verraten kann.«

»Aber«, setzte Chloë an. »Kein Aber!« unterbrach sie Sir Pit, um sodann betont kumpelhaft zu fragen: »Und? Wie war's mit der Tante?«

»Da war keine« – Anselmus legte eine vielsagende Pause ein – »Tante. Doch was war da statt dessen? Und wohin war ich geraten? Zunächst glaubte ich an einen schlechten Scherz. Erwartete, daß jeden Moment Licht aufflammen und meine Gastgeberin sich zu erkennen geben würde. Doch als nichts dergleichen geschah, als niemand auf meine Rufe antwortete, als nicht einmal das leiseste Geräusch von menschlicher Anwesenheit zeugte – lediglich die Maus quiekte noch einmal gräßlich auf, wie ein ›Addio‹ klang es, dann plötzlich erloschen ihre Augen, welche bisher unverändert grell durch das Dunkel geglüht hatten –, da also wurde mir klar, daß ich in eine Falle geraten war. Furcht erfaßte mich, sie sollte sich bald in Grausen wandeln. Ich rüttelte an der Tür, durch welche ich den Raum betreten hatte – ohne Erfolg. Also tastete ich mich die Wände entlang, in der Hoffnung einen anderen Ausweg ausfindig zu machen. Wände, die kein Ende zu nehmen schienen und an die sich seltsamste Wesen lehnten. Hier griff ich in verfilzte Bärte, dort in kurzgeschorene, stachlige Frisuren, hier strichen meine tastenden Hände über kaltes Rückgrat, dort griffen sie in feuchte Weichteile, von welchen ein schauerlicher Modergeruch ausging, hier stieß mein suchender Fuß gegen hartes Gebein, das sich ihm in den Weg stellte, dort fand er sich plötzlich in gluckernder, widerlich warmer Flüssigkeit wieder – all diese Entdeckungen entsetzten mich derart, daß ich mich schließlich schweißüberströmt in die Mitte des mir riesig erscheinenden Raumes rettete, mich auf kalten Fliesen niederließ, wo ich, anfangs noch in Furcht vor weiteren grausigen Überraschungen, dann aber durch die völlige Dunkelheit und die gänzliche Stille eingelullt, bald darauf in tiefem Schlaf versank.

Als ich erwachte, fiel bereits mildes Morgenlicht aus einem hochgelegenen Fenster in den Raum, welcher mir nachts als Kammer des Schreckens erschienen war, und da erkannte ich, erst beschämt, dann lachend, meinen Irrtum: Ich befand mich augenscheinlich in der Besenkammer des Palazzo, und die vermeintlichen unheimlichen Wesen waren nichts weiter als eben Besen, Feudel, Scheuerlappen sowie Eimer mit Reinigungsflüssigkeit, harmloseste Gegenstände also, welche ...«

»Moment mal!« unterbrach da Florestan. »Wieso denn Besenkammer? Hast du uns nicht etwas von schier endlosen Wänden erzählt?«

»Ich hätte wohl besser ›Besensaal‹ sagen sollen«, räumte Anselmus entgegenkommend ein. »Bei einem derart riesenhaften Palazzo braucht es natürlich auch eine riesige Anzahl von Besen und Schrubbern, um die Sauberkeit des Hauses zu gewährleisten.«

»Besenkammer, Besensaal«, rief Phyllis ungeduldig aus, »weshalb hat dich die mechanische Maus denn ausgerechnet in diesen Raum geführt?«

»Das sollt ihr früh genug erfahren«, antwortete Anselmus beschwichtigend, »doch bevor ich euch die nun wirklich grausige Lösung dieses Rätsels enthülle, will ich erst mal – ja?«

»Enthülle erst einmal, mit wem du wirklich in Nürnberg warst!« forderte Chloë, worauf Anselmus zunächst wie schuldbewußt den Kopf senkte, dann »Nun gut, ich kann es ja schon jetzt verraten« und schließlich »Mit der Maus« sagte.

Verblüfft ließ Sir Pit die Rotweinflasche sinken, aus welcher er gerade einen Schluck hatte nehmen wollen: »Ich dachte, mit mir!«

Er wisse Sir Pits ihm freundschaftlich angetragenes Alibi durchaus zu schätzen, entgegnete Anselmus mit artiger Verbeugung, nun aber sehe er sich genötigt, endlich die ganze Wahrheit zu erzählen, ob er vielleicht fortfahren dürfe? Und da niemand widersprach – lediglich Sir Pit äußerte ein unbestimmtes »So weit weg, wie du willst« –, setzte der Erzähler energisch zum Endspurt an:

»Ich hatte mich also, wie ihr euch vielleicht noch erinnert, im Besensaal des Palazzo Vendramin wiedergefunden, hatte auch ein Fenster ausgemacht, durch welches ich wieder ins Freie gelangen konnte, nun zögerte ich nicht lange. Mit Hilfe einer Leiter war es mir ein leichtes, das Fenster zu erreichen, bald schon stand ich auf einem breiten Dach, entdeckte rasch eine vertrauenerweckend stabile Regenrinne, ließ mich an ihr hinuntergleiten und sah mich nach bangen Sekunden endlich am gleichen Ort wieder, von welchem mein Abenteuer seinen Ausgang genommen hatte: an der Rückseite des Palazzo, in einem nur wenig begangenen Gäßchen, auf dessen abgetretenes Pflaster die Morgensonne den langen Schatten meines nun endlich wieder auf festem Boden sich bewegenden Körpers warf – es hätte nicht viel gefehlt, und ich wäre in die Knie gesunken, um diesen so handfesten, so ganz und gar bodenständigen Schatten zu streicheln. Eilig begab ich mich ins Hotel, packte meine Koffer, gab das Kostüm zurück und reiste, zum Erstaunen des wortreich sein Bedauern ausdrückenden Geschäftsführers, noch am gleichen Tage ab.«

Anselmus hielt inne, so, als erwarte er eine Frage. Doch die blieb aus, weshalb er sie, fast ein wenig gekränkt, schien es, selber stellte:

»›Ja, und die Maus?‹ mögt ihr jetzt fragen …«

»Ja, und die Maus?« sprang der verläßliche Sir Pit dröhnend ein. »Was war denn mit dieser Ratte?«

»Die befand sich ebenfalls in meinem Gepäck«, ergänzte Anselmus zügig. »Wie tot, sofern man das von einem mechanischen Gegenstand sagen kann, hatte ich sie am Morgen auf den Fliesen des Besensaales gefunden, nur wenige Meter von meiner Schlafstelle entfernt. Als Andenken an diese bemerkenswerte Nacht hatte ich sie in die Tasche gesteckt, dann in meinem Koffer verstaut und schließlich nach Deutschland befördert. Dort lag sie längere Zeit in einem verborgenen Fach meines Schreibtischs, aus welchem ich sie hin und wieder herausholte, in der Hoffnung, ihren mir unergründlichen Mechanismus zu enträtseln. Vergebens. Das glattgespannte, weiche Fell, die rosigen Öhrchen, die zierlichen Beine und der lange haarlose Schwanz wirkten derart lebensecht, daß ich hätte schwören mögen, eine lebendige, keineswegs mechanische Maus vor mir zu haben – wären da nicht zwei Umstände gewesen, die diesen Eindruck widerlegten: die anhaltend geschlossenen Augen und die Tatsache, daß das Tierchen auch nach Monaten noch vollkommen unversehrt war, also keinerlei Anzeichen des Verfalls, der Verwesung gar aufwies. Als Kenner mechanischer Spielsachen – und ihr wißt ja um meine Leidenschaft für mechanisches Spielzeug« – wenn Anselmus bei diesen Worten neuerlichen Widerspruch erwartet hatte, wurde er erneut enttäuscht, da selbst Chloë nun trotzig den Mund hielt –, »als ein solcher Kenner also hütete ich mich, eigenhändig das Wunderwesen auseinanderzunehmen. Das mußte einem unumstrittenen Fachmann vorbehalten bleiben; wen ich mit dieser Aufgabe betrauen wollte, wußte ich von Anfang an, und bei der nächsten Nürnberger Spielwarenmesse war es soweit: Die Maus in einer Zigarrenkiste verstaut, suchte ich den Stand des anerkannt kundigsten Spielzeugmechanikers unserer Breiten und Tage auf, den des Schotten McGuire. Ich erklärte ihm, den ich bereits seit Jahren kannte und schätzte, mein Anliegen, erzählte ihm die merkwürdigen Umstände, die mich in den Besitz der Maus gebracht hatten, und öffnete die Zigarrenkiste. Täuschte ich mich? Glitt da nicht ein Ausdruck der Verwunderung über das gerötete, sonst so stoische Gesicht des Schotten? Fuhr er nicht fast erschrocken zurück? Doch noch bevor ich diesen Beobachtungen nachsinnen konnte, hatte sich McGuire wieder gefaßt, die Zigarrenkiste samt Inhalt an sich genommen und mir bedeutet, ihn am nächsten Tage zur gleichen Zeit wieder aufzusuchen.

Sehr ernst, fast besorgt, empfing er mich; ohne Umschweife begann er: Er selber habe diese Maus vor drei Jahren im Auftrage der Duchessa di Vendramin konstruiert, da diese es leid gewesen sei, ihren häufig wechselnden Liebhabern stets neue Schlüssel zu den und neue Pläne von den labyrinthischen Räumen des Palazzo zu übergeben – Schlüssel und Pläne, die überdies in falsche Hände geraten und in den Händen ihres stets eifersüchtigen Gemahls zu Indizien und Beweisstücken hätten werden können. Daher sollte die batteriebetriebene, mit elektronischen Sensoren und Auslösern ausgestattete Maus den Liebhabern den Weg durch die von ihm, McGuire, ebenfalls elektronisch umgerüsteten Räume und Portale weisen, und eine Zeitlang sei das wohl auch gutgegangen, zumal eine Maus mehr oder weniger in einem traditionell mausreichen italienischen Palazzo natürlich nicht weiter aufgefallen sei. Dann freilich müsse der Duca di Vendramin doch Verdacht geschöpft und sich der Maus bemächtigt haben – mir aber, dem unschuldigen Opfer eines Irrtums, sei das Los zugedacht gewesen, das erste wirkliche, blutige Opfer der Eifersucht des Herzogs zu werden.

›Opfer?‹ fragte ich erschrocken.

›Aber versteh doch!‹ schrie mich McGuire fast zornig an. ›Der Herzog vermutet, daß seine Frau wieder ein Verhältnis hat. Er findet auch heraus, mit wem: mit dem Grafen von Salem. Er weiß überdies, daß es die mechanische Maus ist, die den Grafen ins Schlafzimmer seiner Frau führt. Er fängt diesen Lotsen ab und übergibt ihn einem Elektromechaniker, der das Tier umprogrammiert. Nicht mehr ins Boudoir lockt es den Liebhaber nun, sondern in die Besenkammer. Nicht mehr die Lust steht am Ziel, sondern der Tod – hier!‹ Und McGuire wies auf einen Mechanismus, welcher hinter dem nun aufgeschnittenen Bauchfell der Maus verborgen lag: ›Eine Mini-Bombe auf Plastiksprengstoffbasis. Ausreichend, um die Maus, die Besenkammer und nicht zuletzt dich, den vermeintlichen Grafen, in die Luft zu jagen! Und da! Der rasende Herzog hat überdies auch dafür Sorge getragen, daß sein Opfer so persönlich wie formvollendet aus dieser Welt verabschiedet werde: Hör nur!‹

McGuire legte im Inneren der Maus einen winzigen Hebel um. ›Addio, Conte di Salem!‹ quiekte die plötzlich und weckte in mir die Erinnerung an ihr letztes Quieken, damals in der Besenkammer. Doch warum hatte die Maus diesen Satz unvollendet gelassen? Und warum … Ich faßte mir ein Herz: ›Warum lebe ich dann immer noch?‹ fragte ich fröstelnd.

›Weil der teuflische Mechaniker – und ich ahne auch seinen Namen, denn für ein solches Bubenstück kommt in ganz Italien nur einer in Frage, Giorgio Bocca, genannt Nasorosso …‹

›Also Rotnase!‹ fiel ich verblüfft ein. ›Dann war die Nase meines Verfolgers also gar nicht Teil einer Maske, sondern …‹

›Natur!‹ bestätigte McGuire düster. ›Richtiger: Ein gräßlicher Scherz der Natur, welcher den Besitzer dieser gigantischen Nase ebenso ins gesellschaftliche Abseits gedrängt wie mit einem unbändigen Haß auf alle Normalnasigen erfüllt hatte, weshalb er, der zudem unsterblich in die Duchessa verliebt war, ohne natürlich jemals auf Gegenliebe hoffen zu können …‹

›Doch warum scheiterte der Plan der beiden, des Herzogs und seines Mechanikers?‹ unterbrach ich den Schotten.

›Weil Nasorosso es versäumt hatte, die bereits ziemlich verbrauchten Batterien der Maus rechtzeitig auszuwechseln‹, antwortete McGuire. ›So daß das todbringende Tier, wie du ja selber berichtet hast, just in dem Moment den Geist aufgab, als deine Hinrichtung nur eine Frage von Minuten, wenn nicht von Sekunden war. Deine, und nicht die des, wenn man so will, wahren Schuldigen, des Grafen von Salem, welcher, offenbar gewarnt, die Stadt rechtzeitig verlassen, dir Nichtsahnendem aber sein Kostüm und damit auch sein Schicksal hinterlassen hatte. Glück gehabt, mein Lieber! Und danke deinem Herrgott dafür, daß dir dieses Schicksal in Italien zugedacht gewesen war, da also, wo man schon immer die Konstruktion großgeschrieben und die Wartung vernachlässigt hat!‹

Und mit diesen Worten wollte mir McGuire die Zigarrenkiste samt der Maus wieder in die Hände drücken, doch ich wehrte entsetzt ab. Na ja«, Anselmus ließ seinen Blick gelassen, fast stolz über die Gesichter der Zuhörer gleiten, »und seit diesem Tage bin ich von meiner Leidenschaft für mechanisches Spielzeug geheilt, das könnt ihr mir glauben!«

Was darauf geschah: Des Anselmus Geschichte findet viel Beifall, stößt jedoch bei Chloë auf heftige Ablehnung. Diese ganzen erfundenen Abenteuer würden sie echt nerven, erklärt sie, ob denn keiner der Anwesenden eine wahre Begebenheit zum besten geben könne? Sicherlich nicht zu Unrecht werde vom Leben gesagt, daß es die besten Geschichten schreibe, sie jedenfalls verspreche sich von solcher Lebenswahrheit Geschichten, die ihr mehr zu bieten hätten als banale, um nicht zu sagen: oberflächliche Unterhaltung. Florestan, ganz aufmerksamer Gastgeber, greift Chloës Vorschlag auf und erklärt sich bereit, am nächsten Abend den Versuch zu wagen, eine wahre Geschichte zu erzählen. Da niemand mehr die Kraft hat, ihm ins Wort zu fallen, betrachtet er seinen Vorschlag als angenommen. Sodann hebt er die Tafel auf, und man verteilt sich auf die Zimmer.

Daß das Leben die besten Geschichten schreibe, sei eine sicherlich leicht zu widerlegende Übertreibung, begann Florestan, als die Nachspeise abgetragen wurde. In der Regel fehle diesem Geschichtenschreiber jeglicher Sinn für Ökonomie, doch hin und wieder gelängen ihm wie zufällig auch hübsch pointierte Kleinigkeiten, die es durchaus verdient hätten, weiterberichtet zu werden. Er denke da an eine Geschichte, deren Zeuge er einmal geworden sei …

»Eine wirklich wahre Geschichte?« fragte Chloë.

»Wort für Wort wahr«, bekräftigte Florestan. »Sie liegt zwar schon längere Zeit zurück, ihr Schauplatz aber ist – und nun haltet euch gut fest – ein Kino.«

Hatte er gehofft, seine Zuhörer mit dieser Einleitung in einen Zustand erhöhter, vielleicht sogar unerträglicher Spannung zu versetzen, so bewies ihm der Augenschein rasch, daß seine Rechnung schon deshalb nicht aufgehen konnte, weil sich die Freunde nach dem reichhaltigen Nachtmahl in einem Lähmungszustand befanden, der durchaus das Prädikat ›nicht mehr feierlich‹ verdiente, ja, Sir Pit glitt sogar in einem Moment unachtsamen Einnikkens das Glas aus der Hand, was er, durch das Klirren aufgeschreckt, mit den Worten zu entschuldigen suchte, er habe geglaubt, er sei im Kino.

»Wieso denn du?« fragte Florestan streng und: Seit wann man denn im Kino Gläser fallen lassen dürfe? Doch der Angesprochene warf sich, ohne den Frager irgendeiner Antwort zu würdigen, derart nachdrücklich gegen die Sessellehne, daß der Erzähler angesichts der allgemeinen Mattigkeit – wie Steine lehnten Anselmus und Chloë gegeneinander, hätte man den einen entfernt, die andere wäre hinstürzend zerschmettert, und nun gähnte selbst die sonst so solidarische Phyllis herzhaft –, daß es Florestan also geboten schien, schärfstes Erzählgeschütz aufzufahren: »Stellt euch also ein Kino vor«, begann er, ohne sich durch Sir Pits »Also doch ein Kino!« stören zu lassen. »Ein dunkles, altes Kino, dessen rotausgeschlagene Wände förmlich glänzen von all dem Geseufze, Geächze und Gestöhne, das im Laufe der Zeit …«

»Ein Pornokino?« fragte Sir Pit mit einem plötzlichen Anflug von Interesse.

»Nein, ein Filmkunstkino«, erwiderte Florestan und

fügte erklärend hinzu, die Seufzer und so weiter hätten sich nicht auf das Leinwandgeschehen, sondern auf die Reaktionen der Zuschauer bezogen, »ein Filmkunstkino also, das sich nun langsam verdunkelt, während auf dem hellen Geviert der Leinwand wie von Geisterhand geschrieben ...«

»Schrifttitel: Hans Geister«, warf Anselmus überraschend wach ein.

»Wie von Geisterhand geschrieben«, fuhr Florestan ermutigt durch so viel Anteilnahme mit erhobener Stimme fort, »der Titel des zu erwartenden Kunstwerks erscheint: ›Die Chronik der Anna Magdalena Bach. Ein Film von Jean Marie Straub.‹«

»O Gott«, seufzte Sir Pit, während Anselmus ein knallendes »Strobb« artikulierte.

»Wieso Strobb?« fragte Phyllis verwundert.

»Weil der Franzos kein ›au‹ auszusprechen in der Lage ist«, ward ihr zur Antwort, »der sagt ja auch ›Oberschiene‹, und nicht ›Aubergine‹.«

Das habe absolut seine Richtigkeit, ließ sich da Sir Pit vernehmen, der Franzos gehe seines Wissens sogar so weit, ›Lobbom‹ zu sagen statt ›Laubbaum‹.

Florestan, der wohl erkannte, daß die plötzliche Munterkeit ausschließlich linguistischen Problemen und keineswegs seiner Geschichte galt, schwankte einen Moment, ob er überhaupt weitererzählen oder nicht ebenfalls in die Wissenschaftsdiskussion eintreten solle, dann aber beschloß er, beides miteinander zu verbinden, und sagte einschmeichelnd, daß er den Freunden nur zustimmen könne, der westliche Nachbar sei, was das ›au‹ betreffe, außerordentlich eigen, eine Eigenheit, die sich auch darin zeige, daß er selbst da ›Rock'n' Roll‹ sage, wo es selbstverständlich ›Rauck'n'Raul‹ heißen müsse; dann aber nutzte er den mit Absicht plump gewählten Überrumpelungseffekt und fuhr fort:

»Strobb also, ein Film von Schang Marie Strobb. Das

Kino aber, in das ich euch geführt habe, ist nur eines von dreien, die sich in dem gleichen Gebäude befinden und von einer Kasse aus betreut werden, auch ist es das kleinste der drei, im größten aber läuft zur gleichen Zeit der entsprechend groß plakatierte Film ›Die Schlacht um Tobruk‹. Dieser Umstand aber sollte für zwei Menschen, die ihr sogleich näher kennenlernen werdet, die unangenehmsten Folgen haben.«

Florestans schneidiger Vortrag zeigte Wirkung. Aller Augen waren nun auf ihn gerichtet, gelassener fuhr er fort: »Ich wußte selbstverständlich, was mich in der ›Chronik der Anna Magdalena Bach‹ erwartete. Die Kritiken hatten keinen Zweifel daran gelassen, daß in diesem außerordentlichen Werk ausschließlich auf Originalinstrumenten der Bach-Zeit und in Originalkostümen der Bach-Zeit Originalmusik der Bach-Zeit gefiedelt werde, unterlegt mit Originalzitaten aus der original getürkten Originalchronik der Original-Anna-Magdalena-Bach. Ich hatte mich also auf einen gehaltvollen, wenn auch etwas abwechslungsarmen Abend eingestellt; ebenso schienen es die anderen Zuschauer zu halten, die bereits während der ersten langen Einstellungen möglichst vorteilhafte Ruhelagen eingenommen hatten und nun dem zähen Geschehen mit fast religiös zu nennender Schläfrigkeit folgten. Nach zehn Minuten etwa stellte sich freilich heraus, daß zumindest ein schwarzes Schaf in dieser lammfrommen Herde saß, ein älterer Herr in der Reihe vor mir, der sich mit einem plötzlichen Aufstöhnen an seine ebenfalls ältere Begleiterin wandte: Das da könne man doch nicht mehr als Vorfilm bezeichnen!

Er solle um Himmels willen still sein! zischte sie zurück, worauf wieder einige Minuten verstrichen, in denen auf der Leinwand wenig mehr geschah, als daß da mit größter Seelenruhe weitergefiedelt wurde, was den älteren Herrn freilich immer unruhiger werden ließ.

Sie seien im falschen Kino! beschwor er seine Nachbarin. Er wolle unverzüglich das richtige aufsuchen. Er solle sich gedulden, der Kulturfilm werde sicher gleich zu Ende sein, erwiderte sie ungehalten, worauf er mit spürbar steigender Erregung weitere Minuten barocken Gefiedels über sich ergehen ließ.

Na bitte, jetzt sei ja schon Schluß! bemerkte die Frau erleichtert, als die verkleideten Musiker für einen Moment die Instrumente beiseite stellten, allerdings nur, um – diesmal zur hämischen Freude des Mannes – nach kurzer Pause weiterzufiedeln: Von wegen Schluß! Das werde jetzt endlos so weitergehen, die Schlacht um Tobruk aber sei sicherlich schon in vollem Gange …

›Du kriegst deine Schlacht um Tobruk noch früh genug!‹ und ›Was sollen denn die Leute denken, wenn du dich so aufführst?‹ entgegnete die Frau mit einer Resolutheit, die lediglich von den unablässig vor sich hinschrammelnden Musikern übertroffen wurde. Eine Zeitlang beschränkte sich der ältere Herr darauf, das nicht enden wollende Gegeige mit ostentativem Gestöhne und Geseufze zu untermalen. Er wurde erst wieder fröhlicher, als ihm die Frau angesichts einer spielfilmartigen Sequenz, in welcher Johann Sebastian Bach ein kleines Kind umarmte, kleinlaut zuflüsterte, daß sie wahrscheinlich doch im falschen Film seien.

Von wegen falscher Film! erwiderte er aufgekratzt, das da sei unverkennbar Rommel, der sich von seiner Familie verabschiede, gleich werde er in seinen Panzer steigen und nach Tobruk brummen.

›Nein, nein, das ist Johann Sebastian Bach! Laß uns gehen!‹ bat die Frau.

›Aber doch nicht jetzt, wo es gerade spannend wird!‹ gab der ältere Herr barsch zurück und fügte besänftigend hinzu, sie solle sich durch Rommels Aufzug nicht verwirren lassen, der habe diese Klamotten doch nur angezogen, um den Tommy zu täuschen, er heiße ja nicht umsonst Wüstenfuchs.

Nun war es an der Frau, angesichts des wiedereinsetzenden Gegeiges immer unruhiger zu werden, während der Mann vor Munterkeit geradezu zu bersten schien. Unablässig setzte er zu immer lauteren, an die Gefährtin gerichteten Kommentaren an, zu Erläuterungen wie: ›Das Frontorchester!‹ oder: ›Wo nur der Tommy bleibt?!‹ oder, unter Hinweis auf einen sich rasch entfernenden Mann: ›Montgomery hat die Hosen voll!‹ oder auch: ›Reichlich wenig Panzer für eine Panzerschlacht!‹ – ein Einwurf, welcher ihm offensichtlich derart gefiel, daß er ihn der älteren Frau gleich mehrfach kundtat, ja fast zuschrie.

Die hatte es mittlerweile aufgegeben, den Triumphierenden besänftigen zu wollen. Sie brachte nicht einmal mehr die Kraft auf, die nach und nach aufmerksam, ja unmutig gewordenen anderen Zuschauer durch verzweifelte Gesten zu beruhigen. Die vereinte Last von Irrtum, Schuld und Scham hatte sie derart in den Sessel gedrückt, daß sie selbst für mich, der ich direkt hinter ihr saß, unsichtbar geworden war. Um so mächtiger reckte sich der ältere Herr, doch als er, alle Zurückhaltung fallen lassend, eine Gruppe ernster, dunkel gekleideter Frauen als die ›Karbolmäuschen vom Feldlazarett‹ titulierte und auch noch den Zusatz hinterherdonnerte, die seien ›die schärfsten Bienen zwischen Kairo und El Alamein‹ gewesen, da stand die Verschwundene unvermittelt groß und schwarz vor der Leinwand, sagte hart: ›Komm jetzt endlich!‹ und begann damit, sich den Weg zum Ausgang zu bahnen, ohne die Antwort ihres Begleiters abzuwarten. Der aber, wohl ahnend, daß er den Bogen überspannt hatte, folgte ihr ohne Widerrede, worauf im Kino endlich das einkehrte, was die Kritik dem Werk von Straub – nein Strobb«, verbesserte sich Florestan, »unisono nachgerühmt hatte, die Ruhe nämlich.«

Was weiter geschah: Durch Florestans Erzählung sieht Chloë ihre Behauptung von der Überlegenheit der wahren Geschichte bestätigt; zumindest habe die keine Grafen enthalten, und das sei schon mal ein Fortschritt. Da auch die anderen, wenngleich mit Einschränkungen, beipflichten, schlägt sie vor, jeder der Anwesenden solle nach dem Abendessen des nächsten Tages ebenfalls einen nicht erfundenen, vielmehr selbsterlebten oder von einer verläßlichen Person zugetragenen Vorfall berichten. Da Anselmus die Befürchtung äußert, daß eine Flut halbgarer Döntjes oder wenig signifikanter Situationskomik die Folge sein könnte, wird Chloës Vorschlag dahingehend modifiziert, daß nur – so Sir Pit – ausgekochte und lediglich – so Florestan – hochsignifikante Erlebnisse zugelassen sein sollen. Aber bloß keine langweiligen, wirft Phyllis ein, ein Einwand, der allgemein gutgeheißen wird und zu einer nochmaligen Kurskorrektur der zu erzählenden Erzählungen führt. Sodann stellt man ohne Gegenstimme fest, daß es reichlich spät geworden sei, und sucht die Zimmer auf.

Nachdem die Teller abgeräumt worden waren und nur noch ein enormer Rotweinkrug, eine Flasche Grappa, die dazugehörigen Gläser, zwei Aschenbecher sowie eine Schale erlesensten Backwerks, welches Phyllis herbeigezaubert hatte, den langen Tisch beherrschten, der sich kurz zuvor noch unter den vielfältigsten Speisen gebogen hatte, da verstummten die bis dahin so angeregten Gespräche. Wie um Kraft zu sammeln, ließen alle ihre Blicke in die Landschaft schweifen, welche im Licht der tiefstehenden Sonne noch einmal in derart sinnlicher Pracht aufglühte, sich derart sinnfällig in beleuchteter Kostbarkeit und schattenhafter Gliederung darstellte, daß es einem wahrlich die Sprache verschlagen konnte. Nicht lange. Denn kaum war die Sonne hinter dem Chianti-Kamm versunken, da erlosch auch der Zauber, wandten sich die Mitglieder der Runde wieder einander zu, drängte der stets mahnende und ständig planende Florestan, endlich das gestern beschlossene Unternehmen in Angriff zu nehmen, wobei er hinzufügte, daß seiner Meinung nach Chloë den Anfang machen müsse, sie habe schließlich damit angefangen.

»Mach ich gerne«, erwiderte die, wobei sie zum allgemeinen Entzücken das erste ›e‹ derart hanseatisch in die Länge zog, daß Sir Pit nicht an sich halten konnte und korrespondierend einfiel: »Es war einmal in Heeerne ...«

»War's überhaupt nicht«, berichtigte ihn die Erzählerin kühl und fuhr fort: »Es war in Frankfurt, Anfang der 70er, ich wohnte damals in Bockenheim in einem Altbau in der Nähe der Uni. Und unter mir lebte eine WG, alles Studenten, nein, eigentlich mehr Studentinnen. Und mit der einen freundete ich mich etwas an, das war Siggi, ein rothaariges, sommersprossiges Mädchen, das Germanistik studierte und über Hexen forschte, das kam damals gerade auf, das Thema.«

»Rotes Haar und Sommersprossen sind des Teufels Volksgenossen«, warf Florestan ein, kam damit aber nicht an, da die Aufmerksamkeit aller Chloë galt. »Ich kannte Siggi also ganz gut, aber trotzdem mußte ich zweimal hingucken, als ich sie bei einem Hamburg-Besuch plötzlich in einem Postamt vor mir hängen sah. Nicht Siggi selber«, beschwichtigte die Erzählerin ihre etwas konsternierten Zuhörer, »nein, nein, eine abgebildete Siggi, die halbnackt neben einem ebenfalls halbnackten, langhaarigen Jüngling im Bett saß, beide lächelnd, die Hände ineinander verschlungen. Auf einem ›Pro Familia‹-Plakat«, setzte sie hinzu und erzählte, der ›Achsos‹ und ›Achjas‹ nicht achtend, weiter: »Und in den verschlungenen Händen hielten die beiden eine rote Schnur, und oben, zwischen ihren Köpfen, schwebte ein aufgeblasenes Kondom, das an der Schnur befestigt war, und auf dieses Kondom war ein Gesicht gemalt, das die beiden jungen Menschen lächelnd betrachtete, und aus seinem Mund kam eine Sprechblase mit den Worten ›Planen ist besser als heulen‹.«

Mürrisch zupfte sich Anselmus am Kinn, schon öffnete er den Mund, doch er schloß ihn wieder, da Chloë hinzufügte: »Ja, und unten stand noch ›Pro Familia hilft. Wir sagen Ihnen alles über Famlienplanung und Empfängnisverhütung‹ sowie alles mögliche in dieser Richtung, und der Schlußsatz war: ›Besuchen Sie uns. Wir haben Zeit für Sie, denn verhüten ist besser als abtreiben.‹«

Wieder zog Anselmus gedankenvoll sein Kinn in die Länge, dann aber hielt es ihn nicht mehr. Das sei doch genau eines jener Döntjes, die er bereits gestern habe kommen sehen: »Du kennst jemanden und siehst den auf einem Plakat wieder – na und?«

»Und wenn du mich mal zu Ende erzählen lassen würdest?« fragte Chloë zurück. »Den Rest der Geschichte weiß ich von Siggi. Kurz vor ihrer Prüfung über Hexen, weise Frauen und unterdrückte weibliche Naturheilkunde wurde sie von irgend so einem Typ angebufft. Sie war aber schon auf dem Sprung in die Staaten, dort wartete ihr Freund auf sie, irgend so ein Ami, also nahm sie zwischen dem Schriftlichen und dem Mündlichen den Bus nach Holland, und als sie im Wartezimmer der Klinik sitzt, kommt erst eine Schwester und lacht, und die holt noch eine, und die lacht auch, und dann kommen eine dritte und eine vierte und lachen, und schließlich ist der ganze Raum voller lachender Schwestern, und Siggi fragt sich die ganze Zeit verzweifelt, was denn an ihr so komisch ist. Bis sie schließlich ins Sprechzimmer des Arztes geführt wird, da hängt neben anderen Postern auch ihres an der Wand, und da wird ihr alles klar, und inmitten all der lachenden Schwestern und des lächelnden Arztes fängt sie an zu heulen.«

Für diese Geschichte heimste Chloë ungeteiltes Lob ein. Schon wollte der voreilige Anselmus seinen Irrtum durch eine, wie zu befürchten stand, wortreiche Interpretation und Klassifizierung des Erzählten wiedergutmachen, als Sir Pit ihm mit einem donnernden »klasse story« zuvorkam und, zu Phyllis gewandt, fragte, ob denn die andere der beiden Damen einen ähnlichen Erzählhammer auf Lager habe. Die Angesprochene ließ sich nicht zweimal bitten und begann:

»Es war auf meiner ersten Italienreise, einer Trampfahrt, die ich zusammen mit einer Freundin unternahm, ich muß damals etwa siebzehn Jahre alt gewesen sein. Schon immer hatte der Süden mich gelockt, nun, am Ziel meiner Wünsche, kam mir alles noch viel zauberhafter vor, als ich es mir ausgemalt hatte. Der allgegenwärtige Dreiklang von Landschaft, Kultur und der uns ständig entgegengebrachten Freundlichkeit der Menschen ließ mir die erste Woche unserer Reise wie einen Traum erscheinen und uns beide immer argloser in immer unbedachtere Situationen hineinschliddern, bis wir uns plötzlich in einer Lage wiederfanden, an die ich auch heute noch nicht ohne Grauen – na, Grauen ist vielleicht nicht das richtige Wort, ach, warum denn nicht, es war ja grauenvoll –, nicht ohne Grauen also zurückdenken kann. Wir wollten von Florenz zum Meer, Richtung Pisa. An der Autobahnauffahrt Livorno-Mare hatte uns ein Fernfahrer mitgenommen, ein hagerer, schweigsamer Italiener, der irgend etwas nach Livorno bringen sollte, jedoch kurz vor Pisa – es begann bereits zu dunkeln – von der Autostrada abfuhr. Da es um unser Italienisch nicht zum besten bestellt war – richtiger gesagt: Wir konnten außer den notwendigsten Floskeln überhaupt keins –, dauerte es etwas, bis wir begriffen, warum er uns über immer einsamere Landstraßen kutschierte: Angeblich kannte er da irgendwo ein Landgasthaus und wollte uns zum Essen einladen, um uns anschließend, da könnten wir ganz beruhigt sein, an der Jugendherberge in Pisa abzusetzen. Das alles jedenfalls reimten wir uns nach und nach aus seinen wortkargen Mitteilungen zusammen – keineswegs beunruhigt, wußten wir doch nicht, welches Erlebnis uns erwartete –, und als wir schließlich im überraschend vollen, so durch und durch italienischen Ristorante saßen, umgeben von zahlreichen anderen, lärmenden Gästen – meist Männern –, die unseren Fahrer von allen Seiten mit ›Ciao, Mario‹ grüßten, da zwinkerten wir uns begeistert zu: Was wir mal wieder für ein Glück gehabt hatten!

Hunger hatten wir auch, und da sich Mario zum Gastgeber erklärt hatte, ließen wir ihn bestellen und erlebten so das erste Mal Pracht und Pein einer italienischen Speisefolge, vom Antipasto über die Pasta zum Carne, Käse, Dolce – aber ich greife vor. Wir beide, meine Freundin und ich, waren Kriegs- und Nachkriegskinder. Beide hatten wir gelernt, daß gegessen wird, was auf den Tisch kommt, und aus Erfahrung wußten wir, daß nie allzuviel auf den Tisch kam, da hieß es sich ranhalten. Also putzten wir bereits die Vorspeise, Crostini, Schinken und Salami, restlos weg, ein wenig enttäuscht über das, wie uns schien, etwas magere Mahl, wir hätten ja lieber Spaghetti gehabt, doch die waren wohl – so vermuteten wir – unserem sicherlich nicht gerade betuchten Gastgeber zu teuer. Wenn das alles gewesen sein sollte, nun gut, es war immerhin besser als gar nichts – da wurde zu unserem Erstaunen die Pasta aufgetragen. Nicht einfach Spaghetti, o nein, eine Platte Pasta mista vielmehr, angefüllt mit Tortelloni, Penne, Spaghetti Bolognese und Gnocchi. Mit großer Geste lud uns ein schmunzelnder Mario ein, uns zu bedienen, während die Männer an den Nebentischen ihm uns unverständliche Scherzworte zuriefen und uns Hinweise, deren Sinn uns ebenfalls dunkel blieb; heute vermute ich, daß sie sich auf die verschiedenen Pasta-Sorten und ihre Herstellung bzw. ihre Feinschmeckerqualitäten bezogen.

Nun – wir taten das, was Sprachunkundige in solchen Fällen gemeinhin zu tun pflegen: Wir lachten und antworteten durchgehend mit ›si si‹; vor allem aber konzentrierten wir uns darauf, die Platte zu leeren. Was da war, mußte ja weg, und anfangs bereitete uns unser Vorhaben auch keinerlei Schwierigkeiten. Begeistert sah uns Mario bei unserem Tun zu. Er aß nur wenig, stocherte lediglich in seinem vollgehäuften Teller herum, brach Brot an, das er nach einem Bissen achtlos liegen ließ, sprach allerdings munter dem Wein zu – er benahm sich also wie der typische italienische Gastgeber und Familienvater, jener Typ, der jedes Interesse am Selberessen verliert, wenn er sich in die Lage versetzt sieht, essen lassen zu können; der stets nachreicht und nachschenkt – denn auch unsere Rotweingläser waren immer neu gefüllt, kaum daß wir einen Schluck getrunken hatten –: dieser Typ.«

Florestan, der gerade dazu angesetzt hatte, die leereren der Gläser aus dem enormen Weinkrug nachzufüllen, stellte das Gefäß abrupt ab. Ächzend bediente sich Sir Pit selber. Gespannt schaute Chloë. »Dieser Typ«, sagte Anselmus, ohne daß auszumachen war, worauf er das bezog, auf Florestan oder auf Phyllis' letzte Worte: »Dieser Typ?«

Doch Phyllis griff das hilfreich hingesagte Wort nicht auf, sondern fuhr folgendermaßen fort:

»Schließlich hatte Mario auch die letzten Spaghetti fürsorglich auf unsere Teller verteilt. Nun wirklich gesättigt, lehnten wir uns zurück und versuchten, so gut es ging, unseren Dank abzustatten – ›Grazie‹ immerhin war uns schon geläufig –, da kam der Fleischgang, drei riesige Bistecche Fiorentine, die wir zunächst einigermaßen ratlos betrachteten. Denn, wie schon gesagt: Weder hatten wir eine Ahnung vom Ablauf einer italienischen Cena, noch wußten wir, daß dem Italiener die Pflicht des Auf- und Weg-Essens ebenso fremd ist wie etwa die, seine Steuern zu bezahlen, daß ihm also der volle Teller nichts weiter bedeutet als Feier des Lebens, keineswegs aber Fron des Verzehrens ...«

Verwundert starrte Florestan die Erzählende an, gebannt vom Geist des Erzählens, welcher in Phyllis gefahren war und nun also aus ihr sprach:

»Es war eine herrliche Bistecca. Ein Kranz von zart angebratenem Fett umgab das vielfach gewürzte, im Kern noch blutige Fleisch, das sich seinerseits um den mächtigen Knochen schmiegte – und doch war bereits der Anblick eine Strapaze. Wieviel mehr erst der Anstich, Anschnitt, Anbiß – schier endlos schien sich das spendierte Stück vor uns zu erstrecken, schließlich aber waren wir, fast gemeinsam, am rettenden Knochen angelangt – Mario hatte unterdes nicht viel mehr zuwege gebracht, als seine Bistecca zu zersäbeln und einige ausgesuchte Häppchen zu verzehren –: Da ging die Fresserei erst richtig los, und diesmal durch unsere Schuld.

Erschöpft starrten wir auf die glücklich geleerten Teller – denn zu dem Fleisch waren natürlich auch Contorni aufgetragen worden, Bohnen in Öl, gemischter Salat und Patate fritte –, als Mario besorgt das Wort an uns richtete. Von seiner Suada verstanden wir natürlich so gut wie nichts, doch ein Wort immerhin war uns geläufig, ›appetito‹, woraus wir schlossen, er erkundige sich danach, ob unser Appetit nun gestillt sei. Si si, erklärten wir eilfertig, was wiederum Mario dazu veranlaßte, den Cameriere herbeizurufen. Nun verlangt er die Rechnung, vermuteten wir, doch bald aufkeimender Verdacht wurde rasch zur schrecklichen Gewißheit: Mario hatte uns nicht nach gestilltem, sondern noch vorhandenem Appetit gefragt, und nun gab er dem Ober eine weitere, furchterregend detailreiche Bestellung auf. Das war zuviel für uns. Alle Verbindlichkeit fallen lassend, flehten wir ›Ancora, ancora!‹«

Phyllis hielt inne. »Wir?« Sie überlegte nochmals. »Nein, nicht wir. Anfangs kam das ›ancora‹ nur von meiner Freundin, ich freilich schloß mich bald an, da meine Freundin mir unter dem Tisch mit Fußstößen zu verstehen gab, ich solle sie nicht alleine lassen in ihrem Kampf gegen noch mehr Essen, also sagte auch ich ›ancora‹ …«

»Ancora?« fragte Florestan besorgt. »Das heißt aber ›noch‹!«

»Dann heißt Cap Ancora also ›Kap Noch‹«, warf Sir Pit ein, während Anselmus der Chloë zuraunte: »Das Ungeheuer von ›Noch Nass‹!«, was die allerdings ungerührt mit »Loch Ness« parierte, doch da griff Phyllis auch schon wieder den Faden auf:

»Natürlich bedeutet ›ancora‹ zu deutsch ›noch‹, und natürlich meinten wir ›basta‹, also ›genug‹. Aber damals, in diesem vermaledeiten Landgasthaus, verwechselten wir diese beiden Wörter, wenn denn von einer Verwechslung überhaupt die Rede sein konnte: Wahrscheinlich lag ein schrecklicher Irrtum vor, vermutlich glaubten wir ganz einfach felsenfest, ›ancora‹ bedeute ›genug‹.«

Die Zuhörenden seufzten ahnungsvoll auf.

»›Ancora, ancora‹ – hieß für Mario natürlich ›mehr, mehr‹ und stachelte seinen Vater- und Fütterinstinkt mächtig an. Also ließ er zunächst Käse auffahren, dann, nach weiteren Ancora-ancoras, Frutta und Dolce – es war, doch, das war es: grauenhaft. Denn mittlerweile waren die anderen Besucher des Lokals auf uns, die offenbar unersättlichen deutschen Mädchen, aufmerksam geworden. Statt freundlicher Zurufe hörten wir nun, wie ein anfangs erstauntes, dann deutlich ungläubiges Getuschel sich breitmachte. Zur Qual des ständigen Essens, zur Verzweiflung darüber, daß unser Gastgeber uns offensichtlich nicht verstand oder – schlimmer noch – nicht verstehen wollte, gesellten sich Scham und das Gefühl bodenloser Peinlichkeit. Da endlich, als wir bereits halblaut Fluchtpläne schmiedeten – aber wie fliehen, da wir doch gar nicht wußten, wo wir uns befanden, unser Gepäck zudem noch in Marios Lastwagen lag –, da endlich nahte ein Retter, richtiger: eine Retterin. Offenbar hatte sich die Mär von den deutschen

Vielfraßen bis in die Küche herumgesprochen, und nun wollte die Köchin uns in Augenschein nehmen. Zwei Zabaione-Kelche in Händen kam sie auf uns zu, benommen verzichteten wir auf jegliches Reden und patschten statt dessen flehentlich auf unsere Bäuche – und sie verstand. ›Basta?‹ fragte sie mitfühlend. ›No, no! Ancora!‹ setzten wir nochmals an. ›Si, si! Basta!‹ beruhigte sie uns, stellte die Kelche lächelnd am Nebentisch ab und sagte, unser Patschen nachahmend: ›Basta, basta!‹ So spricht man zu Kindern, und endlich begriffen wir und griffen nach dem neuerlernten Wort wie nach einer rettenden Hand: ›Si, si, si! Basta! Basta! Basta!‹

›Basta!‹ Das Wort sprach sich erst gedämpft im Lokal herum, wurde dann lachend von Tisch zu Tisch weitergetragen. ›Ah! Basta!‹ fiel Mario erleichtert ein. ›Si! Basta!‹ bekräftigte die Köchin – so, als hätten sie das Wort zuvor nie so recht zu würdigen gewußt, ließen es sich nun alle auf der Zunge zergehen: ›Basta!‹

Der Spuk war vorbei. Anstandslos zahlte Mario die sicherlich unerwartet hohe Rechnung, rechtzeitig brachte er uns zur Jugendherberge von Pisa, unseren ebenso unartikulierten wie wortreichen Dank aber wehrte er mit den Worten ›Ancora, ancora!‹ ab, dann lenkte er seinen Lastwagen laut lachend in die Dunkelheit.«

Phyllis' Erzählung hatte der ganzen Gesellschaft so viel zu lachen gegeben, daß keiner war, dem nicht die Kinnladen davon weh getan hätten. Gegen eine solche Geschichte anzutreten sei nicht einfach, erklärte Anselmus gedankenvoll, wer denn als nächster dran sei? Immer der, der fragt, ward ihm zur Antwort, und als Mann rascher Entschlüsse begann er denn auch ohne Umschweife zu erzählen:

»Ich habe mich stets eines Urteils über die Frauenbewegung enthalten …«

»Dein Glück!« platzte Chloë heraus.

»... doch was immer man gegen sie vorbringen mag, eines immerhin verdanke ich ihr, eine der mir liebsten Geschichten der letzten Jahre. Freilich: Nicht ich habe sie erlebt, sie widerfuhr einem Bekannten, einem Theaterwissenschaftler aus München, der sich mit journalistischen Arbeiten über Wasser hielt und der eines Nachmittags unversehens ein bestimmtes Buch benötigte, was, aber das konnte er zu diesem Zeitpunkt noch nicht ahnen, die wunderlichsten Folgeprobleme nach sich ziehen sollte.

Vorerst schien alles ganz einfach. Im Rahmen eines Artikels für die ›Süddeutsche‹, der noch am selben Abend in Satz gehen sollte, beabsichtigte der Journalist, eine Passage aus dem Schauspiel ›Pioniere in Ingolstadt‹ von Marieluise Fleißer zu zitieren, doch als er seine Bibliothek musterte, war das Textbuch, von welchem er wußte, daß es zu seinem Bücherbestand gehörte, nicht aufzufinden. Entliehen? Entwendet? Im Moment müßige Fragen. Der Text mußte her, und ohne Zögern begab sich der Journalist in die nächstgelegene Buchhandlung, allerdings ohne Erfolg. Der Dramentext sei zur Zeit leider nicht auf Lager, ob er nicht eine Bestellung aufgeben wolle, dann habe er ihn mit Sicherheit morgen vormittag. Ein Angebot, das der bedrängte Journalist natürlich ausschlagen mußte. Eilends – denn es war bereits 17 Uhr 30 – suchte er eine weitere Buchhandlung auf, ohne Erfolg, sodann eine dritte. Doch auch dort konnte man ihm nicht mit dem Text dienen, wohl aber mit einem Hinweis: Der in der XY Straße befindliche Frauenbuchladen führe diesen Titel mit Sicherheit, ob er es nicht dort versuchen wolle? Ein Taxi – denn mittlerweile war es 18 Uhr – brachte den Journalisten zur angegebenen Adresse, nicht aber zum Ziel seiner Wünsche. Denn kaum hatte er den Laden betreten, kaum seinen Wunsch geäußert, da wurde ihm auch schon von den beiden Buchhändlerinnen schneidend bedeutet, er möge den Laden sofort verlassen, schließlich sei der deutlich genug als ›Frauenbuchladen‹ beschildert. Aber er wolle doch auch das Buch einer Frau kaufen, wandte der Eilige ein, erntete jedoch nur Spott: Der Kauf des Buches einer Frau mache aus einem Mann leider noch keine Geschlechtsgenossin, und als unverkennbarer Mann möge er jetzt endlich gehen; der Frauenbuchladen sei nämlich nicht nur ein Laden, der ausschließlich Literatur von Frauen anbiete, sondern auch ein Ort, zu welchem ausschließlich Frauen Zutritt hätten – ob sie etwa von ihrem Hausrecht Gebrauch machen und die Polizei holen sollten?! Trotz dieser Anwürfe war dem Journalisten noch Zeit geblieben, die Regale zu mustern, rasch hatte er ausfindig gemacht, daß Marieluise Fleißer mit den unterschiedlichsten Titeln vertreten war, und ›Pioniere in Ingolstadt‹ gleich zweimal, schon griff er nach dem ersehnten Buch – ›Nun aber raus!‹ schrie eine der beiden Buchhändlerinnen, achselzuckend verließ er den Laden.«

Anselmus steckte eine Zigarette an, eine Unterbrechung, die Chloë offenbar bereits für das Ende der Geschichte hielt, da sie erst »Sauber« sagte und dann »Wäre doch auch Quatsch, wenn ein Frauenbuchladen jeden hergelaufenen Mann« – doch nun unterbrach Anselmus die Unterbrechende: »Hättest du was dagegen, wenn ich erst mal zu Ende erzähle?« Mißmutig hielt Chloë inne, einladend wies Florestan auf den enormen Weinkrug, heiter goß Sir Pit Grappa nach, Phyllis aber stellte die Mitleidsfrage: »Geht diese Geschichte denn noch weiter?«

»Und ob!« Anselmus lächelte schmallippig. »Jetzt geht sie doch erst richtig los! Der Journalist tritt also auf die Straße. Im Frauenbuchladen weiß er das begehrte Buch, nur weiß er nicht, wie er drankommen kann. Da kommt ihm eine Frau entgegen, und ihm kommt eine Idee. Eine Frau? Nun, es ist eher eine Dame. Sehr gepflegt, sehr sorgfältiges Make-up, sehr ausgesuchte Kleidung – so eine Yves-Saint-Laurent-Kundin. Die spricht der Journalist an, erklärt ihr sein Problem, und amüsiert willigt die Dame ein mitzuspielen. Er steckt ihr zwanzig Mark zu, und sie verschwindet im Laden. Kommt aber bald wieder raus, ohne Buch, dafür mit wütendem Gesicht: Drinnen sei ihr auf den Kopf zugesagt worden, nicht sie interessiere sich für Marieluise Fleißer, sie sei vielmehr eine feile Handlangerin ausgefallener männlicher Buchwünsche, gerade eben nämlich habe so ein Macker die ›Pioniere in Ingolstadt‹ verlangt, sie aber stecke doch sicher mit ihm unter einer Decke – ja oder nein? In die Enge getrieben, habe sie diese Frage bejaht, schloß die Dame ihren Bericht, daraufhin sei sie – man könne das nicht anders bezeichnen – hinausgeworfen worden, hier sei das Geld.

Unter vielen Entschuldigungen nahm der Journalist die zwanzig Mark wieder an sich, seufzend schaute er erst der sich Entfernenden nach, dann auf seine Uhr, die schon bedenklich gen 18 Uhr 30 wies – doch immer noch dachte er nicht ans Aufgeben. Prüfend musterte er die vorbeiflanierenden Mädchen und Frauen, verwarf eine nach der anderen, bis er schließlich die Idealbesetzung einer Marieluise-Fleißer-Käuferin ausgemacht zu haben glaubte, ein Mädchen in Root-Boots, Jeans und Schlabberpullover, augenscheinlich eine Studentin, an deren Fersen er sich sogleich heftete, bis sich an einer roten Ampel die Gelegenheit ergab, sie anzusprechen. Er schilderte in eindringlichen Worten seine Lage, verschwieg auch nicht, daß der angetragene Wunsch für die Wunscherfüllerin möglicherweise Zurechtweisungen und Beschimpfungen zur Folge haben könne. Aber er brauche das in jenem Laden in den letzten zwanzig Minuten bereits zweimal verlangte Buch wirklich dringend, sie sei seine letzte Hoffnung: ›Pioniere in Ingolstadt, von Marieluise Fleißer!‹ – und bei diesen Worten drückte er der Auflachenden die zwanzig Mark in die Hand. Er werde auf sie warten, in diesem Café da drüben. ›Ich vertraue auf dich! Spiel deine Rolle gut!‹ – fast schob er sie in Richtung Frauenbuchladen – ›Erzähl irgend etwas, zum Beispiel, daß du den Text für eine Seminararbeit brauchst!‹ rief er ihr noch hinterher, da drehte sich das Mädchen um und spreizte Zeige- und Mittelfinger der rechten Hand zu einem beruhigenden Victory-Zeichen.

Erleichtert nahm der Journalist im Café Platz. Er wartete lange. Schon war der Ladenschluß längst verstrichen, schon ging es auf 19 Uhr, da trat das Pullover-Mädchen an seinen Tisch, regelrecht außer Atem: Puuh! Sie setzte sich, enttäuscht nahm der Journalist ihre leeren Hände wahr.

Was für Frauen! – und nun begann das Mädchen von dem geradezu inquisitorischen Gespräch zu berichten, dem sie im Frauenbuchladen unterworfen worden, vom ungläubigen Hohn, der ihr zunächst entgegengeschlagen war: ›Du bist nun schon die dritte, die hier innerhalb der letzten halben Stunde ›Pioniere in Ingolstadt‹ verlangt! Beziehungsweise: der dritte!‹ Denn sie, die Frauen, ständen doch alle zweifellos im Solde dieses Typs von vorhin! Worauf sie in gespielter Gekränktheit geantwortet habe, frau dürfe nicht verallgemeinern, sie brauche den Text in echt, weil sie doch bei dieser Arbeitsgruppe ›Weibliche Kreativität‹ mitmache – nur habe sie dummerweise immer ›Marieluise Fleischer‹ gesagt, statt ›Fleißer‹, und dadurch sei das Mißtrauen der beiden Buchhändlerinnen natürlich zu immer neuen Fangfragen angestachelt worden, doch da habe glücklicherweise neue Kundschaft den Laden betreten …

›Ja, hast du denn das Buch?‹ platzte da der Journalist heraus, worauf das Mädchen ›Pioniere in Ingolstadt‹ stolz unter ihrem Pullover hervorzog und ihm den noch körperwarmen Pappband reichte.

Und das war« – Anselmus griff sich erinnernd an die Stirn – »Ja: Und das war – so jedenfalls hat mein Bekannter seinerzeit seinen Bericht über diesen denkwürdigen Nachmittag geendet –: ›Das war das zugleich begehrteste und begehrenswerteste Buch, das mir je zwischen die Finger gekommen ist.‹«

Die Herren der zuhörenden Runde hatten häufig in sich hineingelächelt, während sie die mannigfaltigen Schicksale ihres unglücklichen Geschlechtsgenossen vernahmen, nun, da die Geschichte so glücklich beendet war, gaben sie, ebenso wie die Damen, ihrer Zufriedenheit über das Erzählte Ausdruck. Die Neugier der letzteren war freilich noch nicht befriedigt. Ob das Mädchen das Buch etwa entwendet habe, wollten sie wissen, und ob die beiden sich anschließend noch auf irgendeine Art und Weise nähergekommen seien – alles Fragen, die zu beantworten Anselmus sich außerstande erklärte, er sei schließlich nicht dabeigewesen und könne nur über das berichten, was ihm sein Freund zugetragen habe.

Ein warmer Nachtwind war während dieses Wortwechsels aufgekommen, nun hob auch noch eine Nachtigall zu schlagen an, schon wollte Florestan, der stets gerne das aussprach, was alle ohnehin wußten oder spürten, das Glück der südlichen Sommernacht in Worte fassen, als Phyllis sich an ihn wandte und ihm erklärte, nun sei ja wohl er dran. Ach nein, ach nein, wehrte Florestan ab, er habe doch gestern seine Pflicht getan. »Komm«, drängte Phyllis, die nur zu gut wußte, daß Florestan unbedingt noch eine weitere wahre Geschichte loswerden wollte – er hatte sie ihr ja am Vormittag bereits haarklein erzählt –: »Komm! Die Geschichte vom Parteimitglied!«

»Nein, vom Parteiabzeichen!« korrigierte Florestan die Drängende, da sah Phyllis ihre Hilfsaktion geglückt, denn nun würde eher ein Kamel durch ein Nadelöhr gehen, als Florestan darauf verzichten, alles richtigzustellen: »Die Geschichte vom Parteiabzeichen also.« Noch einmal machte der enorme Weinkrug die Runde, dann, kaum daß Ruhe eingekehrt war, begann er:

»Wie ihr wißt, wollte ich einmal Maler werden, besuchte auch zu diesem Zweck die Hochschule für Bildende Künste in Berlin und lernte dort den Helden der nachfolgenden Geschichte kennen. Ebenfalls ein Maler, erraten, damals, in den beginnenden 60ern, allerdings angehender Maler, ein noch Suchender, welcher sich, entgegen dem herrschenden abstrakt-entfesselten Trend, um realistische Motive und Darstellungsweisen bemühte, wobei er beim frühen Dix anknüpfte und einige bemerkenswert eindringliche Portraits seiner Freunde, vor allem aber seiner Freundinnen malte, von welchen er eine Menge hatte. Denn Martin, das war sein Name, besaß nicht nur ein einnehmendes Äußeres, er war auch Schwabe, und die Bedenklichkeit, mit welcher dieser noch blutjunge Mensch sich äußerte – so, als müsse er mit seinen Worten haushalten, da ihr ihm anvertrauter, keineswegs unbegrenzter Vorrat nicht leichtfertig verschleudert werden dürfe –, diese Langsamkeit also muß die bedenkenlos schnelle Berliner Schwadroneure gewohnten Berlinerinnen ebenso gerührt wie wehrlos gemacht haben, auf jeden Fall verwöhnten sie Martin geradezu.«

Florestan hielt für einen Schluck inne, was Sir Pit zu dem Einwurf nutzte, das decke sich voll mit seinen Erfahrungen: Die Schwaben seien schon sauglatte Casanovas, heiligsblechle!

»Die doch nicht!« konterte Chloë, schon wollte auch Anselmus etwas zur Erotik des Schwaben anmerken, da riß Florestan die Rede wieder an sich:

»1964 verließ ich Berlin, doch Freundschaften und berufliche Aktivitäten führten mich immer wieder in diese Stadt zurück, die in der zweiten Hälfte der 60er zur Hauptstadt der Studentenbewegung geworden war und in welcher sich darauf, Anfang der 70er, früher noch als in Westdeutschland der Zerfall dieser Bewegung überaus sinnlich darstellte, da dem naiven Westbesucher, der den Bekannten X nach dem gemeinsamen Freund Y fragte, plötzlich bedeutet wurde, mit dem verkehre man nicht mehr, der sei zum abgetakelten SEW-Revisionisten heruntergekommen, man selber aber gehöre der Speerspitze aller fortschrittlichen Kräfte an, der KPD-AO, wobei ›AO‹ ›Aufbauorganisation‹ meine – aber nein.«

Florestan besann sich einen Moment, dann schien er den Hauptstrang der Geschichte wieder ausfindig gemacht zu haben: Martin selber habe der KPD-AO niemals angehört, seine damalige Freundin jedoch, die Jutta, sei Mitglied gewesen, und die habe er dann auch auf Geheiß der Partei geheiratet, beziehungsweise sie ihn, da die Parteileitung plötzlich die Parole ausgegeben habe »Schluß mit der kleinbürgerlichen Promiskuität«, na egal –: »In den frühen 70ern jedenfalls war Martin das, was man damals einen politisierten Künstler nannte. Freunde und Freundinnen waren nun kein Thema mehr für ihn, statt dessen malte er Fotos ab, aus Standardwerken über die Glorreiche Oktoberrevolution und die Segensreiche Zeit des Stalinismus – die KPD-AO nämlich hielt es mit dem Erleuchteten Steuermann Mao und dessen ungebrochener Wertschätzung des Vaters aller Werktätigen. Ich erinnere mich an einen Atelierbesuch, in dessen Verlauf Martin einen Schinken nach dem anderen hervorholte, an eine nicht enden wollende Kette von aufbegehrenden Proletariern – vor der Revolution – und glücklichen Genossinnen und Genossen – nach derselben –, vor allem aber blieb mir zweierlei im Gedächtnis: Meine Unfähigkeit, Martin ins Gesicht zu sagen, daß ich seine Bilder für Politkitsch hielt, sowie ein besonders stimmungsvolles Werk, das vor blauem Himmel in Lebensgröße eine sehr russische und überaus glückliche Kolchosbäuerin zeigte, offensichtlich ein Parteimitglied, da an ihrer folkloristischen Bluse unübersehbar das Parteiabzeichen prangte: goldener Hammer und goldene Sichel auf kreisrundem, rotem Grund. Und dieses Bild nun war es, das zwei, drei Jahre später Anlaß zu einer ebenso abstrusen wie absurden Kontroverse geben sollte. Freilich: Das Absurde ist unserer Gesellschaft, also auch der in ihr produzierten

Kunst immanent, doch wann schon zeigt es sich in ganzer Pracht?«

Florestan schaute forschend in die Runde, da aber, wie zu erwarten gewesen war, kein Widerspruch sich regte, lediglich Sir Pit ein jammerndes »Wann schon, wann schon?« ausstieß, sputete sich der Erzähler:

»Zwei, drei Jahre später stand ich wieder vor Martins Bildern, diesmal nicht in seinem Atelier, sondern, zusammen mit dem Künstler, in den Ausstellungsräumen einer Westberliner Galerie. Martins erste Einzelausstellung, annoncierte das Ausstellungsplakat, zugleich war von einer Retrospektive die Rede, mich aber interessierten vorerst die neueren Arbeiten, Bilder, die nicht mehr historisierende und glorifizierende Themen zum Inhalt hatten, sondern das Berlin der Gegenwart zum Anlaß realistisch-kritischer Malerei nahmen – um Kreuzberg ging es da und um Türkenelend. Schon war Martins Pinselstrich lockerer geworden – es brauchte freilich noch Jahre, bis er ganz hemmungslos flutendes Licht und neue Freundinnen feiern sollte, vergessen Proletkult und kritischer Realismus, von Jutta war er da längst geschieden, und noch später schickte mir ein gemeinsamer Bekannter einen Ausriß aus dem Westberliner ›Tagesspiegel‹, ein Foto, auf welchem Martin – dunkler Anzug, Krawatte – zwischen dem Regierenden Bürgermeister Diepgen und dem früheren Bundespräsidenten und Berliner Ehrenbürger Carl Carstens stand, hinter ihnen aber hing das soeben enthüllte Portrait dieses Ehrenbürgers, welches, dreimal dürft ihr raten, kein anderer als Martin gemalt hatte, unsere Generation hat schon was durchgemacht, Kinder, Kinder, aber zurück zur Ausstellung –: Ich gehe also durch die Räume der Galerie, gelange von den neueren zu den älteren Arbeiten und stehe plötzlich ihr gegenüber, der lebensgroßen, immer noch rosig strahlenden Kolchosbäuerin mit dem immer noch rotgolden gleißenden Parteiabzeichen. Ich zögere etwas, dann will ich dem neben mir auftauchenden Künstler in meiner verbindlichen Art mitteilen, seine neueren Arbeiten sagten mir mehr zu, da beginnt Martin zu reden und erzählt mir in seiner immer noch schwäbisch-bedächtigen Art jene Geschichte, die ich euch schon die ganze Zeit weitererzählen wollte und nun auch, keine Sorge! sehr abgekürzt erzählen werde, also: Da Martin die Berliner Kunstakademie als Meisterschüler verlassen hatte, war er in den Augen der Berliner Kulturbürokratie ein ausgebildeter Künstler, und da der Berliner Senat staatlich anerkannte Künstler durch Ankäufe förderte und stützte, kam ein Vertreter des für ihn zuständigen Kunstamts Charlottenburg eines Tages auch in sein Atelier, um solch einen Stützkauf zu tätigen. Daß Martins Kunst, zumindest nach eigener Einschätzung, systemkritisch, ja systemsprengend war – System immer als kapitalistisches System begriffen –, focht den Vertreter des Systems sowie des arbeiterfeindlichen Frontstadtsenats nicht an, er wählte aus all den Werken ausgerechnet die große und entsprechend teure sowjetische Kolchosbäuerin, willigte in die geforderte Summe ein und stellte in Aussicht, daß das Werk bald abgeholt und das Geld ebensobald überwiesen werde. So geschah es. Da er das Geld brauchen konnte, übergab Martin seine gemalte Genossin dem Klassenfeind, machte sich anfangs auch wenig Gedanken darüber, wohin dessen reaktionäre Hände das fortschrittliche Werk schaffen würden, erinnerte sich seiner jedoch, als er, zwei, drei Jahre später, daranging, seine Retrospektive zu planen und zu bestücken. Da hätte er die sowjetische Bäuerin gerne dabeigewußt, doch plötzlich schien kein Senatsvertreter vom Verbleib des Bildes zu wissen. Der Ankäufer vom Kunstamt Charlottenburg war nach Westdeutschland übergesiedelt und nicht mehr ausfindig zu machen, eine Nachforschung im Depot führte ebenfalls zu keinem Ergebnis – Depot, da der Senat stets sehr viel mehr Kunst aufkaufte, als er auf die Amtsräume verteilen konnte, und da das, was schließlich in die Büros gehängt wurde, gewöhnlich nur dekoratives Mittelmaß war –: Auf jeden Fall schien das in jeder Hinsicht sperrige Bild vorerst unauffindbar.

Doch Martin läßt nicht locker. Durch einen früheren Freund, mittlerweile Angestellter des Kunstamts Schöneberg, bekommt er einen Tip, an welche Instanz er sich zu wenden habe, allerdings mit der Auflage, er dürfe den Namen des Informanten nicht nennen. Schon vermutet Martin eine Verschwörung des Schweigens, schon befürchtet er für sein Bild das Schlimmste, da gerät er nach einigen Irrläufen an die richtige Adresse: Ein Senatsbeamter druckst am Telefon herum, ja, ja, er kenne das Bild, es gehöre zu seinem Depotbestand, nur sei da leider ein kleines Mißgeschick passiert. Jemand, vermutlich ein Lagerarbeiter, habe das sowjetische Parteiabzeichen der Kolchosbäuerin mit einem blauen Kugelschreiber zugekritzelt, na ja, nach all dem, was die Bevölkerung dieser geteilten Stadt in den letzten Jahrzehnten vom Osten habe erdulden müssen, vielleicht nicht ganz unverständlich. Worauf Martin verlangt, daß ihm das Bild für die Dauer der Retrospektive zur Verfügung gestellt werde, den offenbar geringen Schaden aber wolle er eigenhändig ausbessern. Aber nein, sagt der Senatsbeamte, das Bild sei doch bereits in Händen von Fachkräften, sprich: Senatsrestauratoren. Wo? fragt Martin. Im Charlottenburger Schloß, antwortet der zuständige Herr. Tags darauf findet sich der Maler bei der angegebenen Adresse ein. Und richtig! Da steht sein Bild, immer noch mit zugekritzeltem Parteiabzeichen, eine junge Restauratorin erhebt sich, die gerade mit einer anderen Ausbesserung befaßt ist, und Martin erfährt, sein Bild werde gleich als nächstes drankommen, kein Problem, man brauche doch nur etwas Karminrot und Indischgelb, natürlich werde sie das Kugelschreibergekritzel vorher, so gut es gehe, mit Lösungsmittel entfernen. Dabei deutet die Restauratorin auf Flaschen, Pinsel und Farben, die bereits vor ihr aufgereiht sind. Aber das könne er doch selber besorgen, sagt Martin in seiner bedächtigen Art, er habe das Bild schließlich gemalt, daher sei er auch der ideale Restaurator, eigentlich mehr als das, da ein Maler sein eigenes Bild ja nicht eigentlich restauriere, sondern vervollkommne beziehungsweise verbessere, und schon will er zum Pinsel greifen. Das aber verbietet ihm die Restauratorin rundweg. Das Bild, sagt sie, sei nicht mehr sein, sondern Senatseigentum, also trage sie, die Senatsangestellte, auch die volle Verantwortung dafür, daß das Gemälde so wiederhergestellt werde, wie es der Senat erworben habe, nämlich mit unversehrtem Parteiabzeichen. Aber genau das habe doch auch er vorgehabt, wendet Martin ein. Ha! und da lacht die Restauratorin auf, das kenne sie! Künstler würden sich erfahrungsgemäß niemals mit einer begrenzten Korrektur begnügen, die fänden stets noch hier und da und dort Auszubesserndes, bis schließlich das ganze Bild von ihrer Verbesserungswut ergriffen und vollständig verändert werde.

Aber dagegen sei doch nichts zu sagen, meint Martin. Wenn das Bild durch die Künstlerkorrekturen gewinne, komme das letztendlich dem Käufer zugute. Wenn! wehrt die Restauratorin ab, wenn! Eben das aber sei gemeinhin nicht der Fall. In den zwei, drei Jahren seit der Erschaffung des Bildes habe er, der Maler, sich sicherlich weiterentwikkelt – bestätigend nickt Martin – Na bitte! Und nun könne er gar nicht anders, als diese neuen Malerfahrungen auf dieses ältere Bild anzuwenden, weshalb es anschließend zwangsläufig nicht mehr das sein werde, was es eben noch sei: Sowohl Dokument einer bestimmten Periode seines Schaffens als auch Beleg für den Zeitgeist, der sich seiner in einem konkreten historischen Moment als Medium bedient habe. Aber das ...« Florestan trank hastig.

»... das, was ich hier so gerafft wie möglich referiere, brauchte aus Martins Mund natürlich sehr viel mehr Zeit, wurde durch Freunde, die ihn begrüßten, und Besucher, die ihm Erfolg wünschten, ständig unterbrochen, schon glaubte ich, der unausgesetzt lachenden Kolchosbäuerin nie mehr entrinnen zu können, als Martin unversehens zum Punkt kam: ›Ich bin Maler – was sollte ich entgegnen? Ich versuchte es noch mit einem vielsagenden Ha no, ha no!‹, doch die Restauratorin blieb hart. Also schaute ich ihr dabei zu, wie sie, die Westberliner Senatsangestellte, eine gute Stunde ihrer vom Westberliner Steuerzahler vergüteten Arbeitszeit darauf verwandte, das sowjetische Parteiabzeichen da wiederherzustellen‹ – Martin wies auf die Bäuerin –, ›und in dieser einen Stunde begriff ich mehr von repressiver Toleranz und der Rolle der Künste im Spätkapitalismus als in‹ – doch da wurden wir endgültig unterbrochen, da der Galerist dem Künstler einen Interessenten vorstellte, einen Rechtsanwalt, dem es ein Kreuzberger Elendsbild angetan hatte, weshalb ich bis auf den heutigen Tag nicht weiß, wie Martin diesen Satz, welcher zweifellos ein Kernsatz zu werden drohte, geendet hätte.«

Auch Florestans letzte Geschichte wurde von den anderen beifällig aufgenommen. Sie sei ganz süß, sagte Phyllis unbedacht, wofür sie sich sogleich einen strengen Blick des Erzählers und die Bemerkung einhandelte: Ihre Plätzchen seien süß, seine Erzählung aber würde er lieber als ›bezeichnend‹ klassifiziert sehen, er bestehe nun mal darauf, daß Worte auch und gerade in diesen verwirrten Zeitläufen ihren Sinn behielten, weshalb er, umgekehrt, ihren Plätzchen auch niemals das Prädikat ›bezeichnend‹ verleihen würde; worauf Anselmus versöhnlich einwarf, seiner Ansicht nach seien die einfach bezaubernd, er jedenfalls könne gar nicht von ihnen lassen. Und zum Beweis dafür ergriff er einen der Kringel, freilich nur, um ein winziges Stück aus ihm herauszubeißen und gedankenvoll darauf herumzukauen.

Nachdenklich blickte der Rest der Runde in die blaue

Nacht, als die burschikose Chloë plötzlich Sir Pit anstieß und ihn unumwunden fragte: »Und du? Hast du denn gar keine wahre Geschichte auf Lager?«

Aller Augen richteten sich nun auf den Angesprochenen, fast strafend erst, da er sich derart klammheimlich aus dem allgemeinen Erzählen herausgehalten hatte, dann versöhnt, da er mit »Aber sicher« und »Und was für eine!« antwortete. Ja, er holte sogar zum allgemeinen Erstaunen ein zusammengefaltetes Stück Papier aus der Hosentasche, welches er bedächtig entfaltete, alsdann mit einigem Stolz als den ›Fahrplan der Geschichte‹ bezeichnete, worauf er es längere Zeit mit gefurchter Stirn musterte, bis er schließlich begann: »Ihr wißt wahrscheinlich, was eine Straßenbahn ist.«

Schon war Florestan versucht, die Gegenfrage zu stellen, ob Sir Pit damit jene stählernen Ungetüme meine, die sich straßenbahngleich ihren Weg durch die Straßen der Großstadt bahnten, doch er zögerte zu lange, so daß ihm Sir Pit mit der Feststellung zuvorkommen konnte: »Ihr wißt also, was eine Straßenbahn ist. Und in einer solchen Straßenbahn wurde ich einmal Zeuge der folgenden Szene: Ein Hund – nee!« Nochmals studierte er seinen Zettel, dann setzte er nach einigen »Ach so«, »Ja klar« und einem begeisterten »Spitzengeschichte!« erneut an: »Da sitzt also ein Rentner in der Straßenbahn, an der Leine hält er einen Hund, eine ziemliche Promenadenmischung mit zugewachsenem Gesicht und widerwärtig nacktem Pimmel – diese Art Hund. Und den beiden gegenüber sitzt eine ältere Frau, die seit dem Zusteigen von Herr und Hund ständig dabei ist, den Köter zu betätscheln und zu betüteln – diese Art Frau. Und die fragt nun den Rentner: ›Gell? Der muß nie ins Tierheim!‹ Tätschel, tätschel, tütel, tütel. ›Der kommt aus dem Tierheim‹, sagt der Rentner ungerührt. Die Frau, tätschel, tätschel, tütel, tütel, hakt nach: ›Gell, der hat ein feines weiches Körbchen!‹ Der Rentner darauf: ›Hat er nicht, der schläft in sonem Karton.‹ Tätschel, tätschel, tütel, tütel, die Frau bleibt am Ball: ›Gell, der wird jede Woche gebadet!‹ Der Rentner: ›Nein, der wird überhaupt nie gewaschen.‹ Darauf die Frau ...«, als ob er seiner eigenen Geschichte bereits überdrüssig geworden wäre, beschränkte sich Sir Pit darauf, das Tätscheltätschel, Tüteltütel nur mehr gestisch zu vermitteln, indem er seine breite Hand fast würgend in ein imaginiertes Fell krallte, »die Frau also denkt nicht daran, aufzugeben, sie wendet sich vielmehr direkt an die Töle, die hechelnd und schwanzwedelnd vor ihr liegt: ›Gell, du kriegst immer nur die besten Sachen zu essen!‹ Aber natürlich sagt der Bastard kein Wort, dafür blafft der Rentner: ›Ach was, manchmal kriegt der überhaupt nichts!‹ Ja ...« Nachdenklich schaute Sir Pit ein letztes Mal auf seinen Zettel, dann faltete er ihn zusammen, verstaute ihn sorgfältig in seiner Hosentasche und bekräftigte sein ›Ja‹ durch weitere ›Jajas‹ und ein ›Das war's‹; »weil dann doch der Rentner mit dem Mistvieh ausgestiegen ist«, fügte er hinzu, da sich in den Augen der Freunde eine gewisse Enttäuschung malte, »kann ich doch nichts dafür!«

Während die beiden Frauen durch ihr Lächeln zu verstehen gaben, daß sie das Erzählte guthießen, meldeten die beiden Männer fast unisono Zweifel an: »Sicher eine hübsche Szene« – »erheiternd in der Tat, aber« – »aber eben doch nur eine Szene« – »eher ein Sketch und keine« – »keine Erzählung, nichts also, das sich« – »das sich rundet, genau, und das aus der Flut der Zeichen, denen wir pausenlos ausgesetzt sind, das Bezeichnende amalgamiert, destilliert beziehungsweise konkretisiert« – hier freilich hatte selbst Florestan das Gefühl, des Guten zuviel getan zu haben, weshalb er innehielt, nach einem Plätzchen griff, hineinbiß und mit jener öligen Ironie, die jedermann die Schuhe auszieht, allen voran dem Sprechenden, sagte: »Bezeichnend, Phyllis, einfach bezeichnend!« Aber er hatte Glück.

Unerwartet konziliant räumte Sir Pit nämlich ein, unter einer Erzählung verstehe auch er etwas anderes, richtiger: das Ganz Andere, das also, was noch einen Tick anders sei als das Andere – erstaunt blickten Anselmus und Florestan den Freund an –, das Dingsbums mit einem Wort, und andersmäßig sei seinem Freund, dem Dingens, einmal eine ebenso wahre wie sonderbare Geschichte widerfahren, dem – na! – dem Charlie, jawohl.

»Also der Charlie«, Sir Pit schenkte nach und lehnte sich im knisternden Korbsessel zurück, »der Charlie ist ein Typ, dem ich in meiner wilden Berliner Zeit hin und wieder über den Weg gelaufen bin, damals lebte er in dieser Wasserbett-Kommune in der Habsburger Straße. Als ich ihn kennenlernte, war Charlie noch ziemlich betucht, da er mit einer reichlichen Abfindung aus irgendsoner Werbeagentur ausgestiegen war, und in seiner Sechszimmerwohnung war immer was los und auf seinem Wasserbett sowieso. Dann aber verknallte er sich in Giovanna, die italienische Frau eines Romanistikdozenten an der FU, und von da an ging's mit Charlie rapide bergab. Obwohl die Dame nichts von ihm wissen wollte, kam er ihr dauernd mit Geschenken und mit aufwendigen Einladungen und Riesenfeten zu ihren Ehren, so daß er schließlich ganz blank war und dem Wasserbett ebenso entsagen mußte wie der schönen Sechszimmerwohnung. Statt dessen ...«

»Moment mal!« hakte da Anselmus nach. »Ich denke, dieser Charlie hat in einer Kommune gelebt?!«

»Wieso?«

»Hast du doch eben gesagt: in dieser Wasserbett-Kommune!« Ach so! Düster zwirbelte Sir Pit seinen Schnauz, dann hellte sich seine Miene auf. Ach so, ach so! Nein, da habe er sich mißverständlich ausgedrückt, sorry, Wasserbett-Kommune meine nichts anderes, als daß Charlie auf diesem Wasserbett mit allerhand Damen kommun geworden sei, aber das – und nun beugte sich Sir Pit knisternd und knasternd vor: »Das alles könnt ihr locker vergessen, da die ganze Charlie-Geschichte erst jetzt so richtig spannend wird: Charlie lebt also in einer Butze am Kottbusser Tor, so eine mit Klo auf halber Treppe, und das einzige, das ihm von all seinen Reichtümern noch verblieben ist, ist dieser Graukopfpapagei.«

»Welcher Papagei denn?« warf Chloë erstaunt ein. »Ach, habe ich vergessen von zu erzählen?« fragte Sir Pit breit, indes Anselmus und Florestan erstaunte Blicke wechselten – zu überraschend war der Erzählende in ein nach Lage des Schauplatzes gänzlich unangemessenes Ruhrpott-Idiom verfallen –, doch da fing sich der Erzähler auch schon wieder: »Hätt ick früher von erzählen müssen! Weil: Charlie besaß doch schon immer den Goggo, diesen Graukopfpapagei, und der war nun Charlies einziger Lebensunterhalt, da Goggo ›Brüder zur Sonne, zur Freiheit‹ singen konnte und auf ein vorgesagtes ›Ho Ho Ho‹ astrein ›Chi-Minh‹ krächzte und auf die Frage ›Wer hat uns verraten?‹ deutlich und unfehlbar mit ›Sozialdemokraten‹ antwortete. Das aber waren Sätze, die im Berlin der späten 60er von bestimmten Kreisen gerne gehört und auch zastermäßig gut belohnt wurden, jedenfalls dann, wenn sie aus dem Munde eines Papageis kamen; und so waren Charlie und sein Goggo denn auch am Rande jedes Teach-ins und jeder Demo zu finden; an den Wochenenden aber klapperte Charlie die Flohmärkte ab, ich meine: Er klapperte wirklich, weil er immer eine Sammelbüchse dabeihatte, auf der ein roter Stern drauf war und der Spruch ›Spendet massenhaft für den antiimperialistischen Kampf der Graukopfpapageien‹ oder irgendwas in dieser Richtung. Auf jeden Fall kamen Charlie und sein Goggo bei den Genossinnen und Genossen gut an, Goggo war aber auch ein klasse Papagei, der sich locker die jeweils neuesten Sprüche draufschaffte, von ›Wer zweimal mit derselben pennt, gehört schon zum Establishment‹ bis ›Bürger, runter vom Balkon, unterstützt den

Vietkong‹, und so kamen die beiden Vögel einigermaßen gut über die Runden, das heißt: eigentlich sehr gut. Aber dann passierte es.«

Sir Pit machte eine Pause, deren Verlauf er dazu nutzte, sich mit all jenen Giften einzudecken, die er als Wegzehrung für den weiteren Fortgang der Geschichte zu benötigen schien, dann, als er Grappa, Rotwein und Zigaretten in Griffweite wußte, lehnte er sich lächelnd zurück und musterte die angespannt ihm zugewandten Gesichter seiner Zuhörer, von denen lediglich Anselmus die Augen niedergeschlagen hatte, indes er mit der Linken die hohe Stirn knetete, als ob er auf diese Weise eine dunkle Ahnung aus dem Kopf herauspressen könnte, offensichtlich ohne Erfolg. Denn nun blickte auch er auf. »Was passierte dann?«

»Hab ich doch gesagt: Es«, erwiderte Sir Pit, sich an der Neugierde seiner Zuhörer weidend, dann aber hatte er ein Einsehen: »Eines Tages also steht Charlie mit seinem Goggo auf dem Kreuzberg-Flohmarkt, als plötzlich Giovanna mit ihrem kleinen Sohn auftaucht. Reiner Zufall, Charlie und Giovanna hatten einander schon ein halbes Jahr lang nicht mehr gesehen, nun rollen sie natürlich die Ereignisse der vergangenen Monate auf, während sich der Kleine ganz entzückt mit Goggo unterhält – Goggo kann nämlich nicht nur Politsprüche, er hat auch ein großes Repertoire an Höflichkeiten und Sauigeleien –, na und so erfährt Charlie, daß Giovannas Dozent bei einem Verkehrsunfall die Grätsche gemacht hat und daß sie nun alleine mit dem Kleinen in Wannsee lebt. Doch obwohl Charlie beziehungsmäßig sofort nachhakt, erklärt ihm Giovanna, daß zwischen ihnen nach wie vor nichts laufen könne, man trennt sich also, wie es scheint für immer. Doch wenige Tage später erwischt es Giovannas Sohn, irgend so eine teuflisch tückische Krankheit, die Mutter ist ganz verzweifelt. Der Kleine fiebert, nichts macht ihm mehr Spaß, und als sie ihn fragt, ob er denn nicht doch noch irgendeinen Wunsch habe, sagt er immer nur: Goggo, Goggo.«

Erneut knetete Anselmus seine Stirn, schon wollte er zu einem Einwurf anheben, sagte dann aber nur: »Und?«

»Und Giovanna weiß natürlich, daß Sohnemann Charlies Graukopfpapagei meint und will, sie traut sich aber nicht, Charlie direkt darum anzugehen. Statt dessen ruft sie ihn in seiner Butze am Kottbusser Tor an und tut so, als wolle sie bloß mal kurz zum Abendessen vorbeischauen, anschließend aber will sie Charlie fragen, ob der den Goggo nicht entbehren könne. Doch davon weiß Charlie natürlich nichts, der ist erst mal ganz aufgeregt, weil zufällig gerade Ebbe in seiner Kasse und sein Kühlschrank gähnend leer ist und er gar nicht weiß, was er der geliebten Giovanna eigentlich zum Essen vorsetzen soll. Da fällt sein Blick auf Goggo.«

Erschreckt seufzte Chloë auf, aufmerksam schaute Phyllis, nachdenklich starrte Florestan in sein Weinglas, nur des Anselmus vordem so angespannte Züge glätteten sich unversehens zu einem derart breiten Lächeln, daß man es bereits als ein Lachen hätte bezeichnen können. »Goggo also«, sagte er aufmunternd.

»Ja, Goggo. Also Charlie dreht dem Goggo, seinem Liebling und Lebensunterhalt wohlgemerkt, kurzerhand den Kopf um, rupft ihn und schiebt ihn in die Backröhre« – hier wollte Florestan zu einer Bemerkung ansetzen, wurde aber durch einen Blick Anselmus' zum Schweigen gebracht. »Na ja, was soll ich viel erzählen: Giovanna kommt, gemeinsam verspeisen Charlie und seine Angebetete den unglücklichen Papagei …«

»Kann man Papageien denn überhaupt essen?« unterbrach Phyllis.

»Na klar«, erwiderte Anselmus, ohne Sir Pits Antwort abzuwarten, »nur eine Frage der Zubereitung. Schlechter als Falken schmecken sie auf gar keinen Fall.«

»Wieso denn Falken?« wunderte sich Chloë.

»Falke in Sauce Decamerone«, erläuterte Anselmus, »eine Spezialität gerade dieser Gegend hier«, und er hätte sein Spielchen wohl noch länger fortgesetzt, wäre nicht Chloë eindringlich dafür eingetreten, Sir Pit doch endlich weitererzählen zu lassen. Der freilich schien seine Geschichte auf einmal selber leid zu sein, denn nach einem mürrischen »Was soll ich noch viel sagen« fuhr er einigermaßen holterdieopolter fort: »Na gut. Die beiden spachteln also Goggo weg, schwatz, schwatz, schmatz, schmatz, schließlich aber rückt Giovanna mit ihrer Bitte raus, da fängt Charlie an zu flennen. Weil er sich von Goggo trennen soll, denkt Giovanna erst, doch dann steckt er ihr die Zusammenhänge – aber was soll's!« Sir Pit griff erschöpft zum Grappa, doch er hatte seine Rechnung ohne den Anselmus gemacht: »Komm! Wer B sagt, muß auch Occaccio sagen!«

»Muß er das?« fragte Sir Pit mißmutig.

»Hör mal!« ereiferte sich Chloë. »Wer eine Geschichte anfängt, kann nicht einfach in der Mitte aufhören!«

»Kann er nicht?« brummte Sir Pit und zupfte an seinem Schnauz. »Auch dann nicht, wenn er gar nicht mehr richtig weiß, wie sie weitergeht?«

»Das Kind stirbt«, lockte Anselmus.

»Woher weißt du denn das?« fragte Phyllis erstaunt.

»So was weiß man eben«, ward ihr zur Antwort.

»Stimmt«, sagte Sir Pit. »Jetzt habe ich es wieder. Das Kind stirbt also, weil es den Goggo nach Lage der Dinge ja schlecht kriegen kann, doch vielleicht wäre es mit Goggo auch gestorben, wer weiß? Giovanna jedenfalls ist frei, und als ihre Brüder sie drängen, wieder zu heiraten …« der Erzähler wandte sich hilfesuchend dem Freund zu: »Ihre Brüder! Nun stimmt doch gar nichts mehr!«

»Stimmt alles Wort für Wort«, entgegnete Anselmus anerkennend, »weiter, weiter!«

»Na gut. Da sagt also Giovanna: Eigentlich will ich gar nicht mehr heiraten, aber wenn schon, dann nur Charlie, da mich die Größe seiner Gesinnung …«, wieder versank Sir Pit in leidendes Schweigen.

»Du willst also einen Habenichts heiraten?« fragte Anselmus mit drohender Stimme.

»Ich?« Sir Pit richtete sich abwehrend auf. »Ach so! Ja, und Giovanna antwortet den erzürnten Brüdern: ›Lieber einen Mann ohne Kohle als jede Menge Kohle ohne jedweden Mann.‹ Und dann heiratet sie den Charlie, und da sie von Haus aus sehr betucht war, zogen die beiden in eine Zwölf-Zimmer-Villa und kauften sich das größte Wasserbett, das für Geld zu haben war, und auf diesem Wasserbett dann – na ihr wißt schon. Uff!«

Sir Pit verstummte, und anfangs schienen es die Zuhörer ihm gleichtun zu wollen. Grübelnd schenkte Florestan sich aus dem enormen Rotweinkrug ein, verstohlen musterte Anselmus die Mienen der Damen, zumal die von Phyllis, deren fast finsterer Gesichtsausdruck vorwegnahm, was sie gleich darauf sagen sollte: Das sei aber eine sehr merkwürdige Geschichte gewesen. »Was war denn daran merkwürdig?« fragte Chloë unduldsam und fügte hinzu, ihr jedenfalls habe die Geschichte echt gefallen, zumal sie ein weiterer, vielleicht der einleuchtendste Beweis für ihre Behauptung gewesen sei, nur wahre Geschichten seien letztlich auch schöne Geschichten.

»Aber die war doch nicht wirklich wahr!« sagte Phyllis Sir Pit auf den Kopf zu, woraufhin der noch etwas mehr in sich zusammensank und nach dem Seufzer »Was ist Wahrheit?!« brummte, er habe die ganze Geschichte genau so – »Na, fast genau so« – erzählt, wie er sie gelesen – »Na! Gehört!« – habe. »Auf jeden Fall« – wieder verstummte er.

»Auf jeden Fall ist und bleibt das eine der schönsten Geschichten überhaupt«, sagte Anselmus.

»Seht nur, eine Sternschnuppe!« rief Florestan aus, doch

als die anderen in das Schwarz des Himmels blickten, sahen sie nichts, was Anselmus zu der Bemerkung veranlaßte, ihm sei noch niemals dann eine Sternschnuppe zu Gesicht gekommen, wenn jemand »Schau mal, eine Sternschnuppe!« gerufen habe.

»Bei Sternschnuppen muß man sich was wünschen, hast du dir was gewünscht?« fragte Phyllis den Florestan. Der lächelte vielsagend.

»Mit ist überhaupt noch nie ein Wunsch in Erfüllung gegangen«, sagte Chloë trocken. »Und schon gar nicht bei Sternschnuppen.«

»Können einem doch schnuppe sein, die Sterne«, raunzte Sir Pit und sprach damit mal wieder das aus, was die Freunde gerade noch zu denken gewagt hatten. Fern krähte ein Hahn.

»Siamo in Italia«, bemerkte Florestan versonnen. »Da kommen die Biester erst um Mitternacht aus den Federn.«

»Oder schon«, parierte Anselmus.

»Oder wie oder was«, ächzte Sir Pit und gähnte derart machtvoll auf, daß alle miteinander urplötzlich nur noch den einen Wunsch verspürten, sich stante pede in die Heia zu begeben.

Was darauf geschah: Sobald der neue Tag erschien, wurden unsere Freunde telefonisch davon unterrichtet, daß der Smog-Alarm in Frankfurt aufgehoben worden sei. Daraufhin packten sie ihre Reisetaschen und kehrten, gefahren vom verständigen Sir Pit, wieder in ihre Heimatstadt zurück.

Reich der Sinne, Welt der Wörter

Beim Paar, das sich auf dem schmalen Bett liebte, gab es Schwierigkeiten.

»Komm nicht so mit der Zunge«, sagte er, worauf sie, verschreckt, die Zunge gar nicht mehr bewegte. Das war ihm nun auch wieder nicht recht: »Komm mehr mit der Zunge.«

Sie dachte daran, wie einfach anfangs alles gewesen war. Er überprüfte derweil seine Erektion. Sie schien in Ordnung zu sein, nun wollte er etwas dafür haben. Sie könnte feuchter sein, dachte er und erinnerte sich daran, wie feucht sie früher immer gewesen war. Oder setzte da bereits Verklärung ein?

»Komm«, sagte er und spürte, wie sie ihm immer mehr entglitt. Wo war sie jetzt eigentlich? Er stützte sich auf und schaute an ihr hinunter, dann auf sein Glied, das stetig in ihr verschwand. Kraftvoll, fiel ihm dazu ein, monoton, dachte er. Seine kraftvolle Monotonie ging ihm langsam auf den Geist. Sie stöhnte leise auf, jetzt habe ich sie, vermutete er und beschleunigte seine Stöße. Sie aber hatte lediglich deswegen aufgestöhnt, weil er ihr nicht hatte folgen können. Dabei hatte er sie doch früher immer aufgestöbert, gestellt und mitgenommen. Oder war sie es gewesen, die ihn abgefangen und geführt hatte? Sie hätte ihm gerne gesagt, wo sie gerade war und wohin sie jetzt wollte, doch da hätte sie zu weit ausholen und zu lange reden müssen. Und eigentlich hatten ja nun die Körper das Wort. Warum sagten sie einander nichts? Sie überlegte, wie sie sich ehrenhaft aus der Affaire ziehen konnte. Wieder stöhnte sie auf, doch diesmal in der Hoffnung, ihn zu täuschen.

Geschmeichelt biß er sie ins Ohr. Jetzt habe ich sie wirklich, dachte er und spürte Freude darüber, daß sie nicht zu wissen schien, wie wenig sie ihn hatte. Er hatte seine Erektion, und das genügte ihm erst mal. Nun wollte er es ihr besorgen. Gutgelaunt biß er sie ein weiteres Mal ins Ohr.

»Aua«, sagte sie unbedacht und tadelte sich sogleich dafür. In Ekstase sagt man nicht ›Aua‹. Sie erwog, das ›Aua‹ durch einen sinnlichen Seufzer vergessen zu machen oder doch wenigstens zu neutralisieren, doch sie wußte nur zu gut, daß es dafür bereits zu spät war.

Er fuhr auf. »Habe ich dir weh getan?« fragte er. Jetzt geht das Gerede doch noch los, dachte sie erschrocken und richtete sich ein wenig auf, um seinen Hals zu lecken. Sie fühlte sich schuldig und glaubte, durch ein leidenschaftliches Festsaugen sühnen zu müssen. Er hatte noch ihr ›Aua‹ im Ohr, nun verstörte ihn ihre Zunge am Hals. »Was machst du denn da?« fragte er halblaut. Sogleich tat ihm die Frage wieder leid. War es nicht das gute Recht der leidenschaftlichen Frau, sich am Hals des potenten Mannes festzusaugen, ohne an Folgen zu denken wie Flecken, Vertuschungen und kumpelhafte Kommentare? Aber sagt eine Frau in Ekstase ›Aua‹?

Sie ließ nicht sogleich ab. Sie wollte die Sache jetzt hinter sich bringen und hoffte, ihn im Sturm mitnehmen und zum Orgasmus mitreißen zu können. Zu seinem Orgasmus, richtiger gesagt, denn an ihren glaubte sie schon lange nicht mehr. Wenn er doch nur an seinen glauben könnte! Sie saugte heftiger.

»Aua«, sagte er. Sie ließ ihren Kopf kraftlos auf das Kissen fallen und öffnete die Augen. Prüfend schauten sie einander an, während unten das Stoßen und Ziehen weiterging. Das hatte nun schon fast gar nichts mehr mit ihnen zu tun.

Jedes Einanderanschauen ist eine Kraftprobe. Irgendwann schaut einer zuerst weg, im normalen Leben. Beim normalen Beischlaf schließt gewöhnlich einer zuerst die

Augen. Damit bedeutet er dem anderen, daß er noch auf dem Weg ist und um das Ziel weiß. Mit solch einem einzigen Augenschließen wird oft mehr gelogen als mit vielen Worten.

Noch schaut das Paar sich an. Beide wissen, daß sie ein Mißlingen des Beischlafs nicht zulassen können. Noch nie ist ihnen ein Beischlaf mißlungen, und daraus haben sie immer wieder die Kraft und den Sinn bezogen, erneut miteinander zu schlafen. Denn eigentlich ist so ein Beischlaf ja die natürlichste Sache der Welt. Die jeweiligen Körperkräfte und Körpersäfte mochten zwei verschiedene Menschen noch halbwegs koordinieren, aber all das lief doch lediglich auf einen Aneinandervorbeischlaf hinaus, wenn nicht zugleich die Phantasien, die Tag- und Nachtträume – der ganze unaussprechliche Bodensatz der Person also – miteinander ins Gespräch und gemeinsam in Bewegung kamen. Und das bitteschön auch noch sprachlos. Schweigend schauten sie einander an.

Beide hatten Schuld auf sich genommen. Beide hatten sie die geforderte Lust nicht bereitet und nicht erbracht. Jedenfalls nicht eindeutig genug. Lust und Schmerz sind ein ehrwürdiges Gespann, Lust und Aua schließen einander aus. Beide wußten, daß sie an einem Kreuzweg standen. Aber wo ging's lang?

Droht ein Beischlaf zu mißlingen, sorgt gerade die Nähe der Körper dafür, daß die Gefühle sich immer weiter voneinander entfernen. Sie ist enttäuscht, und er ist beleidigt. Hat er nicht eine sehr brauchbare Erektion vorzuweisen? Noch jedenfalls, denn er ist ja kein Heiliger. Irgendwann ist auch die schönste Erektion zum Teufel, wenn die Frau sie nicht zu würdigen bereit ist. Obwohl der Mann um die Komplexheit der psychophysiologischen Zusammenhänge der weiblichen Lust weiß, hält er das Zusammenspiel der Bedingungen, die einen Mann wie ihn zur Lust befähigen, für ungleich komplizierter. Eigentlich müßten alle Glocken läuten, wenn er eine bombensichere Erektion hat, statt dessen macht sie Schwierigkeiten. Sofort schämt er sich für diesen Gedanken, aber beleidigt ist er trotzdem. Tief in ihm flackert die undeutliche Vorstellung von jener Frau auf, die glücklich und dankbar dafür wäre, eine Erektion wie die seine klaglos genießen und fraglos feiern zu dürfen. Schmerzlich reißt ihn die Erinnerung daran, daß die Frau unter ihm bisher dazu durchaus in der Lage gewesen ist, an seinen Kreuzweg zurück. Welche Richtung soll er nun einschlagen? Forschend schaut er die Frau an, enttäuscht schließt diese die Augen.

Nicht, daß sie von ihm enttäuscht wäre. Da sie dem Mann über ihr gefallen will, möchte sie ihm gerne jede Enttäuschung ersparen, auch die, sie enttäuscht zu haben. Sie würde seine Freude über seine Erektion gerne teilen; daß sie es nicht vermag, sieht sie als ihr Versagen an. Früher war sie dazu in der Lage gewesen, seine Lust als ihr Verdienst zu buchen, erst das Verläßliche, geradezu Mechanische seiner körperlichen Funktionen hatte sie nach und nach verstört. Was hatten diese stetigen Erektionen eigentlich noch mit ihr zu tun? Wieweit galten sie nicht einfach all jenen Auslösern, die sie mit allen anderen Frauen gemein hatte? Er hatte sich einmal für ihre Beinbehaarung begeistert, ein dichtes Vlies, das ihr immer etwas peinlich gewesen war. Dafür, daß er es liebte, hatte sie ihn an jenem Nachmittag besonders geliebt, und da sie sich nicht allzu häufig lieben konnten – sie war verheiratet –, war ihr dieses Zusammensein in besonderer Erinnerung geblieben. Doch das lag nun schon lange zurück, und dunkel malte sie sich einen Mann aus, der nicht deswegen funktionierte, weil er auf all die Funktionen ansprach, die sie mit ihrem Geschlecht teilte, sondern sie für all das und mit all dem liebte, was sie einzigartig und unverwechselbar machte, und das müßte keine Liebe mit Pauken und Trompeten sein, da würde bereits eine zärtliche Zunge genügen, die die Behaarung ihres Beines gegen den Strich leckte. Warum tat der da über ihr das nicht? Wieso arbeitete er sich derart ab? Weshalb war es nach Lage der Dinge so ganz und gar unmöglich, ihm auf die Sprünge zu helfen? Enttäuscht schloß sie die Augen.

Der Mann, der in den geöffneten Augen der Frau bereits Infragestellung, ja Ablehnung gelesen hatte, wertete ihr Augenschließen als Erfolg. Sie ergab sich also. Nun konnte auch er seine Augen schließen und seine Stöße wieder beschleunigen. Alles würde gut werden, so, wie ja immer alles gutgegangen war. Er schloß die Augen und spürte, wie sie ihre Arme um seinen Nacken schlang. Sie zog seinen Kopf ruckartig zu sich hinunter, in der Erwartung, auf ihren Mund zu treffen, öffnete er seinen. Doch in jäher Erinnerung an ihre unerwünschte Zunge hatte sie im letzten Augenblick den Kopf beiseite gedreht, so daß seine Zunge nun auf das Kissen stieß. Das geschah so unvermittelt, daß er verwirrt die Augen öffnete, freilich ohne viel zu sehen. Nun preßten die Arme der Frau sein Gesicht in das Dunkel des Kissens, verärgert schloß er den Mund. Wie kam er eigentlich dazu, ein Kissen abzuschlecken? Er wollte zum Licht zurück, doch ihre verschränkten Arme hinderten ihn daran. Ein Gerangel entstand, das beide nicht richtig zu deuten vermochten. Sie, nun ganz und gar dazu bereit, von sich abzusehen und ihm den Vortritt zu lassen, glaubte, in seinem Ruckeln und Rackeln den Beweis dafür zu erhalten, daß wenigstens er wieder Tritt gefaßt hatte und sich unter seiner Lust wand. Teilnehmend verstärkte sie ihren Griff. Er glaubte, aus dieser Tatsache herauslesen zu können, daß sie dabei war, in Bereiche ganz selbstischer, für ihn unbetretbarer Lust abzudriften. Das schmeichelte ihm, zugleich aber wurde die Luft knapp. Er drehte seinen Kopf so weit zur Seite, daß er wieder atmen konnte. Nun lagen ihre beiden Köpfe Hinterkopf an Hinterkopf; dieser stoßweise atmende und aus Gründen, die nichts mehr mit irgendeiner Lust zu tun hatten, seufzende Januskopf aber gehörte zwei

Körpern, die einander immer noch Lust bereiten wollten. Noch immer drang der eine Körper in den anderen ein, immer noch kam der andere Körper dem einen stetig entgegen, jeder vom jeweiligen Kopf dazu angehalten, dem anderen Körper das zu bescheren, was nach Ansicht des jeweiligen Kopfes der je andere Körper begehrte und der je andere Kopf ersehnte. Das dauerte an und wurde langsam fad.

Nun sind die Weichen gestellt, in dieser unguten Stellung müssen die beiden durchhalten. Sie müßten allerdings auch dann weitermachen, wenn sie die Stellung verbesserten. Doch so viel Kraft hat keiner der beiden mehr. Jetzt hofft jeder, der andere möge ihm ein Zeichen geben. Wenn wenigstens einer ankommt, ist das immerhin die halbe Miete. Doch da jeder der beiden nur daran denkt, den anderen ans Ziel zu bringen, bewegt sich nichts mehr. Außer den beiden Körpern natürlich, deren Bewegungen immer unsinniger werden. Noch allerdings glaubt jeder der beiden, die Erkenntnis dieser Unsinnigkeit für sich behalten zu können. Noch schließt jeder der beiden krampfhaft die Augen, da er weiß, daß nun jeder Blick zu beredt wäre. So horchen sie einander ab, jeder in der Hoffnung, dem anderen endlich den erlösenden Seufzer zu entlocken. Fahrt ins Verderben.

Als all das lange genug, ja schon viel zu lange angedauert hatte, beschlossen beide fast gleichzeitig, die glückliche Ankunft wenigstens zu simulieren. Sie beschleunigten ihre Bewegungen und verstärkten ihr Geseufze und Gestöhne. Dieser unerwartete Gleichklang überraschte die Frau und den Mann dermaßen, daß sie ungläubig die Augen aufrissen und die Köpfe einander zuwandten. Das konnte doch nicht wahr sein, daß sie nach all den Ab- und Irrwegen auf einmal gemeinsam ankamen. Sich anblickend erkannten sie, wie unwahr es war. Es war so durch und durch gelogen, daß ihnen die Erkenntnis rasch wieder die Augen verschloß. Doch nun, da sie einander erkannt hatten, gab es keine Rettung mehr. Sie lösten sich voneinander und öffneten die Augen, diesmal, um aneinander vorbeizuschauen. Sie tastete nach ihrer Armbanduhr, die sie zuvor auf dem Fußboden abgelegt hatte. Da!

»Du, ich muß gehen«, sagte sie, »Herbert kommt heute früher.«

Kränkung! Mittwochs war Herbert bisher nie früher gekommen. Wieso kam er ausgerechnet heute früher? Beleidigt setzte er sich auf, versöhnlich fuhr sie ihm über den Rücken, da blieb ihr Zeigefinger an einer Unebenheit seiner Haut hängen. Gedankenverloren kratzte sie daran. »Laß das«, sagte er. Nun war auch sie beleidigt.

Von da an schwiegen beide, beim Aufstehen, beim Anziehen, beim Gang zur Bushaltestelle.

Der Abschied zog sich etwas, da der Bus auf sich warten ließ. »Gehst du noch wohin?« fragte sie schließlich.

»Nein, ich muß noch mal rauf. Etwas arbeiten.«

»Überarbeite dich mal nicht.« Das war liebevoll gemeint, doch er hörte aus diesen Worten eine Kritik seines Beischlafs heraus. Dabei hatte er doch getan, was er konnte. Sie hatte es nicht gebracht.

»Bald bist du ja wieder bei deinem Herbert«, sagte er.

»Was heißt denn das schon wieder?«

»Genau das, was es besagt.«

»Und was besagt es?«

»Genau das, was es heißt.«

Verärgert blickte sie ihn an, da mußte er lächeln. Was besagte schon heißen, was hieß schon besagen? Das waren doch alles bloß Worte, nicht eindeutig festgestellte, nie wirklich feststellbare Zeichen, die sich fortwährend zu den schönsten Zweideutigkeiten verbinden und nutzen ließen, da genügte ja bereits eine Veränderung des Tonfalls. Mein Element, dachte er, und erinnerte sich fast befremdet daran, was sein Körper noch vor kurzem zusammengestoppelt hatte. Welch ein restringierter Code, diese Körpersprache! Da gab es nur wahre oder unwahre Aussagen, eigentlich nur wahre, da die Lügen ja doch immer gleich aufflogen – auf einmal kam ihm das ganze, nun schon fast zwei Jahre andauernde Verhältnis ganz unglaublich und ganz und gar unmöglich vor. Immerzu diese Direktheit der Körper! Ihre unveränderlich schlichte Botschaft! Alles Aussagesätze: Ich begehre dich. Ich will dich. Wenn es nicht lediglich Befehlssätze der reduziertesten Sorte waren: Ja! Jetzt! Komm! Keinen Konjunktiv vermochten diese Körper zu bilden, zu keinerlei uneigentlichem Sprechen waren sie fähig. War eine ironische Erektion denkbar, ein ironischer Orgasmus gar? Was immer die Körper einander da mitteilten, bewegten sich ihre Botschaften nicht stets auf Holzhackerniveau? Oder noch darunter? Ich Tarzan, du Jane – war das nicht die eigentliche Quintessenz all der schweißtreibenden Dialoge, die sie miteinander auf dem schmalen Bett geführt hatten?

Wieder mußte er lächeln.

»Woran denkst du gerade?« fragte sie. Statt einer Antwort trommelte er auf seine Brust und stieß einen Tarzan-Schrei aus, der allerdings wegen der Umstehenden ziemlich moderat ausfiel, fast tonlos: Uaaahiohuu.

»Herbert kommt heute wirklich früher«, sagte sie, da sie den nur gehauchten Tarzanschrei als humorig formulierte Klage mißverstand. Als wolle sie sein Einverständnis oder doch wenigstens sein Begreifen aus ihm herauspressen und herausschütteln, drückte sie ihre Arme an ihn und rüttelte an seinen Schultern: »Du!«

»Ich Tarzan«, sagte er. »Du Jane?«

»Sei doch mal ein einziges Mal ernst!«

Als ob er das nicht den ganzen Nachmittag über gewesen wäre! Nein, länger noch. Fast zwei Jahre lang. Alles hatte er ernst genommen: sie, Herbert, die gefährdete Ehe der beiden, das Gefährliche ihrer Liebe, vor allem aber ihre Lust, da die doch die einzige Rechtfertigung dafür gebildet hatte, Eheglück und Seelenfrieden fortwährend aufs Spiel zu setzen – er hatte sich mit der Zeit in einem wüsten Geröllfeld von Gefühls- und Körper-Ernsthaftigkeit verloren, jetzt überkam ihn der Wunsch, sich so rasch wie möglich in den nächstgelegenen Sumpf zu retten, in doppelbödiges Gelände, dorthin, wo Handlungen schon deswegen ohne Folgen blieben, weil sie nichts bewirkten, und Worte, weil sie nichts bedeuteten.

»Woran denkst du?« fragte sie nochmals.

Er hätte es ihr unmöglich mitteilen können. Er wußte, daß es sie nach einem handfesten, sauber in Worte verpackten Stück Gefühls verlangte, nach etwas, womit sie leben konnte, so hatte sie es einmal genannt, dabei verlor doch er sich gerade in einem Gedankenfluß, der ihn immer weiter ins Ungefähre trug. Schon lagen Tarzan und Jane weit hinter ihm, gerade war er durch eine weitere trübe Überlegung geglitten, die, daß er zeit seines Lebens zum Ernstsein angehalten worden war, von Pfarrern erst, dann von Lehrern, schließlich von Frauen; dem Glaubens- und Lernernst war er glücklich entkommen, doch nur, um sich in Körper- und Lusternst zu verfangen; dabei hatte er doch eine Zeitlang selber geglaubt, ein jeder ordentliche Beischlaf außerhalb der Legalität sei ein Tritt in das Gesäß jener Mächte, die ihn einst zur Ordnung gerufen hatten; nun aber meinte er die unheilige Allianz der scheinbaren Widersacher zu durchschauen: War nicht ›Mensch, werde wesentlich!‹ ihre stets gleichlautende Botschaft, und hatte nicht er, der sich immer herzlich unwesentlich vorgekommen war, dauernd simulieren müssen, um wenigstens den Schein zu wahren: Glaubensgewißheit und Lerneifer einst, Körperlust heute nachmittag, doch auch das war ja nicht das erste Mal gewesen, wem brachte er eigentlich all diese Opfer?

»Sag doch endlich einmal, woran du denkst!« bat sie abermals. Forderte sie es nicht vielmehr?

Gedankenkontrolle! War das nicht schon immer das erklärte Ziel all dieser totalitären Mächte gewesen, der Pfarrer, der Lehrer, der Frauen? Jetzt trug es ihn so richtig aus der Kurve, und er genoß es.

Wahrheit und Lüge – ließen sich plumpere, irreführendere Wegweiser durch die Unwegsamkeit des Lebens denken? Hatte die Menschheit nicht lediglich deswegen überlebt, weil zumindest ein Teil der Spezies es erlernt hatte, diese Wegweiser zu unterlaufen, statt ihnen nachzulaufen? In seinem Kopf kreiste und kreißte es, fast entschuldigend nahm er sie in die Arme. Sie schaute ihn forschend an, da kam ein Bus. Es war der falsche, sie vertieften sich wieder ineinander. Er hatte das Gefühl, etwas tun zu müssen; wider bessere Einsicht versuchte er seinem Blick etwas Bedeutungsvolles, mild Schmerzliches zu geben. Vielleicht kam er damit durch.

»Sag doch was!« bat sie.

Er blickte noch schmerzlicher und ließ sich noch genußvoller von seinen Gedanken fortreißen. Ein schwarzer GI mit einem mächtigen Kofferradio gesellte sich zu den Wartenden, und ihm fiel ein Freund ein, von dem er tags zuvor erfahren hatte, wieso ein gemeinsamer Bekannter überraschenderweise in die USA übergesiedelt war: »Der hat doch immer diese vielen Freundinnen gehabt.« Ja und? »Doch dann ist ihm vor einem halben Jahr diese Schwarze über den Weg gelaufen.« Ach was? »Ja, und Bimbo-Mausi hat dann alle anderen Mausis weggebissen«, und nun folge er ihr in die Staaten – doch das hatte ihn, den Zuhörenden, schon gar nicht mehr interessiert, da seine ganze Begeisterung Bimbo-Mausi und den anderen Mausis gegolten hatte, der Verwandlung von aschgrauem Faktum in glänzende Mitteilung also, jener glorreichen Transsubstantiation von Stoff in Geist, von Wirklichkeit in Schnirklichkeit …

»Sag doch etwas. Bitte!«

Da war die Wirklichkeit wieder! »Mausi«, sagte er beschwörend.

»Was?« Sie fuhr zurück. Gerade wollte er ihr erklären, wieso er diesen zwischen ihnen bisher vollkommen ungewohnten Kosenamen gewählt hatte, da kam ihr Bus. Augenblick der bisher immer nur vorläufigen Trennung, der bisher stets erbrachten Bekräftigung, der bisher verläßlich geleisteten Versprechung, sich wiederzusehen. Heute jedoch zögerten beide. »Du!« sagte sie drängend, schon halb im Bus. »Bimbo-Mausi«, antwortete er und mußte lachen.

»Du Idiot!« Sie stieg in den Bus, ohne sich nach ihm umzudrehen. Sie wandte nicht den Kopf, als der Bus anfuhr, auch nicht, als er sich entfernte.

Gekränkt schaute er dem Bus nach, da fiel ihm ein, daß ›Idiot‹ eigentlich auch ein ganz schön zweideutiges Wort war. Hatte es nicht ursprünglich denjenigen gemeint, der sich aus öffentlichen Angelegenheiten raushielt, einen Privatier? War es nicht erst im Laufe der Jahrhunderte zum Synonym von Tor, Narr, Irrer heruntergekommen? Und trafen nicht beide Bedeutungen auf ihn zu?

Ich Idiot, dachte er, und die Worte freuten ihn so sehr, daß er sie halblaut wiederholte: »Ich Idiot.«

Oben hatte er ein Fremdwörterlexikon, heimgekehrt wollte er darin nachlesen, was es mit dem Idioten eigentlich auf sich hatte. Er wandte sich zum Gehen. »Ich Idiot«, sagte er sich, um seinen Vorsatz nicht gleich wieder zu vergessen, »ich Idiot!«

Die Traumparty auf der Trauminsel

Es war der letzte Tag auf Jamaica, und es war klar, daß es am Abend noch eine Party geben würde, die Frage war nur, wer sie auszurichten hatte. Der Regisseur war aus dem Schneider, er hatte bereits die Party zum Abschluß der Dreharbeiten übernommen; wir, die Autoren, fielen ebenfalls aus, wir hatten anläßlich der klassischen Schnapsklappe ›Szene Eins, Einstellung Eins, die Erste‹ zum Restaurantbesuch in Ochos Rios eingeladen; schließlich blieb der Schwarze Peter nach mir undurchsichtigen gruppendynamischen Gesetzmäßigkeiten an der Technik hängen, an den Ton-, Licht- und Kameraleuten, die alle in der Villa Poinciana wohnten, einem weitläufigen Gebäude- und Gartenkomplex, in welchem wir uns denn auch nach dem Abendessen einfanden.

Undurchsichtig war mir auf Jamaica so manches geblieben, eigentlich alles, doch dann hatte ich während des Nachmittagsschläfchens am letzten Nachmittag auf der Insel einen sehr erhellenden Traum gehabt, so erhellend, daß ich ihm schon wieder mißtraute. Denn eigentlich war er zu klar, um auch noch wahr sein zu können, ging ihm doch alles Zweideutige und Rätselhafte ab, was den Traum gemeinhin zum Widerpart des platten Alltags macht, zu dessen dunkler Kehrseite, die um so vielsagender zu sein scheint, je länger sich der Verstand mit auf den ersten Blick ganz und gar undurchdringlichen Bildern abzumühen hat.

Eine rauschende Party war es ja nicht gerade, jedenfalls nicht zu dem Zeitpunkt, als wir einliefen. Die etwa zwanzig Weißen, die sich um den Pool verteilten, kannte ich bereits; teils gehörten sie zur Crew, teils waren es Einheimische, die beim Finale des Films als Statisten mitgewirkt hatten. Die etwa fünfzehn Schwarzen kannte ich natürlich nicht, doch war der Grund ihres Hierseins unschwer zu erraten: Teils gehörten sie zur Band, teils zum Personal oder zu dessen Verwandtschaft, teils waren es Wachen, die Tag und Nacht durch das Anwesen patrouillierten. Auch Villa Mammee Bay, in welcher wir Autoren untergebracht waren, hatte solche *guards*. Ständig schlichen sie nachts ums Haus, stets saßen sie tagsüber im Schatten des Pavillons oder dem eines der Poinciana-, Mango- oder Brotfruchtbäume, gern wiesen sie auf ihre Unentbehrlichkeit hin. »Wenn jemand Ärger machen will, dann verprügle ich ihn, ja Mann!« sagten sie und wippten mit ihrem hölzernen Schlagstock. »Ich beschütze euch!«

Sie wechselten einander ab, erzählten jedoch unterschiedslos das gleiche: »Ich bin schon seit Stunden auf den Beinen. Ich bin euer Beschützer. Ich hab was gegen Leute, die Ärger machen wollen. Ich verprügle sie. Ja, Mann!« Sie sprachen gern und laut, an diesem Nachmittag erst hatte mich einer mit seinen Reden aus meinem Traum gerissen. Ich war aufgestanden und hatte durch das Moskitogitter und die Lamellen der Jalousie auf meinen Beschützer geschaut, der einem der beiden anderen Autoren gerade klarmachte, wie gut er uns bewache: »Mit diesem Stock verprügle ich hier jeden, der Ärger machen will. Ich hau ihm eins exakt zwischen die Augen. Ja, Mann!« Ich erwog, ebenfalls laut zu werden, doch dann scheute ich die Mühe, meinem Beschützer zu erklären, wieso ich ihn als meinen Belästiger empfände. Außerdem war es ohnehin vier Uhr, wollte ich ohnehin noch zum Strand, war mein Traum ohnehin ausgeträumt.

Eines mußte man der Party lassen, sie war schön übersichtlich. Vor mir lag der Pool, links von mir gab es Getränke, rechts von mir spielte die Band ihren Reggae, und hinter mir erschienen nach und nach all die anderen, mit denen ich zu Abend gegessen hatte, der Star, die Dienstboten des Stars sowie der Rest der Mannschaft, den er gleich mir und dem Personal zum Essen eingeladen hatte, also die Freunde des Stars, die Freundinnen der Freunde des Stars, meine Freunde – die beiden anderen Autoren – sowie unsere Frauen oder Freundinnen. Sie alle orientierten sich unterschiedlich rasch und steuerten sodann nacheinander die Bar an, hinter welcher einer der Gastgeber Cocktails zubereitete.

»Was hat der Mixer im Angebot?« fragte ich.

»Pina Colada und Planters Punch«, antwortete der Mixer.

»Was trinkt der Mixer persönlich?« wollte ich vorsorglich wissen.

»Bier«, lautete die Antwort des Mixers.

»Wie viele Cocktails würde der Mixer trinken?«

»Höchstens zwei. Die machen einen schon ganz schön breit.«

Ich bat um eine Pina Colada. Eigentlich habe ich soeben einen filmreifen Dialog geführt, dachte ich, da sagte jemand »Hello!«, und ich erwiderte »Hello!« Es war Eddie, mit dem ich zwei Tage zuvor einen geradezu lustspielreifen Dialog geführt hatte, vor der Eingangstür des Polo Club in Ochos Rios. »You enjoy the Polo Club?« hatte ich den Heraustretenden gefragt. »I'd better, I own the Polo Club«, hatte seine Antwort gelautet oder irgend etwas in dieser Richtung, auf jeden Fall hatte ich es komisch gefunden.

Der Mixer reichte mir die Pina Colada, ich preßte das eiskalte Glas gegen die Wange und schaute zu den Schwarzen hinüber, die sich dichtgedrängt um den Tisch unter dem Pavillon geschart hatten, wobei die Sitzenden im Takt der Musik auf die Kunststeinplatte des Tisches trommelten und einige der Stehenden rhythmisch ihre Arme bewegten.

»Alles Banane?« fragte mich ein blonder Requisiteur, der bereits Ananas-Scheiben in sein Glas geschaufelt hatte und nun Appleton-Rum darübergoß.

»Sowieso«, antwortete ich.

»Haben viel Spaß, die Neger«, sagte er lachend.

»Haben sie«, erwiderte ich, froh darüber, daß er nicht ›die Bimbos‹ gesagt hatte. ›Bimbos‹ hätte ich rügen müssen, ›Neger‹ konnte ich gerade noch durchgehen lassen. Eigentlich hätte er ›die Schwarzen‹ sagen müssen. Wieso eigentlich?

»Heute nacht passiert es noch!« erklärte der Requisiteur fröhlich, während er sein Glas mit Orangensaft auffüllte.

»Ehrlich?« fragte ich.

»Ja, Mann!« sagte er in der gedehnten Sprechweise der Schwarzen und setzte das Glas an. Mir fiel mein Traum ein, dann aber nutzte ich die Gelegenheit, mich abzuwenden. Fast wäre ich dabei über den schönen Schauspieler gestolpert, der sich auf einer der Liegen ausgestreckt hatte. Vor sechs Wochen noch, in Berlin, war er mir ziemlich borniert und abweisend vorgekommen, nun, nach einer Woche Jamaica, fand ich ihn zugleich sehr nett und reichlich tükkisch: Wie hatte er mich nur so täuschen können. Wir wechselten einige Worte, und er war wieder so schön und nett, daß Scham und Abenteuerlust mich bald weitertrieben. Natürlich wußte ich, daß auf der Party nichts passieren würde, auf Parties passiert ja nie was, jedenfalls nicht auf jenen, zu denen ich eingeladen werde, doch die Worte des Requisiteurs hatten in mir die unbestimmte Hoffnung geweckt, daß an diesem Abend und auf dieser Party doch noch etwas passieren könnte.

»Die klassische Hollywood-Kulisse«, sagte der Beleuchter und deutete auf den azuren leuchtenden Pool, die hellgekleideten Gäste und die dunklen Silhouetten der Palmen. »Jetzt müßte nur noch jemand in den Pool geschmissen werden, dann wär das hier eine Filmparty wie im Film.«

Den gleichen Gedanken hatte ich beim Einlaufen ebenfalls gedacht, so daß ich nicht weiter darauf einging und statt dessen fragte, wieso denn alle Farben so seltsam aussähen.

»Weil wir Orange-Folie vor die Scheinwerfer geklebt haben.«

»Ach so.«

Eine Zeitlang starrten wir gemeinsam vor uns hin, zuerst in den Pool, dann auf die Schwarzen im Pavillon. Fast alle standen nun, immer mehr bewegten die Arme, einige waren bereits dazu übergegangen, Tanzschritte anzudeuten.

»Denen gefällt's«, sagte der Beleuchter, doch plötzlich gab es eine ebenso unverhoffte wie willkommene Unterbrechung, da die Band durch zwei andere Musiker ersetzt wurde, eine Pause, die ich dazu nutzte, mich neben den Organisator zu setzen, der gerade dabei war, einen Bilderbuch-Joint zu drehen, prall, groß und trichterförmig.

»Ein Joint, wie er sein soll«, sagte ich kennerhaft, lehnte dann aber ab, als der Organisator mir einen Zug anbot: »Nein danke, ich vertrage diese orientalischen Nervengifte nicht.« Die Musik setzte wieder ein, klang nun jedoch merkwürdig flach und zirpend.

»Warum spielen die anderen denn nicht weiter?« fragte ich den Organisator. »Wer klampft denn da jetzt rum?«

»Das ist doch der Typ, der seine Gitarre verkauft hat«, antwortete er und deutete mit dem Joint auf den Gitarristen, einen schlanken Schwarzen, der sich gerade, zusammen mit einem trommelnden Knaben, an ›No woman no cry‹ versuchte, nun offensichtlich wieder im Besitz einer Gitarre. Ob ihm der Gitarrenbauer eine geliehen hat, überlegte ich, und versuchte die ganze komplizierte Geschichte wieder zusammenzukriegen: Da hatte der Gitarrist am Vortag vor der Villa des Stars aufgespielt, da hatte der Star ihm die Gitarre, ein wuchtiges, handgefertigtes Instrument für 300 Jamaica Dollars abgekauft, da war der Gitarrist ohne Gitarre erfreut abgezogen. Freilich nur, um anderntags, also an diesem Morgen, wieder zu erscheinen, diesmal allerdings in Begleitung eines zweiten Schwarzen, des Gitarrenbauers nämlich. Gemeinsam erzählten sie etwas, das mich, dem der ganze Vorgang von einem Freund des Stars weitererzählt worden war, wie eine karibische Version des Hans-im-Glück-Märchens anmutete: Daß der Gitarrist seine Gitarre im guten Glauben, damit ein Geschäft zu machen, verkauft habe, daß er mit dem Geld zum Gitarrenbauer gelaufen sei, um sich eine neue, vermeintlich sehr viel billigere Gitarre zu kaufen, daß der ihm aber habe mitteilen müssen, die Gitarrenpreise seien seit seinem letzten, Jahre zurückliegenden Kauf – wie alle anderen Preise auch – beträchtlich gestiegen, daß eine neue Gitarre daher – nicht zuletzt wegen der aus den USA importierten Metallteile – 450 Jamaica Dollars koste, daß der Gitarrist also, betrogener Betrüger, wenn man so wolle, statt des vermeintlichen guten Geschäfts nicht nur das Mittel seines Lebensunterhalts verloren, sondern auch noch ein Minus von 150 Jamaica Dollars gemacht habe. Das seien zwar nur 90 Mark, hatte der Freund des Stars hinzugefügt, doch wenn man bedenke, daß sich ein Großteil der hiesigen Bevölkerung mit einem Einkommen von 100 Jamaica Dollars pro Monat zufriedengeben müsse, und wenn man ferner erwäge, wie lange es unter solchen Umständen daure, 150 Jamaica Dollars zu sparen – ja, ob denn nicht der Star dem Gitarristen seine Gitarre zum Rückkauf angeboten habe, zu unveränderten Bedingungen natürlich, wollte ich wissen. Das entziehe sich seiner Kenntnis, erwiderte der Freund des Stars, auf jeden Fall habe es der Star dem Gitarristen ermöglicht, an diesem Abend für 150 Jamaica Dollars zum Tanz aufzuspielen, obgleich doch bereits von den Ausrichtern der Party eine Reggae-Band unter Vertrag genommen worden sei.

Daher also die etwas verhuschte Musik, folgerte ich und versuchte zugleich, etwas vom Text mitzukriegen, der sich jetzt nicht mehr um Frauen, sondern darum drehte, daß die Jamaicaner aus Afrika gestohlen worden waren, eine langgezogene, eintönige, merkwürdig besänftigende Klage, von der ich außer den Wörtern ›history‹ und ›stolen from Africa‹ wenig verstand.

»Ein Rastafari-Song«, sagte der Organisator. »Fast so was wie ihre Hymne.« Er bot mir erneut seinen Joint an, und ich lehnte abermals ab.

»Kennst du den Text?« fragte ich ihn.

»Irgendwas mit Afrika«, antwortete er, den Kopf wiegend.

»Das habe ich auch schon mitgekriegt«, entgegnete ich und setzte zu einer halbherzigen Betrachtung des Inhalts an, daß der schwarze Hans im Pech ja eigentlich sowohl Grund als auch die Möglichkeit hätte, uns, die unverständigen, vergnügungssüchtigen und tanzenden Weißen mit bitteren, anklagenden, ja obszönen Texten auf Trab zu bringen, so wie damals – und zu meiner Erleichterung kriegte ich die Kurve gerade noch: So wie damals, Ende der 50er Jahre, als zwei meiner Freunde, gerade von einer ausgedehnten Südamerika-Reise zurückgekehrt, in einem Oldenburger Tanzlokal eine strahlende lateinamerikanische Rumba-Combo folgenden, vom tanzenden Publikum nichtsahnend bejubelten Text hatten singen hören: Nimm dich in acht vor deutschen Frauen, zwischen den Beinen haben sie ein hungriges Kaninchen.

»Kaninchen?« fragte der Organisator und kicherte etwas. »Nein, nein, der Typ da singt von Afrika.« Er schloß die Augen und schaukelte den Oberkörper vor und zurück, im Takt der zirpenden Musik.

»Alles Banane?« fragte mich der unermüdlich umherschweifende Requisiteur, und ich antwortete zuvorkommend: »Aber immer.«

»Heute endet noch jemand im Pool«, erklärte er fröhlich und stieß einen Juchzer aus. Oder war es ein Rülpser? Ich schloß meine Hände unwillkürlich etwas fester um das Glas und beobachtete fast erleichtert, wie sich der Requisiteur schwankend entfernte, um seine frohe Botschaft zu den Schwarzen unter dem Pavillon weiterzutragen: »T'his night it happens!« »Yeah man!«

»Na, so besinnlich?« fragte mich meine Frau.

»Da – ein Deutscher auf Jamaica«, sagte ich und deutete auf den Requisiteur, der sich vor die Musiker gestellt und damit begonnen hatte, sie mit ausladenden Bewegungen zu dirigieren.

»Das ist doch ein Netter!« sagte meine Frau.

»Dieser Karibik-Karajan da?«

»Nein, nein, ich dachte, du redest von dem im grünen T-Shirt.«

Ich begriff zunächst nicht, wen sie meinte, da sich mehrere Weiße um die Musiker geschart hatten, doch dann erkannte ich ihn: »Ach der da. Der Zweite Kameramann.«

»Ist er das?« Auf jeden Fall sei das ein wirklich Netter, versicherte meine Frau, erstens fände er meine Sachen schön, und zweitens hätten sie einen schönen Dialog geführt. Sie: »Mir ist heiß«, darauf er: »Mir nicht«, worauf sie »Mir aber doch« und er »Neulich am Pool« erwidert habe.

»Cartoonreif«, sagte ich. Mittlerweile hatte der Gitarrist seine Klage über den Diebstahl aus Afrika beendet, nach und nach nahm die ursprüngliche Band ihre Plätze ein, gleich würde der weiße Haufe wieder mit den Armen in der Luft herumwedeln.

»Tanzen?« fragte meine Frau.

»Zu heiß«, antwortete ich, und sie sagte im Gehen: »Neulich am Pool.«

Als die Tanzerei wieder losging, holte ich mir die zweite Pina Colada und lief dabei zum zweiten Mal Eddie über den Weg, der gerade dem Manager des Stars erklärte, daß es meist besser sei, seinen Idolen nicht in Fleisch und Blut zu begegnen. Die Rolling Stones beispielsweise – gute Musiker! – hätten ein Haus oberhalb von Ochos Rios, sie seien jedoch ein rüder, unerzogener Haufen, alle, ohne Ausnahme.

»But Charlie Watts?« – »He's rude!« – »But Bill Wyman?« – »He's rude too!« – und nicht anders habe er, Eddie, hier auf Jamaica den von ihm so geschätzten Schauspieler Michael Caine erlebt: »Rude and drunk and nasty«, auf solche Gäste könne er in seinem Lokal jedenfalls verzichten, oder? Eddie blickte mich durch seine randlose Brille derart durchdringend an, daß ich ihm sogleich versicherte, seine Haltung ganz und gar zu teilen. »T'he moon«, fügte ich besänftigend hinzu und zeigte auf den Mond, der rot und groß hinter den Palmen aufging, doch Eddie ließ nicht locker: »Are you famous?«

»I am notorious«, erwiderte ich, worauf Eddie unbewegt fortfuhr, es sei nicht gut, allzu berühmt zu sein, Ruhm verderbe den Charakter. Nun schwang der weiße Haufe bereits mächtig die unterschiedlich gebräunten Arme, auch waren bereits zwei oder drei schwarze Armpaare dabei, im hellbraunen Gewusel mitzumischen, Arme, deren Besitzer sich offensichtlich nicht mehr damit hatten begnügen können, sie lediglich rudernd durch die warme Luft der karibischen Nacht zu bewegen.

»Diese schwarzen Burschen da verstehen es wirklich zu tanzen«, sagte Eddie, der meinem Blick gefolgt war, aber natürlich sagte er es auf amerikanisch, in einer Sprache also, in welcher eine solche Feststellung zugleich bündiger und persönlicher klang, und wieder einmal ärgerte mich die Schwerfälligkeit und Umständlichkeit meiner eigenen Sprache, ihre Plumpheit, die mir geradezu in die ohnehin von Rum und Hitze beschwerten Glieder fuhr. Gab es denn keinen Stuhl in der Nähe?

»Wir haben doch alle ein Rad ab, daß wir bei dieser Hitze so herumhüpfen«, sagte mir der Manager des Stars, schwer gegen die Bar gelehnt.

»Du hüpfst doch gar nicht«, wandte ich erstaunt ein,

worauf er mir zunächst entgegenhielt: »Du etwa?«, dann: »Ich kann das ganze verhärmte Getanze sowieso nicht ab«, um abschließend zu brummen: »Jedenfalls nicht bei dieser tierischen Hitze.«

Meine Pina Colada war schon wieder alle, daher bat ich um eine dritte und blieb noch etwas neben dem Manager stehen, der sein Glas eigenhändig mit Rum und Ananassaft auffüllte. Einen Moment lang war ich versucht, ihm meinen Traum zu erzählen, doch da kam glücklicherweise der Requisiteur dazwischen, der sich mit hochgereckten Armen vor dem Manager aufpflanzte und »Alles Banane« sowie »Heute findet es statt« sagte. »Komm, du nervst mich total«, erwiderte der Manager mißmutig, ohne dadurch die Fröhlichkeit des anderen beeinträchtigen zu können, da der sich bereits bei einem der Freunde des Stars lauthals danach erkundigte, wo denn die versprochenen *bad girls* blieben und etwas von »unheimlichem Druck« und »Was rein muß, muß rein« sagte, wobei er eindringlich feixend auf den Pool wies, der blau und schweigend einen beredten Kontrapunkt zu all dem Lärm bildete, der sich je länger, desto mehr rings um ihn entfaltete.

Der Mixer reichte mir die Pina Colada, und ich sah mich nach einem Ruheplatz um. Gerade wurde eine Liege mit hochgeklapptem Rückenteil und buntbezogener Schaumgummimatratze frei, rasch nahm ich auf ihr Platz, in der festen Absicht, dort den Rest der Party zu verbringen, trinkend, schauend, meinetwegen auch träumend, in selbstgewählter Zurückgezogenheit und entspannter Aufmerksamkeit jedenfalls. Doch es kam anders.

Ich saß noch nicht lange, als zögernd der Zweite Kameramann an mir vorbeiging, abwartend stehenblieb, erst mal etwas von »Stör ich« sagte und endlich, meine vage beschwichtigenden und unbestimmt einladenden Gesten in seinem Sinne deutend, einen Stuhl heranzog, auf welchen er sich, noch etwas außer Atem, setzte.

Er wolle nicht mehr tanzen, erklärte er fast entschuldigend, die Schwarzen seien einfach zu gut, was die für ein Körpergefühl hätten, einfach sagenhaft. Ich nickte. Nun war der tanzende Haufe bereits deutlich gemischt, auch kam es mir so vor, als ob sich mehr und mehr schwarzweiße Paare zusammengefunden hätten. Mit ausladenden Bewegungen umtanzte eine ältere Schauspielerin einen jüngeren Schwarzen, der selig in sich selbst zu ruhen schien, kaum daß er seine Füße bewegte. Ich bemerkte, wie meine Finger im Rhythmus der Musik auf das Glas trommelten. Ich versuchte, sie stillzuhalten, ohne doch verhindern zu können, daß nun meine Fußspitzen auf- und abzuckten. Ich ließ sie gewähren und lehnte mich wohlig zurück. Da, als ich es am wenigsten erwartete, ereilte mich die Fangfrage.

»Was denkt sich eigentlich ein Satiriker, wenn er diese Szene hier betrachtet?« Der Kameramann deutete auf den Pool, die Gäste, die Tanzenden, die Villa, die Palmen, schließlich verharrte sein ausgestreckter Finger auf dem Mond, der in diesem Zusammenhang in der Tat wie ein I-Tüpfelchen wirkte – fragte sich lediglich, worauf. Auf einer feuchtfröhlichen karibischen Nacht? Auf der ungenierten Zurschaustellung kapitalkräftiger Unterhaltungsinteressen? Ich richtete mich auf.

Warum denn ein Satiriker sich immer gleich was denken müsse, fragte ich harsch zurück, um freilich sogleich einlenkend zu erläutern, ich sei schließlich nicht als Satiriker hier, sondern, ebenso wie er, als Mitarbeiter des Films. Das hier sei für mich also nichts anderes als eine Arbeitssituation oder doch so etwas wie die Folge davon, ein unerwartetes Anhängsel, in das ich nolens volens hineingeraten sei und daher – ganz Unschuldslamm lehnte ich mich wieder zurück und erwog die möglichen Auswege. Lamm bleiben und mich kurz und schmerzlos abschlachten lassen? Dann hätte ich für den Rest des Abends meine Ruhe. Bock werden und gezielt zum Gegenangriff übergehen? Aber ich war doch noch gar nicht angegriffen worden. Das reife Schaf mimen, das den ungebärdigen Kläffer durch abgeklärte Welterfahrung beschämte und zum Schweigen brachte? In solche Gedanken verstrickt, war mir völlig entgangen, daß mein Gegenüber, vorerst jedenfalls, gar keinen Streit, sondern Trost suchte. Vorerst – denn ungefragt berichtete er davon, wie er und andere Techniker zwei Abende zuvor einige Nutten abgeschleppt hatten – »Ich begriff zuerst gar nicht, daß das Nutten waren, in Deutschland hatte ich noch nie etwas mit Nutten gehabt, hier auf Jamaica war's das erste Mal« –, aber das seien auch unheimlich bewußte und politisierte Nutten gewesen, und das habe die Sache wieder irgendwie gut gemacht – diskret verzichtete ich auf die naheliegende Frage, ob nicht gerade die politisierte Nutte ihre Prostitution als besonders entwürdigend empfinden müsse –, sie hätten sich also mit den Mädchen unheimlich gut unterhalten, ja, und zum Vögeln, na ja, sei es natürlich auch noch gekommen, aber das sei eigentlich nicht die Hauptsache gewesen, nur beim Bezahlen habe es dann doch noch Schwierigkeiten gegeben – und nun erwachte auch mein Interesse, da ich im Verlauf der letzten Woche immer wieder etwas über *bad girls* gehört hatte, ohne daß je von Zahlen die Rede gewesen war, lediglich von verworrenen Anekdoten wie der, daß Freunde dem schon schlafenden Star ein Mädchen aufs Zimmer geschickt hätten, daß der sie gebeten habe, ihn weiterschlafen zu lassen, worauf sie auf den Gang getreten sei und gerufen habe: »Who's gonna fuck me next?«

Ja, was denn das Mädel nun gekostet habe, wollte ich wissen. Na ja – ihm sei vorher von angeblich unterrichteter Seite etwas von 40 Jamaica Dollars gesagt worden, die habe er der Nutte auch angeboten, sei aber von ihr ausgelacht und schließlich um 150 Jamaica Dollars erleichtert worden. Also 90 Mark, errechnete ich rasch und glaubte, die ganze

Sache schon glücklich hinter mir zu haben, da ging es erst richtig los. Der Kameramann lachte bitter auf. Also er käme mit seiner Situation auf Jamaica nicht richtig klar, sagte er unvermittelt, auch hier und jetzt am Pool nicht, wie ich das alles denn packen könne. Er kenne meine Sachen schon seit Mitte der 60er, damals sei er noch Oberschüler im Südharz gewesen, nach dem Attentat auf Dutschke durch diesen Bach ... Bach..., er stockte. »Bachmeier?« Nein, der habe noch anders geheißen. Bach ... Auf meine wippenden nackten Zehen starrend, fiel mir der Name des Attentäters wieder ein, Bachmann, er hatte sich später in der Zelle erhängt, und Dutschke war noch später an den Spätfolgen des Attentats gestorben, war das nicht in einer Badewanne gewesen? Und gab es wirklich so ein Wort: Spätfolgen?

»Bachmann!« sagte der Kameramann. Ja, und nach dem Bachmann-Attentat also sei er aus dem Südharz nach Frankfurt gefahren, als Sechzehnjähriger, er sei unter denjenigen gewesen, die versucht hätten, die Auslieferung der ›Bild-Zeitung‹ zu verhindern vor dieser Druckerei da in ... in ... »Meinst du jetzt die Sozietätsdruckerei im Gallusviertel?« warf ich ein. »Hieß die so?« fragte er zurück. Na, auf jeden Fall sei er total politisiert heimgekehrt, im Südharz habe er dann eine SDS-Schülergruppe mitaufgebaut und ...

»Ja, und?«

Und damals habe er noch geglaubt, zu wissen, wo es langgehe, richtiger: Er habe geglaubt, andere wüßten das – »Und zu diesen anderen habt eben auch ihr gehört« – womit er jetzt die Schreiber und Zeichner jener satirischen Zeitschrift meine, für die ja auch ich damals gearbeitet hätte, und nun begegne ich ihm also leibhaftig, aber ausgerechnet auf solch einer Party, in solch einer Traumkulisse, daher nochmals seine Frage: »Was denkt sich eigentlich ein Satiriker bei alldem?«

Wieder rechnete ich, doch diesmal ging es um Jahreszahlen: Die Osterunruhen lagen siebzehn Jahre zurück, wenn er damals sechzehn gewesen war, war er heute dreiunddreißig, also vierzehn Jahre jünger als ich, und zugleich erinnerte ich mich undeutlich der damaligen Frankfurter Umzüge, auch ich hatte ja an ihnen teilgenommen, zumindest hatte ich sie begleitet, halb Teil der Bewegung, halb teilnahmsvoller Beobachter, keiner, der mitgerufen hatte, aber doch einer, der dem Ruf gefolgt war, »Bürger, laß das Gaffen sein, komm herunter, reih dich ein«, dann freilich, bei den Handgreiflichkeiten, hatte ich wieder nur zugeschaut – hatte der da denn mitgemacht?

Wieder wechselten die Musiker, wieder war der Gitarrist dran, der seine Gitarre verkauft hatte, wieder war mein Glas leer.

»Bin gleich wieder da, halt mal den Platz frei!«

Der Mixer ließ sich Zeit, und ich sah den Tanzenden zu. Nun bestand schon gut die Hälfte aus Schwarzen, den schwankenden Mittelpunkt des bewegten Haufens aber bildete laut und unübersehbar der Requisiteur, der einen leeren ›Red Stripe Beer‹-Karton zwischen die Beine geklemmt hatte und nun auf ihm herumtrommelte, während der Gitarrist ›Them belly full but we hungry‹ sang. Ich kannte das Stück, es war von Bob Marley, den ich erstmals im italienischen Rundfunk gehört und von dem ich mir dann eine Platte gekauft hatte, wenig später war er an Gehirnkrebs gestorben – hatte er nicht vorher noch in der Allgäuer Krebsklinik von Dr. Issels Hilfe gesucht? Ich erinnerte mich, das Foto des Todkranken in der ›Bild-Zeitung‹ gesehen zu haben, wie er auf einer Terrasse saß, irgendwo im Alpenvorland, umrahmt von einem Text, der all die Mühseligen und Beladenen unter uns ›Bild‹-Lesern aufrichten und erquicken sollte: Da sitzt er nun, der schwarze Plattenmillionär, hat weltweite Erfolge, exotischste Drogen und Frauen ohne Zahl gehabt und muß doch sterben, wenn nicht unser deutscher Doktor Issels – aber der hatte es ja auch nicht gebracht, und Bob Marley war in einem Hospital in Miami Beach gestorben, und dann mußte ich lachen, gerade als mir der Mixer die Pina Colada rüberschob.

»Cool man!« sagte er, und ich antwortete ebenso gedehnt: »Yeah man!«

Auf meine Liege zurückgekehrt, versuchte ich dem Kameramann zu erklären, wieso ich eben gelacht hatte und wieso dieses Lachen nicht nur etwas mit seiner Frage zu tun habe, sondern geradezu die Antwort auf seine Frage sei. Der Satiriker dürfe nicht vorschnell urteilen, führte ich aus, er müsse zunächst einmal wahrnehmen; andernfalls laufe er Gefahr, gerade das zu übersehen, was doch die Satire – bisher jedenfalls – am Leben erhalten habe, ihr Vermögen, aus sich jeweils neu auftuenden Widersprüchen immer neue Erkenntnis, sprich: immer neue Komik zu schürfen, wie beispielsweise eben jetzt aus diesem Song von Bob Marley – und ich fiel in die sich gerade wiederholende Textzeile ein: »Sie mit vollem Bauch, wir aber hungrig, ein hungriger Mob ist ein zorniger Mob.«

»Aber das ist doch eine klare politische Aussage! Was ist denn daran komisch?«

»Hör doch mal weiter zu!«

Während der Sänger den Refrain anstimmte, versuchte ich simultan zu übersetzen: »Tanz zur Jah-Musik. Vergiß deine Probleme und tanz. Vergiß deine Sorgen und tanz. Vergiß deine Krankheit und tanz. Vergiß deine Schwäche und tanz« – das sei doch komisch.

»Ich finde es nur traurig«, sagte der Kameramann.

»Was?«

»Daß hier Weiße auf so einer Pool-Party zu revolutionärer schwarzer Musik tanzen.«

Also erst mal tanzten jetzt schon ebenso viele Schwarze wie Weiße zu dieser Musik, wandte ich ein, und außerdem hätte ich etwas ganz anderes gemeint. »Was denn?«

Die diesem revolutionären Song immanente Komik, die

für mich darin liege, daß er so kämpferisch einsetze, wie nur irgendein Agitationslied in unseren Breiten, um dann ganz unvermutet statt in die Forderung nach Revolution in die Aufforderung zum Tanz einzumünden – eine in unseren klimatisch kühleren und ideologisch strengeren Zonen ganz undenkbare Volte, die ich nun mal nicht anders als typisch jamaicanisch und anrührend komisch empfinden könne.

»Du findest das typisch Jamaicanische also komisch?« fragte der Kameramann und blickte scharf durch seine kreisrunden Brillengläser.

Aber nein, beeilte ich mich zu versichern, das sei doch lediglich ein Beispiel für die gezielte Wahrnehmung von realen – und möglicherweise auch komischen – Widersprüchen gewesen, ein eingestandenermaßen schwieriges, wahrscheinlich sogar wenig taugliches Beispiel, zu erklärungsbedürftig und zugleich zu wohlfeil. Mir aber gehe es im Grunde um etwas anderes: Darum, daß der Satiriker gar nicht überall und immer Widersprüche aufstöbern müsse, daß er allerdings gehalten sei, zumindest die Voraussetzung zum Erkennen solcher Widersprüche dadurch zu schaffen, daß er hinschaue, daß er wahrnehme.

»Und was unterscheidet dann den Satiriker von einem x-beliebigen Journalisten?«

Ja, was eigentlich? Ein Nachtwind kam auf, schon war ich versucht, ihn zum Anlaß zu nehmen, das Thema zu wechseln. Im Reiseführer hatte ich gelesen, daß man diesen Wind, im Gegensatz zur regelmäßig sich einstellenden mittäglichen ›doctor's breeze‹, als ›undertaker's breeze‹ bezeichne – und einmal beim Leichenbestatter angelangt, müßte es eigentlich ein leichtes sein, in immer unverfänglichere Sachgebiete abzudriften, vielleicht sogar aufzustehen, um eine Runde durch den mondhellen Garten zu machen, der von den fremdartigsten Geräuschen erfüllt war: Geradezu singende Frösche und regelrecht knarrende Leguane wurden nun begleitet vom Klappern der trockenen Palmblätter, die der Wind heftig bewegte und gegeneinanderschlug; schon war ich drauf und dran, mich von der Liege zu erheben …

Aber der Satiriker wolle doch etwas bewirken, er müsse doch ein Ziel haben und eine Botschaft, er könne sich doch nicht auf die reine Anschauung zurückziehen, da sei doch Resignation – der Kameramann hatte seine Worte mit gespreizten, skandierenden Händen begleitet, jetzt hielt er ein und deutete mit beiden Zeigefingern auf mich: »Was du da sagst – klingt das nicht sehr nach einem frustrierten Linken?«

Aber das sei doch Unfug – in meiner Ungeduld vertat ich gleich zwei Chancen, die, seine Frage gelassen zu bejahen, sowie die noch wirkungsvollere Gegenfrage, woher er denn so genau wisse, daß ich jemals ein Linker gewesen sei –: Aber er habe mir doch überhaupt nicht richtig zugehört – und damit hatte ich die ganze Beweislast übernommen und mußte nun ebenso ächzend wie eilig meine Argumente zusammenklauben – aber die Sache mit der Wahrnehmung sei doch geradezu die Hauptcrux heutiger Satire und gleichzeitig ihre einzige Chance, Erkenntnis zu befördern und dadurch etwas zu bewirken – zuerst in den Köpfen, sodann, möglicherweise, auch in Form von Taten. »Paß auf!« – nun gab es kein Halten mehr, etwas riß mich fort, ohne daß ich willens oder imstande war, mir darüber klarzuwerden, was eigentlich meinen Redefluß immer eiliger dahinströmen ließ – Belehrungszwang, Bekehrungsdrang, Rechtfertigungsdruck? – »Hör zu!«

Von einem Klassentreffen erzählte ich, davon, wie sich die ehemaligen Angehörigen der 13d zwanzig Jahre nach dem 1956 bestandenen Abitur an einem grauen Dezembernachmittag auf dem Marktplatz von G. getroffen hatten. Von dem Gelächter berichtete ich, mit welchem jeder Neuankömmling begrüßt worden war, von jenem sehr merkwürdigen Lachen, das sich aus vielen Quellen speiste, aus Überraschung, Freude, Schadenfreude, Unglauben und dem unheimlichen Wissen, daß der Betrachtete den Betrachter mit ebenso gemischten Gefühlen wahrnahm: Wie siehst du denn aus! Als Abiturienten hatten wir einander das letztemal gesehen, als gehobene Angestellte, Professoren, Abteilungsleiter, Manager und Oberstudienräte trafen wir wieder zusammen. Ein jeder wußte natürlich, daß ihn die Zwischenzeit verändert hatte, doch die eigene Geschichte der vergangenen Jahre war von Tag zu Tag fortgeschrieben worden, die der anderen aber offensichtlich im Zeitraffer verlaufen: Eine tückische Zeitmaschine hatte die Jünglinge damals geschluckt und spie sie nun als gereifte, zum Teil auch schon reifere Herren wieder auf den Marktplatz aus. Das war schon zum Lachen. Weshalb auch jeder mitlachte und belacht wurde, so daß sich rasch ein Gefühl der Komplizenschaft breitmachte, mitgefangen, mitgehangen – aber worauf wollte ich eigentlich hinaus? Ach ja!

Durch seine Brille schaute mich der Kameramann groß an, verständnislos erschien mir sein Blick, verständnisheischend redete ich rasch weiter: Man weiß ja, wie solche Klassentreffen etwa ablaufen. Da setzt sich der Pulk in Bewegung, sucht verschiedene Lokale auf, bald gliedert sich die anfangs noch reichlich diffuse Truppe in neukonstituierte Gruppen, häufiger aber in jene Gruppierungen, Grüppchen und Paarungen, die bereits während der Schulzeit bestanden hatten – eigentlich ein geisterhafter Vorgang nach all den Jahren –, ich jedoch schloß mich keiner der Gruppen für längere Zeit an, wechselte vielmehr von einer zur anderen, da ich so etwas wie eine Chance witterte. Der pure Zufall des gemeinsamen Abiturs hatte mich mit Vertretern so disparater Lebensbereiche wie Polizeischule und Großkonzern zusammengeführt, alles Tätigkeiten, die ich nur vom Hörensagen kannte, alles Täter, mit denen ich mich flachsend und trinkend durch die Stadt bewegte – nun wollte ich auch etwas in Erfahrung bringen. Leichter gesagt als getan! Denn bald schon – Genau! Das wollte ich erzählen! – denn schon beim ersten Lokalwechsel hatte mich ein Klassenkamerad beiseite genommen, ein Studienrat, der mir zu verstehen gab, er finde die ganze Veranstaltung ebenso schlimm wie ich, um sodann, ohne meinem Einwand, was denn daran schlimm sei, Beachtung zu schenken, verschwörerisch fortzufahren: »Der reine Kästner, stimmt's?«

»Welcher Kästner?«

Na, Erich Kästner natürlich – und dann begann der Studienrat halblaut aus Kästners 1928 veröffentlichtem Gedicht ›Klassenzusammenkunft‹ zu zitieren: »Sie trafen sich wie ehemals im ersten Stock des Kneiplokals. Und waren zehn Jahre älter« – er kannte die Verse auswendig, und nun sagte er sie gnadenlos her, während die alte Masse in Grüppchen die Weender Landstraße hinunterschlenderte, auf der Suche nach einem Eßlokal: »Sie hatten, wo man hinsah, Bauch. Und Ehefrauen hatten sie auch«, hörte ich und sah zugleich, daß einige der Schlendernden sicherlich runder geworden waren, andere aber, zumal den Top-Manager, eine geradezu asketische Dürre kennzeichnete. »Sie waren laut und waren wohl, aus einem Guß, doch innen hohl, und hatten nichts zu sagen« – aber sie redeten doch die ganze Zeit, und das äußerst angeregt! »Da gegen Schluß erhob sich wer und sagte kurzerhand, daß er genug von ihnen hätte« – da schließlich hatte ich genug vom Studienrat, jenem Mann, der ein Leben lang nichts anderes kennengelernt hatte als Schule, Hochschule und Schule und der mir nun den Blick verstellte auf ein Klassentreffen von 1976, indem er mir den erborgten Blick eines Satirikers von 1928 aufzuzwingen trachtete. Sah er selber denn gar nichts? »Den anderen war nicht ganz klar, warum der Kerl gegangen war. Sie strichen seinen Namen. Und machten einen Ausflug aus. Für Sonntag früh. Ins Jägerhaus. Doch dieses

Mal mit Damen.« Wir beide, Arm in Arm mit Kästner, gegen die da: Ich wußte nur zu gut, worauf der Studienrat hinauswollte, aber ohne mich! Ich riß mich los und schloß mich dem Topmanager an, der deutschen Nummer drei oder vier eines ebenso berühmten wie berüchtigten multinationalen Unternehmens; ich meine, wie jemand Studienrat wird, das weiß ich auch, wann aber kann ich schon mal eine Spitzenkraft der Wirtschaft beim Spitznamen Walle nennen und sie danach fragen, über wie viele Leichen man gehen muß, bis man ganz oben ist?

»Hat er's dir denn gesagt?«

Fast erschreckte mich diese direkte Frage. Immer häufiger hatte der Kameramann weggeschaut, zu der ständig dunkler werdenden Menge der Tanzenden, aus welcher hell der Kopf der Regie-Assistentin herausstach. Gestern noch hatte sie ihr Haar offen getragen, nun war es zu vielfältigen Zöpfchen geflochten, überall boten schwarze Frauen weißen Touristinnen an, ihr Haar derart exotisch herrichten zu lassen, im Verlauf der Woche auf Jamaica hatten immer mehr Frauen des Teams das Angebot angenommen, am letzten Tage hatte es also auch die da erwischt, fast empfand ich darüber Genugtuung, denn die da – ja?

»Komm! So ein Typ wird dir doch nicht während eines Klassentreffens die Wahrheit über seine Karriere sagen!«

»Wieso nicht?« Ich richtete mich auf. Zumindest hatten seine Auskünfte recht wahrhaftig geklungen ... In der karibischen Juninacht versuchte ich mich zu erinnern, was mir der Manager an jenem deutschen Dezembernachmittag erzählt hatte: Daß man nie gegen alle nach oben kommen könne, sondern nur mit Hilfe anderer, auch der eigenen Gruppe, daß er bereits jetzt den Zenit seiner Karriere und Leistungskraft überschritten habe, daß Leute in seiner Position und in seinem Alter – und Walle war doch erst vierzig! – damit rechnen müßten, schon frühzeitig auf weniger neuralgische Posten abgeschoben zu werden, immer noch hochdotierte Stellungen, wo sie allerdings keinen allzu großen Schaden mehr anrichten könnten – so redete er, und während der ganzen Zeit hatte ich versucht, in dem straffen, fast wächsernen Gesicht des Redenden den Bauernjungen von damals zu entdecken, jenen scheuen Schüler, den ein aufgeregter Lehrer einst ›Honigkuchenpferd‹ genannt und uns sodann beschworen hatte, ihn doch bitte nicht von nun an ›Honigkuchenpferd‹ zu nennen, auf gar keinen Fall ›Honigkuchenpferd‹ – aber wir dachten ja auch gar nicht daran und nannten ihn weiterhin Walle ... So war jener Dezembernachmittag in früh einsetzenden Abend übergegangen, immer lautstarker hatte bereits während des Essens eine Fraktion, angeführt vom früheren Klassen-Clown und jetzigen Regierungsdirektor Hacki, nach einem Lokal mit Musik verlangt, wobei Musik offenbar stand für Lebenslust, Leiblichkeit und Weiblichkeit; und während wir in ein solches Lokal einliefen, in eine gähnend leere Discothek, erzählte mir Walle, wie einmal, nach einem Spitzentreffen in Paris, er und seine europäischen Spitzenkollegen – »Ein Franzose, ein Italiener, ein Engländer, ein Schwede« – zusammengelegt und das renommierteste Callgirl von Paris hatten kommen lassen, die aber habe selber bestimmen können, mit wem sie die Nacht verbringen wolle –: »Und was meinst du, wen sie genommen hat? Den Italiener. Du, die Italiener haben einen erstaunlichen Schlag bei den Frauen, weiß der Himmel, wie die das machen!«

»Und so was nennst du Wahrnehmen?« unterbrach mich der Kameramann.

»Was denn sonst? Hinsehen, Hinhören – das sind doch wohl Arten der Wahrnehmung, oder?«

»Ja sicher. Nur scheinen dabei nicht allzu originelle Wahrnehmungen herauszukommen. Daß sich Manager während ihrer Geschäftsreisen mit Nutten vergnügen, das weiß man doch!«

Nicht nur Manager, mein Lieber, dachte ich verärgert

und war drauf und dran, diesen Gedanken in anzügliche Worte zu kleiden, als kreischender Tumult mich unversehens davon abbrachte. Ein röhrendes »Alles Banane« war dem Aufkreischen vorausgegangen, ein Platschen folgte ihm; als ich aufblickte, sah ich noch, wie das Scriptgirl im Wasser des Pools versank, wobei sie ein fast volles Glas mit einem roten Getränk derart geistesgegenwärtig anhob, drehte und wendete, daß es den Sturz unbeschadet überstand und nun, gleich einer Monstranz, aus dem Wasser ragte, immer noch in der Hand der Versunkenen, die freilich rasch wieder auftauchte und den Requisiteur in gespieltem Zorn anschrie, um sodann, immer noch im Wasser, triefend ihr Glas zu leeren – da hätte ich meine Suada zwanglos beenden können, doch ich war ja immer noch nicht am Ende: »Paß auf!«

Vom Bild des Unternehmers in linken Blättern erzählte ich eilig und davon, daß der auf deren Karikaturen immer noch als feister, zigarrenrauchender Homburg-Träger dargestellt werde, während doch die Unternehmer von heute, siehe Rosenthal oder Springer, durchweg körper- und gesundheitsbewußte Typen seien, jedenfalls hinlänglich schlanke Herrschaften – wieder blickte der Kameramann zu den Tanzenden hinüber: »Ist schon sagenhaft, wie die tanzen!«

»Wer?« fragte ich förmlich.

Na, die Schwarzen natürlich, obwohl es auch bei denen Unterschiede gebe.

»Ach ja? Welche denn?«

Nun, die Nathalie beispielsweise – er wies auf die einheimische Betreuerin des Filmteams –, die bewege sich bereits ganz europäisiert, die Köchin da aber tanze noch ganz aus dem Bauch –, flüchtig nahm ich ein beeindruckend rundes, staunenswert wackelndes Weib wahr, nun hätte ich den Kameramann in das von vielfältigen Vorurteilen verminte Gelände einer ›Was ist typisch schwarz?‹-Diskussion hineinlocken und möglicherweise in die Luft jagen können, doch ich mußte ja immer noch etwas loswerden: »Oder gerade neulich!«

Da habe uns, die Autoren, so ein unbedarftes junges Ding aufgesucht, im Auftrage einer noch jüngeren und ebenso unbedarften Zeitschrift; in ihrem Artikel dann seien wir als Ex-Satiriker dargestellt worden, die Herz und Hirn dem Star und dem Klamauk verkauft hätten, doch darum gehe es im Moment gar nicht, sondern – ach ja! »Da schreibt die also, mein Atelier befinde sich in einer Straße im angegammelt noblen Frankfurter Westend, mit Kopfsteinpflaster und Vorgärten ...«

»Ja und?«

»Und die Straße ist weder angegammelt noch nobel, noch hat sie Kopfsteinpflaster. Sie ist durchgehend asphaltiert, und das schon seit Jahren.«

»Na und?«

Der begriff ja immer noch nicht! Und so sah ich mich gezwungen, auch das noch klarzustellen: Daß das junge Ding das Kopfsteinpflaster sicherlich weder gesehen noch erfunden habe, daß dieser pittoreske Straßenbelag vielmehr Folge jener festen Bilder im Kopf sei, denen sich die Wirklichkeit dann eben anzupassen habe: »Und wir waren für die bereits vor unserer Begegnung Ex-Satiriker, die ihren Auftrag verraten hatten und es sich nun in gehoben-schnurriger Idylle wohl sein ließen. Und dazu gehört eben auch Kopfsteinpflaster.«

»Hast du dir den Artikel dieser Tussi derart zu Herzen genommen?« fragte der Kameramann fast besorgt, doch bevor ich auch noch diesen Irrtum richtigstellen konnte, reckte und streckte er sich. Er müsse sich mal wieder bewegen, viel Spaß noch.

»Oh, danke gleichfalls!«

So ging er hin und mischte sich unter die Tanzenden, den nun fast einheitlich schwarzen Haufen, aber da war ja noch immer die unermüdliche Regie-Assistentin. Ich schaute mich um. Die Liegen und Sessel rund um den Pool waren fast alle leer, im vertrockneten Gras unter dem rotblühenden Poinciana-Baum hatte sich der Requisiteur ausgestreckt, herzhaft gähnte der Mixer. Irgendwie schien die Party weitgehend gelaufen zu sein, und mir war mal wieder alles entgangen, weil ich unbedingt davon hatte reden müssen, wie wichtig es sei, wahrzunehmen – für einen Moment erheiterte mich diese triste Pointe, dann aber brauchte ich unbedingt einen Schluck. An die Bar gelehnt, ließ ich den Mixer machen, der nahm sich Zeit, und ich hatte wieder mal Muße, den Tanzenden zuzuschauen. Deutlich hoben sich der Kameramann und die Regie-Assistentin von den Schwarzen ab, dunkel kamen mir Erinnerungen an die Osterunruhen vor siebzehn Jahren, erst mal freilich brachte ich alles durcheinander. Ein Teach-in fiel mir ein, irgendwo in der Frankfurter Uni, weit weg im überfüllten Hörsaal ein eingeflogener oder herbeigekarrter Rudi Dutschke, der uns in eindringlichem, fast einlullendem Singsang beschwor, das zu tun, was jetzt getan werden mußte: »Wir werden jetzt auf die Straße gehen, und wir werden uns unterhaken, und wir werden auf das amerikanische Generalkonsulat zugehen, und wir werden uns friedlich in das amerikanische Generalkonsulat Eingang verschaffen, und wir werden dort zur amerikanischen Vietnam-Politik Folgendes sagen …«, aber dazu war es natürlich nie gekommen, da Wasserwerfer und Polizei den Demonstrationszug bereits im Vorfeld abfingen, hatte denn Dutschke selber jemals an jenes friedliche Go-in ins amerikanische Generalkonsulat geglaubt, das er uns Schritt für Schritt vorgesprochen, vorgebetet, fast vorgesungen hatte?

Der Mixer schob mir die Pina Colada rüber, da hatte ich die Erinnerungen schon besser im Griff. Ja richtig! Die Sache vor dem Römer! Ob dieser Tanzende wohl damals dabeigewesen war?

Mit irgendeinem der zahlreichen Heerhaufen, die sich noch am dritten Tage der Osterunruhen auf undurchschaubaren Routen durch die Frankfurter Innenstadt wälzten, war auch ich unversehens auf dem mäßig beleuchteten Römerplatz gelandet, nun standen wir vor dem angestrahlten, jedoch unbewachten Rathaus, das uns wehrlos ausgeliefert zu sein schien, uns, die wir immer Objekt der Geschichte gewesen waren und auf einmal die Chance erhielten, Subjekt zu werden, indem wir als Speerspitze des Volkszorns und der revolutionären Unruhe der Massen ein Zeichen setzten, ähnlich dem Sturm auf die Bastille oder dem aufs Winterpalais. Wir alle trugen ja Inbilder dessen im Kopf, was nun zu geschehen hatte: Nun hatten Tore unter dem Ansturm der Menge zu bersten, nun hatte ein schlotternder Bürgermeister vom Versuch abzulassen, belastende Akten zu verbrennen, und um Gnade zu winseln, nun hatte der Anführer der Menge ihm mit nerviger Faust jenen Geheimschlüssel zu entreißen, der die unterirdischen Kasematten öffnete, aus welchen dann die zu Unrecht Gefangenen und Gemarterten des gestürzten Schreckensregimes zu entströmen hatten, ungläubig erst, dann mit jubelndem Begreifen: Wir sind frei!

Wir anderen allerdings waren in der Falle. Nicht nur, daß der Römer zu diesem späten Zeitpunkt menschen- und natürlich auch bürgermeisterleer war, zugleich füllten sich die Zugangsstraßen zum Römerplatz immer unübersehbarer mit mattschimmerndem Gerät und immer unüberhörbarer mit verhalten aufmarschierender und halblaut sich verständigender Polizei. Da dachte kein Mensch mehr daran, den Römer zu erstürmen, das wäre ja heller Wahnsinn gewesen, die Anführer allerdings, die sich und uns in diese Schere zwischen Inbild und Wahnbild geführt hatten, wußten, was sich gehörte. Im Namen des langen Atems der Revolution beschworen sie uns inständig, von dem abzulassen, was ohnehin keiner von uns zu tun beabsichtigte. Voller Verständnis für unsere revolutionäre Ungeduld erinnerten sie uns an nicht minder wichtige revolutionäre Tugenden, an revolutionäre Taktik, revolutionäre Klugheit und an revolutionäre Geduld. Sogar von revolutionärer List war die Rede. Das gab den Ausschlag. Wir lenkten verständnisvoll ein. Listig, klug, taktisch und geduldig verstreuten wir uns eilends in die Lokale der Innenstadt, die bereits voll waren von anderen versprengten Revolutionären, die gleich uns von bestandenen Gefahren und geplanten Gefährdungen zu reden wußten – hatte der da, der immer noch ausladend die Regie-Assistentin umtanzte, damals mitgeredet und mitgeplant? Ich nahm mir vor, den Kameramann bei der nächstbesten Tanzpause danach zu befragen – irgendwann mußte doch auch er mich begreifen! –, aber dazu kam es nicht mehr.

Unversehens gab es wieder Auftrieb an der Bar. Zuerst kamen Eddie und ein Freund des Stars, und da Eddie gerade darüber redete, wie unsicher all diese vereinzelt liegenden Villen hier auf Jamaica seien, er freilich habe nichts zu befürchten, weil er fünf bösartige Schäferhunde frei auf dem Grundstück herumlaufen lasse – »really mean ones!« –, da also fragte ich nach der Effizienz der *guards* und berichtete davon, wie lästig sie mir manchmal seien. Die *guards* könne man vergessen, entgegnete Eddie, worauf der Freund des Stars mich danach fragte, ob ich den *guards* denn nie etwas zugesteckt hätte.

»Nein, wieso?«

Na erstens würden die doch so gut wie nichts verdienen, und zweitens seien die dann mit Sicherheit leiser. Das beste Mittel, die *guards* ruhigzustellen, sei allerdings ein Karton ›Red Stripe Beer‹, sie, die Bewohner der Villa Sea Gull, würden ihre *guards* jeden Abend regelmäßig betrunken machen …: »Kannst doch sonst nicht schlafen, wenn die dauernd um das Haus petern!«

Wieder was gelernt, dachte ich, und dann: Wieder was falsch gemacht, und schließlich: Läuft hier wohl aufs selbe hinaus – doch dann gab es erneut Unruhe, da der Beleuchter sich zu uns gesellte und auf einen Pappkarton klopfte. Er müsse uns mal stören, der Star sei leider schon weg, nun aber seien immer noch diese 150 Jamaica Dollars für diesen Gitarristen offen, der dem Star seine Gitarre verkloppt und heute abend aufgespielt habe; sie aber, die Techniker, seien partymäßig bereits blank, wegen der Getränke und so – ich schaute in mein Portemonnaie, und da ich darin runde 150 Jamaica Dollars fand, warf ich sie in den Karton, morgen flogen wir ja ohnehin zurück, nun kam es auch nicht mehr drauf an: »Da!«

Bye bye, *bad girl,* dachte ich, als der Beleuchter mit dem Karton davonzog, konnte diesem reichlich flachen Gedanken jedoch nicht weiter nachhängen, da der Manager des Stars mich fragte, ob ich denn ein Rad abhätte.

»Wieso?«

Der Manager zog einen Chinesen an die Bar, den Sohn eines Plattenproduzenten mit Studios in Kingstown und London, aber all das sollte ich erst später erfahren …: »Ist doch Schwachsinn, dem Gitarristen noch Kohle nachzuschieben, der hat doch schon genug abgegriffen!«

»Aber« – und nun bemühte ich mich, die diversen Summen dieses Hans im Unglück gegeneinander zu verrechnen, bis ich schließlich beim 150-Dollar-Defizit angelangt war –, »aber der hat doch …« Ach was, fuhr mir der Manager dazwischen, das sei doch ein total abgekarteter *deal* zwischen Gitarrist und Gitarrenbauer gewesen, diese ganze Mitleidsarie, in Wirklichkeit hätten die bereits von Anfang an ihren Schnitt gemacht, eine handgefertigte Gitarre sei hier doch schon mit 300 Jamaica Dollars überbezahlt – »Aber«, versuchte ich einzuwenden – Nichts aber! Die Sache sei total klar, der Star habe dem Gitarristen doch heute morgen angeboten, die Gitarre zurückzunehmen, zum Einkaufspreis, logo, der aber habe sich geweigert, er sei ein Mann von Ehre, er stehe zu seinem Wort, nur fehlten ihm jetzt leider die 150 Jamaica Dollars – ob das nicht eine echt total verhärmte Absahne sei?

»Und ist das nicht eine tierisch verhärmte Musik?« stöhnte der Manager, da hörte ich es auch. Länger schon hatte ich mitbekommen, daß wieder Gezirpe auf den volltönenden Reggae gefolgt war, nun aber begriff ich, was da gezirpt wurde, eine Reggae-Version von ›Mein Vater ist ein Wandersmann‹. Schrecklich mischte sich der Pesthauch der Bunten Radio-Nachmittage meiner Kindheit mit dem warmen Nachtwind der Tropen, herrlich bewegten sich die Schwarzen zum »Hollahi, hollaho«, geisterhaft schwebte das Medusenhaupt Rudolf Schocks über den Tanzenden, unter denen ich nunmehr keinen einzigen Weißen ausmachen konnte, wo waren eigentlich der Zweite Kameramann und die Regie-Assistentin abgeblieben? Was kostete eine Gitarre in Jamaica denn nun wirklich? Und wieso hing ich hier immer noch rum?

Auf einmal war ich der dauernden Fragen ebenso müde wie der steten Anstrengung, sie zu beantworten. War ich denn das Weltgewissen? Reif für die Falle war ich; während der Chinese seinen Zuhörern von den Problemen der Musikbranche auf Jamaica berichtete, trank ich meinen Drink aus und schaute mich nach meiner Frau um, vergeblich. War wohl bereits gegangen, wahrscheinlich mit dem Rest der Belegschaft unserer Villa; nichts wie nach.

Das Heulen böser Hunde begleitete meinen Weg durch die Palmenallee, ein *guard* trat aus dem Dunkel, als ich das Gittertor der Villa öffnete. Daß er mich beschütze, sagte er, und ob ich ihm eine Statistenrolle im ›flim‹ besorgen könne. Alle Schwarzen sprachen vom ›flim‹ statt vom Film, wieso eigentlich? Wieder so eine Frage, doch ich hakte nicht nach. Der *flim* sei abgedreht, sagte ich, schon wollte ich zum Portemonnaie greifen, als mir einfiel, daß ich die mir verbliebenen Dollars ja bereits restlos für den Gitarristen gespendet hatte; wieder so ein Fehler.

»Have a nice night!«

»Yeah, man!«

Im Aufenthaltsraum der Villa dann, unter dem Ventilator, während in unmittelbarer Nähe, jedoch unsichtbar, ein Leguan knarrte und kollerte, griff ich zu meinem Notizheft, um rasch noch die Eckdaten des Gitarrendeals festzuhalten. Der Luftzug hob und senkte die raschelnden Seiten, er blätterte sie um, da fiel mein Blick auf die Eintragung, die ich einige Stunden zuvor gemacht hatte: »Traum am Nachmittag des 6. 6. Auf etwas verschämte, aber entschiedene Weise genießen wir (wer? Auf jeden Fall war N. dabei) Scheiße in Sekt. (Die eigene S.) Wir wissen, daß es Scheiße ist, aber in Sekt schmeckt sie ganz einfach. (Sie wird mit dem Löffel in kleinen Häppchen gegessen, wie ein Sorbet.) Zwar reden wir nicht über das, was wir da tun, doch wir praktizieren es in einer größeren Menschenansammlung (ein Empfang? eine Vernissage?), wir essen unsere Scheiße verstohlen, jedoch nicht versteckt.«

Ich blätterte um und trug auf der freien Seite zunächst die Zahlen 300, 150 und 450 ein, da erblickte ich den Leguan. Er saß im Raum, direkt vor mir am Moskitogitter, ein graugrünes Tier, das bei jedem Knarren einen erschreckend großen, orangefarbenen Kehlsack aufblähte. Ich versuchte ihn zu zeichnen, doch der Leguan mißriet mir derart, daß ich ihm eilends einen Homburg aufsetzte, Handschuhe anzog und ihn in einen Frack kleidete. Nun sah das aufgeblasene Tier recht witzig aus, ich schloß das Heft, löschte das Licht und ging schlafen.

Elch, Bär, Biber, Kröte

Das Paar stand an dem kleinen Waldsee, an welchem es schon so oft gestanden hatte, und blickte, wie so oft schon, auf das gegenüberliegende Ufer. Beide hatten gerade gebadet, nun ließen sie sich von der Sonne trocknen. Das gegenüberliegende Ufer befand sich im Schatten, nur in den Kronen größerer Bäume fing sich gleißend das Licht der hoch stehenden Sonne. Stunde des Pan, kein Geräusch außer dem Geraschel der Eidechsen im trockenen Gras, keine Bewegung außer dem unsteten Flug der Libellen über dem blendenden Wasser. Kein Anlaß, irgend etwas zu sagen, was nicht hundertmal gesagt worden war. Daß es doch an ein Wunder grenze, daß sie die einzigen an diesem schönen See seien, mitten im Sommer und mitten in Italien, sagte sie. Daß heute besonders viele besonders schöne Libellen unterwegs seien, sagte er. Daß sich der gegenüberliegende Wald ganz außerordentlich schön spiegle, versicherten sie einander. Daß es überhaupt nicht schöner sein könnte, bemerkte sie derart gedankenverloren und abschließend, daß er sich unvermutet genötigt sah, alle noch verfügbaren Geister des Widerspruchs zu mobilisieren.

Oh, er könnte sich alles noch viel schöner vorstellen.

Wie?

Dort – er zeigte auf eine Lichtung des gegenüberliegenden Ufers – könnte ein Elch aus dem Walde treten, um ein Bad im See zu nehmen. Und da – er deutete auf eine kleinere Bucht – könnte ein Braunbär nach Fischen Ausschau halten. Und hier schließlich – er wies auf einen kleinen Pfad, der zum See führte – könnte ein Biber seinen Geschäften nachgehen.

»Ein Biber?«

Oder mehrere Biber. Wobei er nicht auf mehrere Biber fixiert sei. Auf *einem* Biber freilich müsse er bestehen. Und auf einem Braunbär. Und auf dem Elch sowieso.

Ein Leuchten teilte die Wasseroberfläche. Für einen Augenblick stand ein glänzender Fisch senkrecht vor dem Dunkel der sich spiegelnden Bäume. Gleich darauf fiel er hörbar zurück, dann waren da nur noch Wellenkreise, die sich stetig ausdehnten.

»Was du dir da gewünscht hast, den Elch, den Bär und den Biber, das soll in Erfüllung gehen«, sagte sie leichthin. »Und zwar zu deinem nächsten Geburtstag.«

Er hörte ihr zu, ohne den Blick vom Wasser zu wenden. Immer noch waren da Wellenkreise zu sehen, doch nun verloren sie sich unmerklich.

»Und was wünsche ich mir?«

Er riß den Kopf herum und starrte sie entgeistert an. »Was heißt das: Und was wünsche ich mir?«

Träge wandte sie sich ihm zu.

»Du hast dir was gewünscht – jetzt kann ich mir auch etwas wünschen.«

»Du? Wieso denn?«

»Wieso denn nicht? Oder glaubst du, nur du könnenest dir hier was wünschen?«

»Könnest?« fragte er mit schlecht verhohlener Ironie. »Könnest?«

»Dann eben: kannst.«

»Könntest immer noch, könntest.«

»Na gut. Könntest du eben nämlich nicht.«

»Kannst. Das heißt: Ich könnte es schon, doch du kannst dich leider nicht jenseits jeglicher Grammatik verständigen. Nach der aber lautet deine Frage plus Aussagesatz – abgesehen davon, ob das alles inhaltlich zutrifft –: Oder glaubst du, nur du *könntest* dir hier was wünschen? Nein, das *kannst* du nicht.«

»Kannst du auch nicht.«

Erregt setzte er sich auf. Ob sie denn wisse, was sie da rede?

»Aber klar weiß ich das. Jetzt bin ich nämlich mit Wünschen dran. Und deshalb wünsche ich mir, daß dort ...«

Aber er habe sich doch überhaupt nichts gewünscht, fiel er ihr schneidend ins Wort.

»Nein?«

Nein! Er habe den See lediglich mit sehr persönlichen Bildern seiner Einbildungskraft besetzt, mit Wunschvorstellungen ...

»Also doch mit Wünschen«, sagte sie heiter.

Eben nicht! Sie erst habe aus den Wunschbildern schlichte Wünsche gemacht. Schlimmer noch: Sie habe sich seiner Phantasien bemächtigt, und das gleich in dreifacher Weise. Zuerst habe sie seine urpersönlichsten Bilder zu Wünschen degradiert, sodann habe sie sich die Fähigkeit angedichtet, diese selbstgeschaffenen Wünsche zu erfüllen, und schließlich habe sie sich auch noch das Recht angemaßt, sich ihrerseits etwas zu wünschen.

»Das mache ich jetzt auch«, erklärte sie mit strahlender Bestimmtheit. »Dort« – sie zeigte auf eine kleine Holzbrücke, die über den auszementierten Abfluß des Stausees führte –, »dort sollen zwanzig Erdmännchen sitzen. Und zwar alle auf den Hinterpfoten und alle die Köpfe der Sonne entgegengereckt.«

»Da werden keine Erdmännchen sitzen!« Er war aufgesprungen und hatte damit begonnen, stampfend auf und ab zu gehen. Erdmännchen kämen überhaupt nicht in Frage, wiederholte er, die Fäuste ballend, von wegen Erdmännchen!

»Wieso denn nicht?«

Ja, ob sie denn gar nicht begriffen habe, was all seine Tiere miteinander verbinde? Ob ihr das seiner Vision zugrundeliegende Muster denn so gänzlich verborgen geblieben sei?

»Vision?«

»Dann eben nicht Vision. Auf jeden Fall waren meine Tiere alles nordische Tiere. Ausdruck meiner Nordsehnsucht, wenn du so willst. Und ich kann es ganz einfach nicht dulden, daß du dich da mirnichtsdirnichts mit südafrikanischen Wühlmäusen einklinkst.«

»Erdmännchen immer noch.«

»Dann eben Erdmännchen.«

Sie zupfte das Handtuch zurecht, legte sich auf den Bauch und bettete den Kopf in die verschränkten Arme. Ein Auge auf den immer noch Stehenden gerichtet, sagte sie versöhnlich: »Aber wenn es unbedingt nordische Tiere sein müssen, dann wünsche ich mir eben zwanzig Lemminge.«

Er wandte sich jäh ab. Als ob er den See zum Zeugen anriefe, breitete er die Arme aus. Die gespreizten Hände schüttelnd, setzte er zu einem leidenschaftlichen Plädoyer an. Daß ihm hier Unrecht angetan werde, rief er in die Stille. Daß es nicht um die Frage ›Erdmännchen oder Lemminge‹ gehe, ja daß Lemminge das Unrecht keineswegs milderten, sondern es bis zur völligen Unerträglichkeit verstärkten, da dieses Einlenken schmerzlich die gänzliche Verständnislosigkeit der vermeintlich Einlenkenden offenbare. Daß er sich nicht wegen irgendwelcher Nager errege, sondern deshalb, weil ihm hier das Recht auf eigene Bilder, und das meine zugleich auch auf eigene Geschichte, abgesprochen werde, und das ausgerechnet von einem Menschen, dem er sich nahe geglaubt habe. Daß es offensichtlich gerade diese Nähe sei, die den nahen Menschen dazu ermutige, ja geradezu erfreche, immer näher und näher zu rücken, bis er nicht nur die leibliche Gegenwart des anderen, sondern auch noch dessen Phantasien okkupiere. Daß jener Respekt voreinander, der im sonstigen menschlichen Zusammenleben so fraglos geachtet werde, ausgerechnet dort, wo er die einzige Garantie für das gemeinsame Überleben – richtiger: das Überleben der Gemeinsamkeit – darstelle, fortwährend mit Füßen getreten werde, beim Paar nämlich. Daß kein anderer Mensch der Welt es gewagt hätte, aus der Tatsache, daß er sich was wünsche, ebenfalls Wünsche abzuleiten. Daß dieser Akt totaler Nichtachtung sonst selbstverständlicher Grenzen ausgerechnet ihr vorbehalten geblieben sei. Daß ihre, ja ihre, Erdmännchenherde mehr zertrampelt habe als nur eine flüchtige Laune seiner Einbildungskraft, daß ihm diese unerhörte Nagerinvasion einmal mehr ... einmal mehr – nach Worten suchend ließ er den Blick schweifen, über den See, den Waldrand, die Holzbrücke und die Liegende, die sich bei seinen letzten Worten ein wenig aufgestützt und damit begonnen hatte, einen Turm aus kleinen Steinen zu bauen.

»Einmal mehr?« fragte sie lächelnd.

»Na, du weißt schon.«

»Nichts weiß ich.«

»Und ob du es weißt! Wer, wenn nicht du?«

Am Abend empfing das Paar den Besuch eines befreundeten Paares. Als er damit begann, die Teller abzuräumen und in die Küche zu tragen, fing sie damit an, den Gästen die mittägliche Auseinandersetzung zu schildern; als er den Kaffee auf die Terrasse hinausbrachte, kam er gerade noch zurecht, um entscheidende Einzelheiten richtigzustellen – »Nein, ich habe mir nie einen Elch *gewünscht,* sondern ...« und »Nein, nein, sie wünschte sich nicht gleich Lemminge, erst hat sie ...« und »Nein, nein, nein, ich habe nichts gegen Erdmännchen, nur ...« –, doch während er, durch Zuspruch und Gelächter bestärkt, nach Kräften dazu beitrug, die Vorfälle des Mittags vollständig in Unernst und parodistischen Schaukampf zu überführen, wußte er doch zugleich, daß all die Worte lediglich verhindern sollten, daß das zur Sprache kam, was er bereits am See nicht hatte sagen können. Aber was war das gewesen?

Es fiel ihm wieder ein, als er im Morgengrauen auf die Terrasse trat, um – schlafen konnte er ohnehin nicht mehr – wenigstens einen Blick auf die aufgehende Sonne zu werfen. Da saß auf dem Mäuerchen, auf das er sich hatte setzen wollen, bereits eine große, fahle, braungesprenkelte Kröte, inmitten einer ausgedehnten Lache, an deren Rand etwas lag, glänzend schwarz, gut fingerdick, fast daumenlang, etwas, das sich an beiden Enden verjüngte und an einer Stelle so weit aufgeplatzt war, daß seine Beschaffenheit sichtbar wurde: eine Vielzahl winziger Kügelchen – Kerne? –, auch sie schwarz und glänzend wie der Stoff, der sie zusammenhielt und umschloß.

Schon als sich der Frühaufsteher ihr vorsichtig genähert hatte, war die Kröte an den Rand des Mäuerchens gesprungen, nun, da er sich niederließ, um das seltsame Schauspiel in Augenschein zu nehmen, feuchtete sie rasch auch noch diesen Rand ein wenig ein, um sich sodann Hals über Kopf auf die Terrasse zu stürzen, die sie breitbeinig und zielstrebig überquerte, bis sie sich zwischen engstehenden Blumentöpfen verlor.

Jetzt erst konnte der, welcher die Kröte bei ihren Geschäften gestört hatte, sich eingehender mit den Ergebnissen dieser Geschäftigkeit befassen. Er rollte das glänzende Etwas ein wenig und roch an seinem Finger. Er mochte den Geruch nicht, der fremd und streng war. Er begriff, daß es sich um Krötenkot handelte, und weigerte sich trotzdem, dem Augenschein zu glauben. Er hatte diese Exkremente bereits in den vergangenen Tagen hin und wieder auf der Terrasse gefunden, sie jedoch stets einem weit größeren Tier zugeordnet, dem Stachelschwein, obwohl er sich der Unwahrscheinlichkeit dessen bewußt gewesen war, daß ein Stachelschwein sich so nahe an das Haus gewagt haben sollte. Noch unwahrscheinlicher allerdings schien ihm, daß die Kröte wirklich dieses mächtige Stück Dreck hervorgebracht haben konnte. Das war ja fast so groß wie sie selber!

Trotzdem war kein Zweifel möglich, und mit einemmal überkam ihn die Erkenntnis, daß er ein Eingeweihter war. Was er erlebt hatte, hatten nur die wenigsten erlebt. Was er wußte, wußten nur Auserwählte. Auf keinen Fall aber wußte sie es. Sie, deren steter Schlaf ihn die eigene Schlaflosigkeit so deutlich hatte spüren lassen, daß es ihn schließlich nicht mehr im Zimmer gehalten hatte. Sie, mit der er wiederholt an heißen Vormittagen über die Herkunft der merkwürdigen schwarzen Hinterlassenschaften gerätselt hatte, ohne doch deren wahre Herkunft erraten zu können. Nun hatte sich ihm, nur ihm, des Rätsels Lösung enthüllt, während sie, bewahrte er das Geheimnis nur fest genug in seinem Herzen, weiterhin in schwärzester Unwissenheit dahinleben mußte.

Schau mal, das Stachelschwein scheint wieder dagewesen zu sein, würde sie sagen, er aber würde ihre Worte vieldeutig belächeln können: Rede nur, rede, du redest, wie du's verstehst. So vieles hatte er geteilt, freiwillig erst, dann notgedrungen, nun endlich hatte er etwas, das er ganz und gar für sich behalten konnte. Konnte? Mußte! Während sich die Sonne herrlich durch den Kamm des Gebirges fraß, wußte er, was er zu tun hatte. Alles würde gut werden. Hier und heute begann ein neues Kapitel seiner Geschichte, und sie würde niemals sagen können, sie sei dabeigewesen. Äußerlich und innerlich erwärmt, suchte er noch einmal das Bett auf.

Als er es wieder verließ, saß sie bereits am Frühstückstisch. Ob ihr denn nichts aufgefallen sei, wollte er wissen, während er wiederholt auf das Mäuerchen deutete. Ob sie denn der Meinung sei, Stachelschweine könnten so hoch springen, hakte er nach, als sie noch immer nichts begriff. Das sei nämlich so gewesen, begann er eilig, um sogleich eingehend zu beschreiben, von wo er sich genähert, wohin die Kröte sich entfernt und was es mit dem glänzenden Dreck auf sich hatte. Kaum konnte er sich noch ein wenig an ihrem Erstaunen weiden, da trat auch schon das befreundete Paar blinzelnd und grüßend auf die Terrasse.

Als er, um ihnen zuvorzukommen, rasch ins Bad ging, hörte er gerade noch, wie sie den erstaunten Freunden fast triumphierend die Lösung des schwarzen Rätsels mitteilte.

Es gibt kein richtiges Leben im falschen, tröstete er sich, während er die Dusche aufdrehte. Was nicht ist, kann ja noch werden, dachte er, als er erfrischt am Frühstückstisch Platz nahm und nach dem Yoghurt griff.

So lebten sie weiter.

Krankengeschichte

Der Gesunde ist gesund, der Kranke ist krank.

Der Kranke war auch einmal gesund. Doch wie er sich nun durch die Wohnung schleppt. Jeden Meter muß er stehenbleiben. Jede Handbewegung fällt ihm schwer. Zu schwach, um sich anzuziehen. Warum hat er überhaupt das Bett verlassen? Da legt er sich auch schon wieder hin.

Der Gesunde nähert sich dem Bett des Kranken behutsam. Unter Gesunden fühlt er sich nicht besonders gesund. Gesundheit fühlt man überhaupt nicht. Höchstens, daß einzelne Körperfunktionen hin und wieder, selten, dem Gesunden zu verstehen geben, daß sie ganz besonders glanzvoll funktionieren: Ein gesunder Schlaf, ein gesunder Hunger, ein gesunder Schiß, ein gesunder Fick. Aber sonst? Man fühlt sich nicht gesund, man ist es.

In Gegenwart des Kranken fühlt der Gesunde sich gesund. Je mehr Schwäche jener zeigt, desto mehr Stärke wächst diesem zu. Je mehr Wege und Handgriffe er jenem abnehmen kann, desto kräftiger schreiten seine Beine aus, greifen seine Hände zu. Das alles ist ja für ihn ein Nichts: einen Tee bereiten, das Fenster öffnen, ein Handtuch wechseln. Erst der Kranke, der das alles nicht kann, gibt ihm zu verstehen, was er alles kann. Das ist schon toll, wenn man einen Tee bereiten, ein Fenster öffnen oder ein Handtuch zu wechseln vermag, ohne gleich aus der Puste zu kommen. Gedämpft fragt der Gesunde den Kranken nach weiteren Wünschen. Jetzt nur nicht die Stimme erheben. Die unvermutete Kraft, die der Gesunde dem Kranken verdankt, könnte ja unvermittelt auf diesen zurückfallen und ihn vollends vernichten. Wie um dem zu entgehen, legt sich der Kranke in die Kissen zurück, seine Augen sind groß auf den Gesunden gerichtet.

Der Gesunde macht sich klein. Doch so klein kann sich kein Gesunder machen, als daß er den Kranken nicht noch mit links in die Tasche stecken könnte.

Behutsam nähert sich der Gesunde dem Kranken, gedämpft fragt er ihn nach seinen Wünschen. Der Kranke verlangt nach einem bestimmten Buch, in Wirklichkeit allerdings will er gesund werden.

Der Kranke wird und wird nicht gesund. Selbst dann, wenn es so scheint, als werde er gesünder, wird er es nicht wirklich, sondern lediglich weniger krank. Der Kranke bleibt krank und der Gesunde gesund.

Der Gesunde war auch schon mal krank. Er bewahrt an diese Zeiten eine undeutliche, zärtliche Erinnerung. Das war aber auch eine wirkliche Krankheit gewesen. Eine, die den Gesunden unvermittelt überfiel, ihn immer kränker machte, bis er in flutendem Fieber mit den Zähnen klapperte, in Schweiß badete, vergiftet durch bedeutende Bilder geisterte. Doch dann die Tage der Genesung, die Rückgewinnung des Gewohnten und die Rückkehr in die Gewöhnlichkeit, die Wiederherstellung nicht nur der Körperkräfte, sondern auch der Körperdummheit, denn dumm sind sie ja, die gesunden Körper, geradezu tierisch dumm. Wie sie da sprachlos und klaglos vor sich hin arbeiten, das Blut bewegen, den Sauerstoff verteilen, das Feste verarbeiten, die Säfte ausschütten und die Abfälle auswerfen! Seit Kindesbeinen war der Gesunde immer wieder aufgefordert worden, seinen Körper als Wunderwerk zu begreifen und das Wunderbare seiner Körperfunktionen bewundern zu lernen, im Biologieunterricht, in den Schriften der Krankenkassen, in Apotheken und in den Gesundheitsmagazinen der Zeitungen, der Illustrierten und des Fernsehens. Immer hatte er weggehört, weggeschaut, war er rascher gegangen, hatte er überblättert oder umgeschaltet, stets von dem Gefühl durchdrungen, niemandem, und seinem Körper schon gar nicht, sei damit gedient, wenn er zuviel über sich erfahre, so wie ja auch der Tausendfüßler, einem Scherz zufolge, nur dann seine tausend Füße problemlos zu bewegen imstande ist, wenn er nicht darüber nachdenkt, wie er das anzustellen hat, während bereits die leiseste Reflexion durch heilloses Verheddern zuerst und schließlich durch Lähmung und Stillstand der durch den platten Verstand eben nicht zu koordinierenden Gliedmaßen bestraft wird.

So war nicht nur der Körper des Gesunden, sondern auch er selber dumm geblieben. Dumm, wie sie waren, hatten die beiden einander nicht viel mitzuteilen, nichts, was über »Trink nicht so viel« oder »Ruh dich mal aus« und »Verstanden« oder »Mach ich« hinausging. Wie anders die beiden anderen, der Körper des Kranken und der Kranke.

Der Körper des Kranken ist alles andere als ein Wunderwerk und nichts weniger als dumm. Er ist geradezu diabolisch schlau. Er wird nicht krank und dann wieder gesund, wie es der Körper des Gesunden bisher gehalten hatte, bei Kinderkrankheiten, Virusinfektionen und anderen Kindereien. Es ist der Körper selber, der den Kranken krank macht, und er macht seine Sache gut. Er stellt dem Kranken nicht nach, er überfällt ihn schon gar nicht aus dem Hinterhalt, er lockt ihn in die Krankheit hinein. Das geht ganz langsam, scheinbar planlos, doch wenn der Kranke dann so richtig krank ist, weiß er ums Verrecken nicht mehr, wodurch die Krankheit begonnen hat und womit. Anfangs hatte es nur Symptome gegeben, jedes für sich eigentlich harmlos, ohne Belang, doch sie hatten sich addiert, und nun, da der Kranke krank ist, hat er die Qual der Wahl, da kann er unter einer bedrückenden Vielzahl von mutmaßlichen Ursachen wählen. War es das Wetter? Der Schmutz? Der Staub? Der Stress? Ein Infekt?

Der Kranke rätselt und rätselt und wird kränker und kränker. Er ringt nach Luft, sorgenvoll betrachtet ihn der Gesunde. Der Kranke hätte gern dessen Sorgen. Er wird krank, während jener gesund bleibt.

Der Gesunde bleibt aber auch dumm. Er weiß nichts vom Kranken, außer dem, was er vom Kranken erfährt. Ich bekomme keine Luft, sagt der Kranke. Wie schrecklich, sagt der Gesunde und atmet tief durch. Nichts weiß er vom Kranken.

Der schlaue Körper zwingt den Kranken, sich ebenfalls schlau zu machen. Je länger er krank ist, desto schlauer wird er. Schlaue Bücher türmen sich auf seinem Nachttisch, umstellt und bald auch zugestellt von einer Unzahl schlauer Arzneien, von denen die eine beruhigt, die andere beschleunigt, die dritte weitet, die vierte löst, die fünfte bekämpft, die sechste unterstützt, die siebte verhindert, die achte ermöglicht, die neunte bewirkt und die zehnte alles wiedergutmachen soll. Der Kranke packt Pulver um Pulver aus, Spray um Spray, Tablette um Tablette, Tropfen um Tropfen, Injektion um Injektion. Er erwägt die Dosis und wirft die Zettel weg, auf welchen von Kontraindikationen und möglichen Begleiterscheinungen die Rede ist. Er kennt sie ja schon auswendig. Er weiß ja längst, daß ihn das alles auf die Dauer nur krank macht. Hauptsache, es macht ihn schnell wieder gesund.

Ein Gesunder ist kein Umgang für einen Kranken. Der Kranke ist einfach zu schlau für ihn. Er allein weiß, wie man Gifte und Gegengifte so zusammenstellt, daß man noch eine weitere Nacht überlebt. Das freilich war nicht immer so. Da gab es, anfangs, jene Nächte, in welchen der Kranke den Gesunden bat, einen Arzt anzurufen. Da kam ein Arzt, und der Gesunde hörte verständnislos zu, wie der Kranke eingeweiht und eingewiesen wurde in die Welt der Substanzen, Mittel und Gegenmittel mit ihren für ihn ununterscheidbaren Namen, die sämtlich die von Göttinnen und Göttern eines chemischen Olymps zu sein schienen: Sanasthmyl, Priatan, Euphelin, Cortison.

Doch bald war der Kranke schlauer als die Doktoren geworden. Sie mochten viel über alle Krankheiten wissen, er weiß mehr über seine. Er fällt ihnen ins Wort, wenn sie Medikamente vorschlagen, die hat er ja alle schon genommen. Er beißt sich ungeduldig auf die Lippen, wenn sie Ursachen erwägen, die alle hat er doch tausendfach hin- und hergewendet. Bekäme er noch Luft, sie bliebe ihm vollends weg, wenn die Ärzte, nach Pollen, Hausstaub, Katzenhaaren und anderen Allergenen, einer Eingebung folgend, psychische Gründe für das Kranksein des Kranken vermuten. Die Psyche! Das war natürlich der Stein der Weisen! Darauf mußte man erst mal kommen! Nur daß der Kranke leider schon vor neun Jahren daraufgekommen ist und trotzdem in der Zwischenzeit mehrmals fast draufgegangen wäre. Achselzuckend lassen die Ärzte, Gesunde auch sie, den Kranken mit seinem Wissen allein.

Die Gesunden kommen und gehen, der Kranke bleibt zurück. Manchmal freilich bricht auch er auf, um eine Zeitlang unter seinesgleichen zu sein. Er tut dies ungern, denn er mag Kranke nicht und Häuser voller Kranker schon gar nicht. Da niemand krank sein will, kann auch niemand Kranke mögen, nicht einmal der Kranke. Ebenso wie der Gesunde, vielleicht noch unbedingter als er, mag der Kranke im Kranken nicht den Kranken, sondern den Gesunden, der er mal war und, drei Kreuze, bald wieder sein wird. Also gesund werden. Der Kranke wird aber nicht gesund.

Natürlich wirst du gesund, sagt der Gesunde dem Kranken. Zum Beweis dessen, daß er felsenfest dieser Meinung ist, macht er mit dem Kranken Pläne. Gemeinsam planen sie Reisen, Anschaffungen und Feste. Sie planen wie zwei ganz gesunde Leute, nur daß die Termine etwas vage und die ins Auge gefaßten Zeiträume etwas diffus bleiben. Irgendwann im Juni, sagen sie, oder, noch unbestimmter:

Wenn es wieder warm ist. Doch noch ist Februar, und der Kranke bietet all seine Fläschchen, Röhrchen und Gläschen auf, um über die nächste Nacht zu kommen. Als der Gesunde sich zum Schlafengehen wendet, schießen ihm Tränen in die Augen. Dafür kann sich der Kranke was kaufen.

Der Gesunde hat einen gesunden Schlaf, der Kranke einen kranken. Wie war die Nacht, fragt der Gesunde und weiß doch schon die Antwort, wenn er den Kranken angespannt auf der Bettkante sitzen sieht. Willst du etwas, fragt er und ist froh, mit einigen so deutlichen wie erfüllbaren Wünschen in die Küche gehen zu können, dorthin, wo er eine Zeitlang so tun kann, als könne er etwas für den Kranken tun. Er preßt einen Ia Saft, kocht einen vorzüglichen Tee und bestreicht ein wundervolles Brot. Er läßt sich viel Zeit damit, doch irgendwann muß er wieder ins Krankenzimmer. Der Kranke lobt ihn und sein Werk und rührt keinen Bissen an. Er hat ja Zeit.

Wie viel Zeit der Kranke hat und wie wenig der Gesunde. Der Kranke hat nur ein großes Ziel, der Gesunde viele kleine. Der Kranke und der Gesunde leben in verschiedenen Welten, doch während der Gesunde täglich mit Macht versucht, den Kranken an seiner Welt teilhaben zu lassen, merkt er, wie er tagtäglich machtlos in die Welt des Kranken verstrickt wird. Dagegen wehrt er sich, doch die Krankheit ist stärker.

Der Gesunde ist sichtlich gesund, der Kranke ist hörbar krank. Es ist erstaunlich, wie beredt seine Krankheit ist. Sie bellt, röchelt, rasselt, hustet, pfeift und brummt. Der Gesunde kann sagen, was er will, die Krankheit übertönt ihn. Er erzählt von Heldentaten und Niederlagen, von Belustigendem und Bedenklichem, von gestern und morgen, doch der Kranke bringt ihn mit einem einzigen Hustenanfall zum Schweigen. Da der Gesunde nicht mitansehen kann, wie angestrengt der Kranke hustet, hält er sich die Hand vor die Augen. Dem Mithören kann er sich nicht so leicht entziehen, da muß er schon die Wohnung verlassen. Als er auf die Straße tritt, fühlt er sich richtig krank. Dabei ist er durch und durch gesund.

Die Welt des Gesunden ist hell und weit, die des Kranken ist abgedunkelt und eng. Der Gesunde kommt und geht, der Kranke bleibt. Der Kranke wartet auf die Welt des Gesunden, den Gesunden erwartet die Welt des Kranken. Je kränker der Kranke wird, desto mehr engt sich seine Welt ein. Da er nicht aufstehen kann, muß alles in Reichweite stehen. Rund um den Kranken häuft sich etwas. Auf dem Tischchen die Arzneien, auf dem Sessel die Kleidungsstükke, auf dem Bettende die Bücher, auf dem Boden die Zeitschriften, Zeitungen und Ausrisse. Immer mehr Bücher, fast alle Ausrisse des Kranken handeln von seiner Krankheit. Da er an keiner ausgefallenen Krankheit leidet, läuft er ihr immer wieder über den Weg, in all den medizinischen Ratgeber-Ecken der Zeitschriften und Zeitungen, die der Gesunde nicht wahrnimmt, da er ja gesund ist. Der Kranke aber schneidet sie aus. Alles, was seine Krankheit angeht, geht auch ihn etwas an. Allen, die an seiner Krankheit gelitten haben, fühlt er sich verbunden, und seine Krankheit kann illustre Kranke aufweisen: Lichtenberg, Karl Valentin, Che Guevara, vor allem aber Proust. Er ist ohne Zweifel der berühmteste und außergewöhnlichste Kranke dieser Krankheit, selbst die, die sonst nichts von ihr wissen, wissen doch von ihm, der aufgestützt im abgedunkelten Zimmer nach Luft rang und die verlorene Zeit festzuhalten suchte. Der gewöhnliche Kranke aber verliert nur Zeit.

Wer hat eigentlich wen im Griff? Der Kranke die Krankheit? Die Krankheit den Kranken? Der Kranke den Gesunden? Der Gesunde den Kranken? Oder verharren sie allesamt in einem lähmenden Clinch, den der Kranke nur dadurch aufbrechen kann, daß er noch kränker wird?

Es ist erstaunlich, um wieviel kränker der Kranke noch werden kann. Der war ja bisher gar nicht richtig krank, scheint es dem Gesunden auf einmal. Was der noch zulegen kann, denkt er plötzlich. Jäh weiß er, daß er jetzt etwas tun müßte. Aber er kann nur die Rettungswache anrufen und abwarten.

Der Kranke kann nicht einmal mehr anrufen. Trotzdem muß er ebenfalls warten. Ebenfalls ist gut. Der Kranke ringt nach Luft, der Gesunde ringt die Hände. Beide ringen. Der Kranke kämpft mit einem Erstickungsanfall, der Gesunde kämpft mit den Tränen. Beide kämpfen. Der Kranke wartet auf Rettung, der Gesunde wartet auf den Rettungswagen. Beide warten. Sie sind überhaupt ein Herz und eine Seele, der Kranke und der Gesunde. Nur, daß der Gesunde beim Warten auf und ab geht und der Kranke dabei draufzugehen droht. Beide gehen.

Der Kranke ist jetzt heillos krank, der Gesunde ist immer noch unheilbar gesund. Nun haben sie nichts, aber auch gar nichts mehr miteinander gemein. Ein Inhalator im Krankenzimmer ist dem Kranken näher als der mitfühlendste Gesunde. Eine Injektion wird ihm im Krankenhaus mehr helfen als der liebevollste Zuspruch. Doch noch ist es nicht soweit. Der Kranke ist ja längst noch nicht im Krankenhaus.

Die Leiden des Kranken sind unbeschreiblich, die des Gesunden kann man in Worte fassen: Er sitzt auf dem Notsitz und fordert die Fahrer des Rettungswagens zur Eile auf. Er fährt sich durch die Haare und drückt ermutigend die Hand des Kranken. Er erinnert sich einer ähnlichen Fahrt vor fünf, sechs Jahren und bemitleidet sich, daß er sie erneut machen muß. Er fährt durch die Haare des Kranken und drückt sich ermutigend die Hand. Er sieht dem Kranken an, wie allein der ist, und fühlt sich alleingelassen. Er hat überhaupt reichlich Gefühle, während der Kranke in dieser Hinsicht geradezu bedauernswert arm dran ist. Fühlt der überhaupt noch etwas? Was fühlt man noch, wenn man keine Luft mehr kriegt?

Etwas Luft kriegt der Kranke natürlich immer noch, sonst wäre er ja schon tot. Er kriegt immerhin so viel Luft, daß er gerade noch überlebt. Aber was heißt hier Luft kriegen?

Die Bronchien des Kranken lassen die Luft zwar anstandslos rein, aber nicht mehr raus. Statt Schleusen des Ein- und Ausfließens zu sein, sind sie zu Reusen pervertiert, die den verbrauchten Sauerstoff gefangenhalten. Wo nichts mehr raus darf, kann auch nichts mehr rein. Angestrengt atmet der Kranke aus. Mitfühlend atmet der Gesunde ein. Der Gesunde fühlt mit dem Kranken, der Kranke ist fühllos wie eine Molluske. Alles, was er will, ist weiterleben. Kein so schrecklich geistreiches Programm, keines, das den so vielfältigen Gefühlen des Gesunden Rechnung trägt. Der Gesunde wird immer gefühlvoller, der Kranke immer atemloser.

Eigentlich schön, so zu fahren, eigentlich schade, daß bei den so seltenen Gelegenheiten immer ein Kranker dabei ist. Wie da alles respektvoll anhält. Wie da alle Gesetze außer Kraft gesetzt werden. Wie da der Wagen gebieterisch seinen Kurs verfolgt, als fahre er einen König. Er fährt aber einen Kranken.

Alles dreht sich um den Kranken, der Gesunde dreht sich hilflos mit. Aber ihm hilft keiner, und er kann niemandem helfen.

Das merkt er, als die Bewegung zur Ruhe kommt, nach Autofahrt, Fahrstuhlfahrt und Krankenbettfahrt durch die Gänge des Krankenhauses bis in das Krankenzimmer, wo der Kranke auf einem Stuhl abgesetzt und ihm gesagt wird, er müsse noch etwas warten. Nun warten sie wieder, der Gesunde und der Kranke. Der Kranke ist am Ende seiner Kräfte, der Gesunde ist am Ende seines Lateins. Nun fällt ihm nichts mehr ein, was über die Litanei »Du schaffst es, du schaffst es« hinausginge. Wer es aber mal wieder schaffen muß, ist der Kranke.

Es gibt eine Krankengeschichte, aber keine Gesundengeschichte. Der Gesunde hat viele Geschichten, doch sie handeln nicht von seinem Gesundsein, sie haben es zur Voraussetzung. Die Krankengeschichte dagegen handelt vom Kranksein.

Der Kranke bleibt im Krankenhaus, der Gesunde bestellt ein Taxi. Der Kranke beginnt ein neues Kapitel seiner Krankengeschichte, der Gesunde führt alte Geschichten weiter oder leiert neue an.

Irgendwann wird auch der Kranke aus dem Krankenhaus kommen. Dann wird er gesund sein. Immer war er gesund gewesen, wenn er aus einem der Krankenhäuser gekommen war. Jedes war das letzte gewesen, in das er hatte gehen wollen. Dieses aber wird ganz bestimmt das allerletzte sein.

Die Bronzen von Riace

Hermann Marquardt, ein Schriftsteller, blickte nachdenklich auf seinen Schreibtisch. Er hatte soeben eine haßerfüllte Geschichte über seine Frau beendet, nun zählte er die Seiten – es waren zwölf – und überlegte, was er mit dem Manuskript anfangen sollte. Obwohl es ein guter Text war, feurig heruntergeschrieben, in langgestreckten, regelrecht mitreißenden Perioden, kam er für eine Veröffentlichung nicht in Frage, da seine Frau sich fraglos wiedererkennen und sich im Gegenzug auf irgendeine Art und Weise rächen würde. Die Rache seiner Frau aber ... Marquardt zuckte unwillkürlich zusammen und lauschte. Doch durch die wohlverschlossene Tür seines Arbeitszimmers war kein Laut zu hören, vom Flur nicht, noch von der Küche, und einen Moment lang mußte der Schriftsteller über seine Furcht lächeln. Seine Frau konnte ja noch gar nicht zurückgekehrt sein, sie war ja erst vor einer Stunde zu einem Treffen mit ihrer Freundin gegangen und würde schwerlich vor Ablauf von zwei weiteren Stunden wiedereintreffen – wenn alles gut ging, allein, im schlimmeren der Fälle, und der stand zu erwarten, zusammen mit der Freundin.

Um eine Frau und ihre Freundin ging es auch in der Geschichte, die Marquardt soeben beendet hatte, und um einen Schriftsteller, der von den beiden Frauen dazu überredet worden war, zu dritt zu verreisen, nach Florenz, wohin es den Schriftsteller der beiden Bronzen aus Riace wegen gezogen hatte, die dort restauriert und der Öffentlichkeit zugänglich gemacht worden waren. Allerdings nur für kurze Zeit, da sie anschließend zu ihrem endgültigen Ausstellungsort wandern sollten, dem Museo Nazionale in Reggio Calabria, einer Stadt im tiefsten Süden Italiens also.

Aus Zeitungsberichten hatte der Schriftsteller vom Fund der beiden Bronzen auf dem Grunde des Ionischen Meeres erfahren, Fotoreportagen über die Florentiner Ausstellung der beiden frühklassischen griechischen Kriegergestalten hatten ihn zunächst neugierig gemacht, dann regelrecht ergriffen. Das Ende der bereits verlängerten Ausstellung nahte, doch von einem Tag zum anderen fiel mal der einen, dann der anderen Frau noch irgendeine unaufschiebbare Nichtigkeit ein, so daß die drei erst am Vorabend des letzten Ausstellungstages in Florenz eintrafen. Am nächsten Tag aber, jenem nun wirklich allerletzten Tage, hatten die Frauen unter Hinweis darauf, daß der Tag lang sei, erst einmal ein ausgedehntes Frühstück, dann unterschiedliche Einkäufe von Schuhen, Taschen und Tüchern durchgesetzt, sodann ein Mittagessen in einem schwer auffindbaren Lokal, das aber, laut den Empfehlungen einer gemeinsamen, sehr italienkundigen Freundin, ein absolutes Muß war.

Selbstredend hatte der Schriftsteller es nicht unterlassen, immer häufiger auf die verstreichende, ja vertane Zeit hinzuweisen – das alles könne doch auch noch morgen erledigt werden, die Bronzen aber seien nur noch heute zu sehen –, doch nach dem Mittagessen kam es noch ärger. Denn plötzlich stellten die Frauen übereinstimmend fest, daß irgendwelche Schuhe nicht richtig saßen, irgendwelche Tücher und Taschen nicht zueinander paßten, da sei eiliger Umtausch geboten, sonst verfalle der Kassenzettel, er, der Schriftsteller, habe sie unverzüglich noch einmal in die diversen Geschäfte zu begleiten, schließlich sei er der einzige, der Italienisch könne. Seinem Hinweis aber, die Ausstellung schließe doch um 18 Uhr, begegneten sie mit der übereinstimmend abgegebenen Versicherung, die Hotelrezeption habe ihnen eine ganz anderslautende Information gegeben. An diesem letzten Ausstellungstag nämlich sei die

Ausstellung bis 20 Uhr geöffnet, er solle sich also nicht in die Hose machen.

Trotz unguter Ahnungen vertraute der Schriftsteller dieser Beschwichtigung, trotz seines Drängens zogen sich die Umtauschaktionen und erneuten Einkäufe in die Länge, trotz der Beteuerung der beiden Frauen, sie hätten doch noch Zeit en masse, bestand er immer beschwörender darauf, endlich zum Archäologischen Museum aufzubrechen, dem Ausstellungsort der Bronzen, doch als sich die Frauen endlich zum Aufbruch bequemten, war es zu spät. Die Ausstellung schloß in der Tat bereits um 18 Uhr, und als die drei fünf Minuten vor Toresschluß am Museum eintrafen, da hatten sie es lediglich dem Redeschwall des Schriftstellers und einem mitleidigen Wärter zu verdanken, daß sie von ferne noch einen Blick auf die Heroen werfen durften, die, unberührt von der Hast der nun herausströmenden, regelrecht herausgescheuchten Besuchermenge, die Ruhe selber waren, zwei auf wundersame Weise wiederauferstandene Boten einer versunkenen Zeit, in welcher Künstler es noch vermocht hatten, dem Dasein Dauer und dem Sosein Sinn zu verleihen.

Eine fast wilde Sehnsucht, dem offenbaren Geheimnis dieser handgreiflichen Wunder dadurch auf die Spur zu kommen, daß er sich ihnen näherte, so nah es ging, veranlaßte den Schriftsteller, sich gegen die Herausströmenden zu stemmen; rasch jedoch rief ihn der mitleidige Wärter, nun ganz mitleidslos, zurück, er solle doch vernünftig sein, sie müßten doch schließen, warum er denn nicht früher gekommen sei. Und ungerührt ergänzten die beiden Frauen, was er denn wolle, vom Eingang aus könne man doch alles sehen, und sie hätten doch auch alles gesehen, und das, ohne Eintritt zu zahlen:

»Zwei große, nackte, erstaunlich grüne Männer.«

»Stimmt. Mit erstaunlich kleinen Schniepeln.«

Der soeben reichlich gerafft berichtete Vorgang stellte

den Inhalt der zwölfseitigen Geschichte des Schriftstellers dar, gab aber keineswegs deren Gehalt wieder. Den Vorgang hatte Marquardt weitgehend, ja ausschließlich der Wirklichkeit entnommen; Thema seiner Erzählung aber war der schneidende Widerspruch gewesen zwischen der Zeitverfallenheit der von einem Modegeschäft zum anderen eilenden beiden Frauen und den beiden Männern, die fast zweieinhalb Jahrtausende auf dem Meeresgrund geruht hatten, und nun, durch Zufall geborgen, unserer Zeit eben deshalb etwas zu sagen vermochten, weil sie es nicht sagten, sondern darstellten.

Natürlich hatte Marquardt nichts unversucht gelassen, falsche Spuren auszulegen, beziehungsweise die richtigen zu verwischen. So hatte er aus seiner ausgesprochen schlanken, mittelgroßen Frau eine ausgesprochen starke, übergroße Person gemacht, auch die Freundin hatte er in Aussehen und Alter verändert, vor allem aber hatte er sich bemüht, gänzlich abweichende Namen zu wählen – aber all diese Finten konnten doch höchstens Fremde oder entfernte Bekannte von der richtigen Spur abbringen, engere Freunde des Ehepaares würden sie unschwer durchschauen, und daß seine Frau bereits bei den ersten Sätzen Bescheid wissen mußte, stand ganz außer Zweifel.

Statt dessen mehrten sich die Zweifel des Schriftstellers. Die so gänzlich abweichenden Namen – waren sie es denn wirklich? Marquardts Frau, die im Leben Carla hieß, trat in der Geschichte als Anna auf, die Freundin Gisela war unter Marquardts Händen zu Irmela geworden – betroffen stellte er den unübersehbaren Silben-und Vokalgleichklang fest; und für eine Weile versuchte er, auf einem gesonderten Blatt Papier andere Frauennamen aufzulisten, die doch immer nur auf einen zwei- und einen dreisilbigen hinausliefen, auf Helma und Claudia, Vera und Ingeborg, Clara und Griseldis. Nein, das war vertane Zeit, zumal selbst eine geglückte, weniger zwanghaft sich der Realität anschmiegende Namensgebung das Grund- und Hauptproblem des gesamten Textes keineswegs aus der Welt schaffen konnte: seine Durchschaubarkeit.

Marquardt war Künstler genug, dieses Problem als Herausforderung zu begreifen. Er wußte, daß alle große Dichtung sich zwar stets von der kruden Wirklichkeit genährt hatte, aber doch nur, um sie nach allen Regeln der Kunst zu verdauen und in verdichteter Form wieder auszuscheiden. Das, was er sich da eben von der Seele geschrieben hatte, war ja nur die so vordergründige wie vergängliche Schicht dessen, was er mit den beiden Frauen erlebt hatte. Im Kern ging es ja um etwas ganz anderes, um Zeitlichkeit und Zeitlosigkeit, um die Sehnsucht und um den verpaßten, nicht wieder rückrufbaren Moment, im weitesten Sinne also um Leben und Tod; und ein solches Thema war auch in gänzlich anderer Einkleidung denkbar. Entschlossen ging der Schriftsteller daran, die jedem Künstler zugängliche Kleiderkammer der Phantasie zu durchmustern. Er würde es seiner Frau schon zeigen, wozu Erfindergeist und Kunstverstand fähig waren. Sie sollte sich bei der Lektüre des Textes zwar nicht dargestellt, aber doch gestellt, ertappt und zugleich außerstande fühlen, aus der Tatsache, durchschaut zu sein, irgendeine Repressalie ableiten zu können. Nur solange sie schwieg, durfte sie sicher sein, daß kein anderer erfuhr, was sie wußte. Was sie wußten, richtiger gesagt, denn es würde natürlich einen Mitwisser geben, ihn. Händereibend machte sich Marquardt daran, den Text umzuarbeiten.

Das freilich war erst mal leichter gedacht als getan. Und selbst beim Denken tat sich der Schriftsteller vorerst schwer. Man könnte ja den Schauplatz verlegen, dachte er, und erwog, zwei Frauen und einen Mann irgendeine andere Ausstellung besuchen zu lassen, an irgendeinem anderen Ort. Die Etrusker-Ausstellung in Arezzo? Zu nah an Florenz. Die Ägypter-Ausstellung in Hildesheim? Er hatte sie nicht gesehen. Die Frans-Hals-Ausstellung in Amsterdam? Zu lange her, auch wäre da die so sinnfällige Parallele zwischen den beiden zeitbedingten Frauen und den zwei zeitlosen Männern ebenso unter den Tisch gefallen wie jener letzte sehnsüchtige Blick des begleitenden Mannes auf die auferstandenen und für ihn nun wieder so unerbittlich versinkenden Gestalten der Krieger, jene hochsymbolische Situation, die sich ganz einfach nicht auf einen Saal voller Bilder von holländischen Kaufleuten übertragen ließ, die weder jemals untergegangen noch je auferstanden waren.

Marquardt, ein Mann von rascher Auffassungsgabe, merkte bald, daß eine Veränderung des Ortes die Geschichte nicht weiterbrachte. War eine Veränderung der Zeit die Lösung?

In Gedanken steckte er sein Trio in die verschiedensten Kostüme. Er versetzte sie ins England der Mitte des vergangenen Jahrhunderts und ließ sie eine Ausstellung der von Lord Elgin auf der Akropolis zusammengeraubten Elgin-Marbles verpassen. Er durchdachte, wie sich der gleiche Vorgang im Berlin der Jahrhundertwende abgespielt haben könnte, anläßlich einer Ausstellung der in der Türkei zusammengeklaubten Bruchstücke des Pergamon-Altars. Er verwarf alles, kaum daß er diese Möglichkeiten in Erwägung gezogen hatte. Wann eigentlich waren die Elgin-Marbles erstmals in London gezeigt worden? War die Zurschaustellung des Pergamon-Altars überhaupt terminiert gewesen? War der Trumm nicht sogleich in den ständigen Besitz der Berliner Museen übergegangen? Marquardt, ein Schriftsteller, der nicht nur von der normativen, sondern vor allem von der kreativen Kraft des Faktischen überzeugt war, sah verwickelte Recherchen auf sich zukommen, deren Aufwand das Ergebnis voraussichtlich nicht lohnen würde. Immer noch ging es um zwei flache Frauen, die einen tiefen Mann um den Genuß eines Kunst- und Geisteserlebnisses brachten, immer noch stand zu befürchten, daß Dritte, etwa die Freundin seiner Frau, das zugrunde liegende Muster erkennen und damit Sanktionen heraufbeschwören könnten. So ging es also nicht.

Doch noch war Marquardt keineswegs am Ende seines Lateins. Ihm blieb die Möglichkeit, das Personal zu verändern, und zielstrebig machte er sich daran, auch diesen Weg zu beschreiten. Wie wäre es, wenn er die Konstellation einfach umkehrte? Eine Frau will die Ausstellung der beiden Bronzen von Riace besuchen, ihr Mann und dessen Freund schließen sich ihr an, in Florenz aber verzetteln sich die Männer bei Einkäufen – der Schriftsteller stockte. Was sollte er die beiden in Florenz einkaufen lassen? Wie einer gänzlich unangemessenen, sexuell betonten Lesart des Vorgangs entgegenwirken? Zwei modeverfallene Männer hindern eine Frau daran, zwei nackte Männer zu betrachten – das war nun wirklich nicht die Geschichte, die er zu erzählen beabsichtigte. Keine Spur mehr von Zeit und Ewigkeit, kein Gedanke daran, daß sich seine Frau insgeheim ertappt fühlen könnte. Sie war ja nicht dumm. Sie würde diese simple Umkehrung des tatsächlichen Sachverhalts ebenso durchschauen wie die Feigheit, die sie verursacht hatte. Dann aber war er der Dumme. Doch er war weder dumm noch feige, sondern kühn und gerissen. Das würde seine Frau schon früh genug merken. Er und feige. Ha! Er und dumm. Haha! Er war doch Schriftsteller, er hatte ja noch ganz andere Eisen im Feuer. Parabel, Fabel, Märchen – hatten diese so ehrwürdigen wie alterslosen Erzählformen nicht schon immer dann gute Dienste geleistet, wenn es darum gegangen war, einen Tadel vom Zufälligen weg- und zum Wesentlichen hinzulenken, aber doch so, daß der zufällig Gemeinte erkennen konnte, ja mußte, wie wesentlich seine Verfehlung war? So kam der Schriftsteller Hermann Marquardt auf die Idee zu der Geschichte von den drei Bären.

Zwei Bärinnen und ein Bär, das ungefähr war ihr Inhalt, hatten sich verabredet, am St.-Irmela-Tag den Lorenzberg zu besteigen, um die Sonne im Spinatsee untergehen zu sehen. Daß sie ausgerechnet den St.-Irmela-Tag für dieses Unternehmen gewählt hatten, war kein Zufall, denn nur an diesem einen Tag des Jahres versank die Sonne genau zwischen zwei mächtigen, einander gegenüberstehenden Rotsandsteinfelsen, die der Volksmund aus nicht mehr erklärlichen Gründen ›Krüger I‹ und ›Krüger II‹ getauft hatte. Dieses Naturschauspiel der ›brennenden Krüger vom Spinatsee‹, wie es ein Dichter einmal genannt hatte, lockte seit alters her jedes Jahr Schaulustige an besagtem Tag auf den Lorenzberg, von welchem aus man den anerkannt prächtigsten Blick auf das gerühmte Spektakel hatte. Die unbewiesene Sage ging, daß der Anblick die Kraft hatte, geheime Wünsche in Erfüllung gehen zu lassen; eine unumstößliche Tatsache aber war, daß der Betrachter sich auf gar keinen Fall verspäten durfte, da die Sonne in diesem Landstrich geradezu schlagartig unterging, See und Felsen also nach unbeschreiblich schönem Aufleuchten in gänzlicher Schwärze versanken – weshalb auch allen Schaulustigen stets geraten wurde, sich für den Rückweg mit Fackeln zu versehen.

Nach dieser etwas sperrigen Exposition schrieb sich die eigentliche Geschichte beinahe von selber: Wie der Bär auf Aufbruch drängte, wie die Bärinnen beim Aufstieg in ein Blaubeerfeld gerieten, wie sie dort beim Schmausen ihre Zeit vertrödelten, ohne auf die ständigen Mahnungen des Bären zu achten, wie alle drei aus diesem Grunde just in dem Moment den Gipfel des Lorenzberges erreichten, in welchem nur noch ein schwaches Rot der untergegangenen Sonne den Horizont des Spinatsees erhellte, während die beiden ›Krüger‹ bereits kaum mehr vom Schwarz des Nachthimmels zu unterscheiden waren, und wie der Heimweg der enttäuschten und verängstigten Bärinnen nur deshalb nicht zu einer Heimsuchung geriet, weil der Bär vorsorglich drei Fackeln eingesteckt hatte, während die Bärinnen die ihren natürlich vergessen hatten. Aus alldem war die Moral der Geschichte leicht ableitbar. Mit der lauthals verkündeten Einsicht in die Verwerflichkeit des Trödelns aber verbanden die beiden Bärinnen noch einen ausdrücklichen Dank an den Bären, dessen Voraussicht ihnen im tödlichen Schwarz der Nacht das lebensspendende Licht gebracht hatte – der Schriftsteller konnte sich ein Lächeln nicht verkneifen, als er dieses von der Wirklichkeit zwar etwas abweichende, die Wahrheit des Vorgefallenen jedoch sinnbildhaft überhöhende Ende hinschrieb.

Ein Lächeln, das anhielt, als er die Seiten – nun waren es vier – noch einmal durchlas. Wie feingesponnen ihm die Anspielungen geglückt waren – Lorenzberg-Florenz, Spinatsee-Riace, Krüger-Krieger –, und wie beredt sie dennoch für seine Frau sein mußten. Wie die parabelhafte Einkleidung das eigentliche Thema zwar abstrahierte, aber doch keineswegs von ihm wegführte, im Gegenteil! Wie sinnfällig und zwanglos sich Unterhaltung und Belehrung verbanden! Marquardt lehnte sich zurück und blickte vom Schreibtisch auf. Nun wartete er geradezu auf die Rückkehr seiner Frau. Sollte sie ruhig mit der Freundin kommen, ihm doch egal, nein: um so besser!

Die beiden Frauen kamen eine halbe Stunde später. Sie fielen nicht geradewegs in sein Arbeitszimmer ein, wie Marquardt zuvor befürchtet hatte und was er nun erhoffte, sie hielten sich erst längere Zeit im Flur und dann im Schlafzimmer auf, vor Spiegeln, vermutete der Schriftsteller, und so war es auch. Schließlich besannen sich die beiden, daß es ja noch einen weiteren Spiegel gab, ihn, fast flog die Tür auf, und dann standen sie im Raum: Wie er denn die Kombination von vorjährigem Wickelrock und brandneuen halbhohen Stiefeletten finde.

Es dauerte etwas, bis Marquardt dazu kam, von seiner

Neuschöpfung zu berichten. Die Frage »Und was hast du denn den ganzen Tag so gemacht?« nutzend, nötigte er seiner Frau das vierseitige Manuskript geradezu auf, zwang sie zuerst, es wenigstens anzulesen und gab sodann nicht mehr Ruhe, bis sie endlich damit begann, es vorzulesen. Gespannt beugte sich der Schriftsteller vor. Jetzt kam es.

Es kam anders, als er dachte. Seine Frau las die vier Seiten fast leiernd herunter. Sie unterbrach die Lektüre hin und wieder, erst, um ihrer Freundin leidende Blicke zuzuwerfen, dann, um den Ablauf der Handlung, vor allem aber die Namen der Schauplätze zu kommentieren – »Spinatsee, also, was du immer für Einfälle hast!«, »Seit wann heißen denn Felsen Krüger?« –, und schließlich gab sie ihm die Seiten mit den Worten zurück: »Du und deine dauernden Bären! Schreib doch mal was über Menschen!«

Das war das Stichwort für die Freundin, die bisher keine Miene verzogen hatte, zu erklären, sie habe einen Bärenhunger, wie denn die anderen über einen Sprung zum Italiener dächten.

Schon bei den Worten seiner Frau hatte den Schriftsteller der wilde Wunsch gepackt, ihr die ganze Wahrheit zu offenbaren, beim Reiz- und Schlüsselwort ›Italiener‹ nun war er drauf und dran, brüsk die Schublade seines Schreibtisches aufzuziehen, um vor den Augen beider Frauen das wohlversteckte ursprüngliche Manuskript zu enthüllen, doch eine jähe Einsicht ließ ihn innehalten. Wer wie er über Zeitverfallenheit und Zeitlosigkeit schrieb, verriet der nicht sein Thema, wenn er im Hier und Heute auf kurzfristigen Triumph drang? Durfte nicht gerade er der ausgleichenden Gerechtigkeit der Zeit vertrauen, jener bewährten Verbündeten aller wahren Künstler, ihr, die früher oder später ans Licht heben würde, was er da in den Tiefen seines Schreibtisches verbarg, nicht nur diesen einen, auch all die anderen Texte, für die es im Moment noch zu früh war?

»Kommst du nun mit oder nicht?« fragte seine Frau.
»Also ich brauche jetzt etwas zwischen die Rippen«, sagte die Freundin.

»Bin schon unterwegs«, sagte der Schriftsteller und schloß den Schreibtisch ab.

Der Kampf in der Berghütte

Wetzel und Rattinger, zwei Schriftsteller, befanden sich in verzweifelter Lage. Zwar war ihr Leben vorerst in Sicherheit, doch wie lange vermochte ein Mensch winters in einer ungeheizten Berghütte zu überleben, ohne Nahrungsmittel und ohne die Möglichkeit, Hilfe herbeizuholen? Wetzel starrte erschöpft auf das immer dichter werdende Schneetreiben, Rattinger durchsuchte nochmals die Anrichte nach etwas Eßbarem, doch es blieb bei der angebrochenen Flasche Stroh-Rum, die sie bereits bei der ersten, noch flüchtigen Musterung der Bestände gefunden hatten. Ächzend trank er einen Schluck, mahnend schaute Wetzel zu ihm herüber. Waren sie nicht übereingekommen, den bescheidenen Rum-Vorrat nur sehr mäßig zu nutzen, da er nach Lage der Dinge die einzige Wärmequelle darstellte, die ihnen in der nun bald hereinbrechenden Bergnacht zur Verfügung stand? Rattinger zuckte entschuldigend mit den Achseln und stellte die Flasche eilig ab.

»Nichts«, sagte er. »Unsere werten Vorgänger müssen in dieser Hütte wie die Ratten gehaust haben. Keinen Brühwürfel haben sie zurückgelassen, kein Stück Zucker, kein Scheit Holz. Sie haben alles aufgebraucht, einfach alles.«

Das stimmte nicht ganz. Neben der Flasche Stroh-Rum gab es in der Hütte immerhin noch Streichhölzer und eine gutgefüllte Petroleum-Lampe, zwei Decken sowie jene beiden Gegenstände, um welche schon bald ein erbitterter Kampf zwischen den beiden Schriftstellern entbrennen sollte. Noch freilich wußten sie nichts von ihnen.

Wetzel und Rattinger kannten einander erst seit kurzem. Sie hatten allerdings umeinander gewußt, zumal Wetzel um den sehr viel älteren, bereits seit Jahrzehnten weltberühmten Kollegen. Er war ja mit dessen stetig sich mehrendem Werk aufgewachsen und hatte gar nicht zu hoffen gewagt, daß auch Rattinger um ihn wissen könnte, um sein bisher noch schmales Œuvre, richtiger gesagt, das erst einen, wenngleich von der Kritik einhellig begrüßten Titel aufzuweisen hatte. Doch die erste, drei Tage zurückliegende persönliche Begegnung im österreichischen Höhenkurort N. hatte ihn eines Besseren belehrt. Verwundert erst, dann bewundernd und geschmeichelt, hatte Wetzel dem ebenso befeuernden wie scharfsinnigen Lob des Älteren zugehört, das in der Aufforderung gipfelte, sie sollten einander doch auch persönlich näherkommen, am Rande dieses mehrtägigen Symposions würde sich sicherlich eine Möglichkeit finden lassen.

Sie ergab sich, als die Symposionsteilnehmer trotz Rattingers Einspruch einen Ausflug zu einem in der Nähe gelegenen, vielgerühmten Barockkloster unternahmen. Kultur könne er auch zu Hause haben, hier sei ihm nach Natur – ob der Jüngere sich ihm anschließen wolle? Da hatte Wetzel liebend gerne eingewilligt, erwartungsfroh war er mit Rattinger in die dank Seilbahn und Sessellift leicht erreichbaren Hochalpen gefahren, ein ausgedehntes Literaturgespräch, das beider Aufmerksamkeit vollständig in Anspruch nahm, hatte sie nicht auf den Weg achten lassen, da fanden sie sich unversehens auf einem wüsten Plateau wieder, das überdies noch von einem jener in dieser Jahreszeit und besonders in dieser Höhe häufigen und gefürchteten Wetterstürze heimgesucht wurde.

Unzureichend bekleidet und unfähig, irgendeine Richtung auszumachen, hatten sich die beiden aufs Geratewohl durch das Schneegestöber gekämpft, fast ungläubig hatten sie die Umrisse einer Hütte ausgemacht, glücklich waren sie durch die unverschlossene Tür getreten, ohne freilich ihrem Unglück entronnen zu sein.

»Da!« Wetzel deutete auf das am Fenster befestigte Außenthermometer. »Vor einer halben Stunde waren es noch minus acht Grad, jetzt sind es minus fünfzehn. Wenn das so weitergeht …« Er hielt inne. Schuldbewußt versuchte Rattinger ihn zu beschwichtigen. »Noch kälter kann es ja wohl kaum werden!«

»Minus sechzehn«, antwortete Wetzel düster. »Von jetzt auf gleich.« Er zog seine Jeans-Jacke enger und schaute zur Flasche Stroh-Rum hinüber. Aufmerksam hielt Rattinger sie ihm hin, doch Wetzel schüttelte den Kopf: »Die werden wir wohl noch brauchen.«

Wenn schon Wetzels Lage verzweifelt war, so wurde er doch von Rattinger übertroffen. Dem machten zu allem Unglück auch noch Selbstvorwürfe zu schaffen. Hatte er irgend jemanden von dem improvisierten Alpenausflug unterrichtet? Nein. War er sich der Risiken einer solchen Unternehmung bewußt gewesen? Abermals nein. Konnten sie nach alldem hoffen, daß sich jemand unverzüglich aufmachen und nach ihnen suchen würde? Die Antwort lag auf der Hand, aufstöhnend griff Rattinger zur Flasche, nun war eh alles zu spät. Demonstrativ starrte Wetzel auf das Thermometer. »Minus siebzehn«, sagte er wie auftrumpfend. Da fiel Rattingers schweifender Blick auf das Hüttenbuch.

Er kannte die Art Bücher. Ob sie nun Hütten-, Jugendherbergs-, Vernissagen- oder Gästebücher hießen, stets sahen sie gleich aus. Stets umgab ein pflegeleichter, etwas nachgiebiger, unterschiedlich luxuriöser Einband die viel zu vielen, viel zu großen Seiten; stets war er solchen Büchern aus dem Wege gegangen, ohne ihnen doch immer entrinnen zu können. Ein Rattinger-Eintrag war nun mal etwas Besonderes, häufig war es denn auch nicht ohne Rattinger-Eintrag abgegangen, vor Lesungen, in literarischen Salons, nach Abendessen, die zu seinen Ehren ausgerichtet worden waren. Was er da alles zusammengeschrieben hatte! Ihn schauderte. Doch noch schauerlicher war all das gewesen, was er da hatte lesen müssen, da die Gastgeber, meist freilich Gastgeberinnen, ihm natürlich die Perlen ihres jeweiligen Hausbuches unter die Nase gehalten hatten, häufig Einträge von Kollegen, deren gewundene Sätze ihm immer wieder jenen sich windenden Witz in Erinnerung riefen, der mit den Worten begann: »Wenn die Suppe so warm gewesen wäre wie der Hausherr und der Wein so alt wie die Gans und das Hausmädchen so entgegenkommend wie die Gastgeberin ...«, um schließlich so zu enden: »... dann wäre das ein wundervolles Abendessen gewesen.«

Mißmutig wies Rattinger auf das Hüttenbuch. »Da. Immerhin etwas, um es in den Ofen zu stecken!«

»Ich mach mal Licht«, sagte Wetzel, entflammte die Petroleumlampe und las die Temperatur ab. »Immer noch minus siebzehn.« Er stellte die Lampe auf den Tisch, neben das Hüttenbuch, griff zerstreut zum Buch und öffnete es. Fast wäre dabei der Kugelschreiber zu Boden gefallen, welcher offenbar zwischen jenen Seiten gelegen hatte, auf welchen dem bisher letzten Gast der bisher letzte Eintrag eingefallen war.

»Hier sind wir abends eingekehrt«, las Wetzel vor, »kein Mucks hat unsern Schlaf gestört. Jetzt wandern wir gleich weiter – Zustand: Froh und heiter!«

»Verheizen!« sagte Rattinger. »Sofort verheizen! Eingekehrt – gestört. Was für Reime! Ich war ja schon damals, während der Bücherverbrennungen, gegen Bücherverbrennungen, doch wenn es ein Buch verdient hat, unverzüglich verbrannt zu werden, dann dieses. Verheizen! Kein Mucks!«

Er hatte bereits die Ofenklappe geöffnet, als er gewahr wurde, wie nachdenklich Wetzel den Kugelschreiber musterte. Es war einer jener spottbilligen, durchsichtigen Stifte, die den Vorteil haben, daß der Schreibende stets weiß, wieviel Schreibmasse sich noch im Plastikröhrchen befindet. Dieser Kugelschreiber da schien ziemlich am Ende zu sein. Mehr als ein Daumenbreit war nicht drin, doch auch damit ließ sich erfahrungsgemäß noch einiges zu Papier bringen. Und an Papier mangelte es nicht. Da lag ja das Hüttenbuch.

Rattinger erhob sich von der Pritsche und trat auf Wetzel zu. »Da!« Er stellte die Flasche auf den Tisch. »Trinken Sie, das wird Ihnen guttun. Wenn ich Sie da in Ihrem dünnen Jäckchen sehe!« Er wies fast entschuldigend auf seinen immerhin wattierten Anorak. »Ja, trinken Sie ruhig. Trinken sie einen ordentlichen Schluck, ich bitte Sie darum. Denken Sie nicht an mich oder die Zukunft, trinken Sie erst mal! Der alte Rattinger braucht das Zeug nicht mehr, der hat in seinem Leben schon genug Schnaps getrunken.«

Der redet wie meine Mutter, wenn sie mir Spinat aufnötigen wollte, dachte Wetzel. Das hätte ihn eigentlich wachsam machen müssen, statt dessen griff er unbedacht zur Flasche. »Na gut. Einen Schluck nur.«

»Prösterchen!« erwiderte Rattinger freundlich und griff sehr beiläufig nach dem Kugelschreiber, den Wetzel beim Trinken aus der Hand gelegt hatte. Nun war er sein.

Ein Hustenanfall beutelte Wetzel, mit tränenden Augen blickte er auf das Etikett der Flasche. Achtzig Prozent! »Ja, ja, der Stroh-Rum hat's in sich«, sagte Rattinger beiläufig und blätterte zugleich angeregt in dem Hüttenbuch. Jede Menge freie Seiten! Er wollte das Buch gerade unter den Arm klemmen und den Kugelschreiber in seiner Tasche verschwinden lassen, als ihm Wetzel buchstäblich in den Arm fiel.

»Moment!«

»Ja?«

Er sei soeben drauf und dran gewesen, etwas in das Hüttenbuch zu schreiben, rief Wetzel aus. Ob er den Stift noch einmal haben könne. Nun war es draußen ganz dunkel, wie bösartige Insekten tanzten die vom Licht der Hütte beleuchteten Schneeflocken hinter der Scheibe.

»Den Stift? Welchen Stift denn? Meinen etwa? Aber warum nehmen Sie denn nicht Ihren?« Entgegenkommend reichte Rattinger das Hüttenbuch über den Tisch, ohne es jedoch aus der Hand zu lassen. Wetzel klopfte zuerst die Taschen seiner Jeans-Jacke ab, dann die seiner Jeans. »Ich habe keinen Stift dabei«, sagte er dann. »Das da ist meiner.«

»Welcher?«

»Der da in Ihrer Hand.«

»Aber das ist doch der aus dem Hüttenbuch.«

»Aber den habe ich doch darin gefunden.«

»Und ich habe das Hüttenbuch entdeckt«, sagte Rattinger, »und da der Stift im Hüttenbuch lag, habe ich auch ihn gefunden. Folglich ist es mein Stift.«

»Haben Sie denn keinen eigenen dabei?«

Breithändig fuhr Rattinger Anorak und Hosen entlang.

»Nein. Aber was soll's. Ich habe ja diesen hier.«

»Geben Sie mir den Stift!«

»Trinken Sie noch einen Schluck!«

»Ich will keinen Schluck, ich will den Stift.«

»Aber warum denn, junger Freund?« fragte Rattinger milde. »Was nutzt Ihnen denn der Stift, solange ich das Buch habe?«

Unbedachte Worte! Denn mit einem Ruck riß ihm Wetzel das Buch aus der immer noch ausgestreckten Hand. »Und wer hat es jetzt?« fragte er zornig.

»Sie«, erwiderte Rattinger gefaßt. »Aber was nützt es Ihnen ohne Stift?« Den umklammerte er nun in der Anoraktasche.

Machen wir es kurz. Da sind zwei Schriftsteller, ein junger und ein alter. Der junge hat das Papier, der alte hat den Stift. Beide befinden sich in einer trostlosen, nach eigener Einschätzung fast ausweglosen Situation. In einer Grenzsituation, mit dem alten zu reden, total down, um mit dem jungen zu sprechen. Aber nein, so redet der junge ja gar nicht. Er hat immerhin Germanistik studiert, da redet man anders. Aber wie?

»Geben Sie mir den Stift«, bittet der junge. »Diese ganze Situation hier macht mich unheimlich betroffen. Ich würde sie gerne mal kurz verbalisieren.« Doch nein. Auch so einfach macht er es uns und dem alten Schriftsteller nicht. Er sagt ganz einfach: »Den Stift bitte.«

»Wofür?«

»Zum Schreiben.«

Das versteht der alte nur zu gut. Auch er will ja schreiben. Daher sagt er: »Das Buch bitte.«

»Wozu?«

»Na wozu schon?«

Die Materialien sind verteilt, die Natur gebärdet sich immer lebensfeindlicher, und nun wird die von der Umwelt abgeschnittene Berghütte zu allem Überfluß auch noch zum Schauplatz eines spirituellen Wettkampfs. Denn eine handgreifliche Auseinandersetzung erwägen die beiden nicht einmal. Nicht nur deshalb, weil beide sich als Männer des Geistes begreifen. Rattinger weiß nur zu gut, daß er dem Jüngeren hoffnungslos unterlegen wäre, sollte er den Versuch machen, ihm das Hüttenbuch zu entreißen. Ein solches Gerangel würde höchstwahrscheinlich damit enden, daß er auch sein Faustpfand, den Stift, verlöre. Heftiger noch umklammert er ihn in der Anoraktasche, sorgsamer noch achtet er auf Distanz. Wetzel bemerkt das, doch er rührt sich nicht vom Fleck. Allein der Gedanke, den Älteren mit Gewalt zur Herausgabe des Stiftes zu nötigen, läßt ihn schaudern. Einem Rattinger zu nahe treten, ihm den Arm umdrehen, ihn gar zu Boden werfen? Den Mann, der durch sein makelloses Werk ebenso wie durch sein mannhaftes Auftreten in öffentlichen Angelegenheiten zum Mentor und Leitstern nicht nur seiner Jugend, sondern der gesamten Zunft, ja der Nation geworden ist? Den das Ausland als Sinnbild und Inbegriff des anderen, besseren Deutschland verehrt? Und doch braucht Wetzel den Stift. Was tun?

»Ich brauche das Buch«, unterbrach Rattinger das Schweigen. »Minus neunzehn«, sagte Wetzel, der das Hüttenbuch unter seine Jeans-Jacke gesteckt hatte, und schüttelte sich. Wenn das da draußen so weiterging! Er versuchte die erstarrenden Hände zu wärmen, indem er sie unter die Achseln schob. »Warum brauchen Sie das Buch?« fragte er.

»Wozu brauchen Sie den Stift?«

Wetzel zögerte. Nun konnte er Rattinger aufs Glatteis führen, ihn täuschen, indem er ihm weismachte, er wolle die nichtigen Eintragungen im Hüttenbuch um eine weitere, ganz kurze, bereichern, um einen verzweifelten gereimten Scherz beispielsweise, danach aber würden Buch wie Stift wieder ganz und gar Rattinger zur Verfügung stehen, was immer der nun notieren wolle – doch es war Rattinger selber, der Wetzel von einer solchen Notlüge Abstand nehmen ließ.

Nicht der Rattinger, der da leibhaftig, nun in eine der Decken gehüllt, auf der Pritsche saß, sondern der seiner Bücher, Aufsätze und Aufrufe, der Rattinger, dessen moralischer Rigorismus ihn all die Jahre hindurch in Atem gehalten und zur Einsicht geführt hatte, daß die Verantwortung des Schriftstellers sich nicht darin erschöpfe, in seinem Werk ehrlich zu sein, daß sie sich vielmehr auch auf sein Auftreten, seine Aussagen und seine Lebensführung zu erstrecken habe.

»Ich will es Ihnen sagen«, begann Wetzel stockend, doch dann kamen die Worte immer geschwinder. »Ich möchte die mir noch verbleibende Zeit – möglicherweise ist es ja die letzte«, er wies bedeutsam auf das Thermometer, »die also möchte ich dazu nutzen, noch rasch einen Text zu schreiben. Nein, nicht einen«, verbesserte er sich, »den. Den Text, welchen ich bereits seit langem im Kopf trage, ohne doch bisher den Mut gefunden zu haben, ihn niederzuschreiben. Ihnen sind solche Bedenken sicherlich fremd. Ihr Werk ist ja geprägt von jener Rücksichtslosigkeit gegen sich und andere, die allein erst dem Geschriebenen Gewicht und Verbindlichkeit verleiht, ich dagegen …« – Wetzel breitete hilflos, fast flehentlich die Arme aus –, »ich mußte wohl erst in eine solch bedrängende Lage wie die hier kommen, um zu erkennen, wie nichtig, modisch und zeitverfallen alles ist, was ich bisher geschrieben habe. Stets habe ich nur auf all jene Stimmen gehört, die mir einzureden versuchten, wie man gerade zu schreiben habe, anstatt auf meine innere Stimme zu hören, die mir doch unmißverständlich sagte, wie und was ich zu schreiben hätte. Nie bin ich ihr entschieden genug gefolgt, doch angesichts des nahenden« – er deutete scheu auf den stetigen Schneefall –, »angesichts dieser Lage also bleibt mir ganz einfach keine andere Wahl als die, endlich wahrhaftig zu werden, in einem einzigen Text wenigstens einmal ernst zu machen, indem ich all den Worten und Bildern, die ernst zu nehmende Schriftsteller aller Zeiten zur Beschreibung und Darstellung der je eigenen *conditio humana* gefunden haben, jene hinzufüge, die ausschließlich ich finden und erfinden kann und die ich doch aus Rücksichtnahme oder Feigheit bisher immer zu unterdrücken suchte. Nicht länger! Dichten sei Gerichtstag halten über das eigene Ich, hat Ibsen einmal gesagt. Heute endlich erlebe ich solch einen Tag. Geben Sie mir den Stift!«

Während dieses leidenschaftlichen Plädoyers hatte Rattinger Zeit gefunden, von seiner Pritsche aufzustehen, mit der linken Hand einen herzhaften Schluck Stroh-Rum in sich hineinzuschütten – die rechte umklammerte immer noch den Stift –, um sich sodann, unter Mitnahme der Flasche, wieder auf die Pritsche zurückzuziehen. Nun hüllte er sich erneut in die Decke ein, darauf zog er umständlich den Stift aus der Tasche und hielt ihn gegen das Licht der Petroleumlampe.

»Was meinen Sie, wie viele Seiten das Ding noch bringt?« fragte er Wetzel, doch er wartete keine Antwort ab. »Ich schätze, so zehn bis maximal fünfzehn.« Er seufzte auf. »Genau die Länge des Textes, den ich noch zu schreiben beabsichtige. Wie lang soll denn Ihrer werden?«

Wetzel wandte den Blick vom Thermometer. »Zwanzig«, sagte er. »Minus zwanzig«, verbesserte er sich. »Da!« Er wies in die Dunkelheit, dann besann er sich. »Seiten?« Er dachte nach. »Schwer zu sagen. Vermutlich auch so fünfzehn. Vielleicht auch etwas weniger. Nein, eher mehr.«

»Mehr sind aber nicht drin«, sagte Rattinger bestimmt. »Und damit dürfte der Fall ja wohl klar sein.«

»Welcher Fall?«

»Wem Buch und Stift zustehen.« Er streckte die Hand aus. »Geben Sie mir das Buch!«

Wetzel, der gerade dabei war, sich in die zweite Decke zu hüllen, blickte verwundert auf. »Wieso denn?«

»Junger Freund« – Rattinger trank einen weiteren Schluck, ohne sich um Wetzels Gesichtsausdruck zu scheren –, »haben Sie denn immer noch nicht begriffen, daß Sie nicht der einzige sind, der in diesem Raum und dieser Situation glaubt, einmal noch etwas Wichtiges, vielleicht Nichtwiederholbares, möglicherweise Endgültiges sagen zu müssen? Schreiben zu müssen, richtiger gesagt, weil wir doch beide wissen, daß das gesprochene Wort Schall und Rauch ist, da Verbindlichkeit und Dauer nur dem gebundenen, verfaßten Wort zukommen?« Er ächzte. »Unterstellen wir einmal das Faktum, auch ich hätte etwas mir Wesentliches zu schreiben. Berücksichtigen wir ferner die Tatsache, daß ich das mir zu sagen Aufgegebene mit Hilfe dieses bereits recht erschöpften Kugelschreibers durchaus zu Papier bringen könnte, während Sie nach eigener Aussage mehr zu sagen haben, als dieser reichlich abgewrackte Stift hergibt. Bedenken wir sodann, daß Sie aufgrund Ihrer physischen Konstitution eine Situation wie diese sicherlich besser durchzustehen in der Lage sind, da nicht nur mein Alter, sondern auch eine Disposition zur Herzinsuffizienz es mir glaubhaft erscheinen lassen, die kommenden Stunden könnten meine letzten sein: Ziehen wir also all das in Betracht, junger Freund« – Rattinger hielt inne. Irgend etwas in Wetzels Körperhaltung teilte ihm unmißverständlich mit, daß er nicht den richtigen Ton gewählt hatte. Immer mehr war sein jugendliches Gegenüber in sich zusammengesunken, immer nachdrücklicher hatten dessen Arme das von der Jacke beschirmte Hüttenbuch umklammert – was hatte er nur falsch gemacht?

Rattinger griff zur Flasche und hielt sie Wetzel hin. »Auch einen?« Fast angewidert schüttelte der den Kopf und rieb sich die dünnbekleideten Oberarme. Da erkannte Rattinger seinen Fehler. Mit forensischer Rhetorik und Rabulistik war dem natürlich nicht beizukommen. Wie aber dann?

»Wie alt sind Sie eigentlich?« fragte er Wetzel behutsam.

»Sechsundzwanzig.«

»Schon?« Rattinger strahlte. »Na, das ist doch ein wunderbares Alter für einen Schriftsteller – vorausgesetzt, man hat seine sechsundzwanzig Jahre wohlgenutzt. Da hat man doch schon seinen ›Werther‹ unter Dach und Fach, seinen ›Götz‹, seinen ›Clavigo‹, seine Sturm-und-Drang-Lyrik – und Sie, junger Freund, Sie haben Ihre Jahre genützt! Das kann und muß ich Ihnen als älterer Kollege neidlos bestätigen. Ihr Prosaband ›Leucht-‹«, Rattinger überlegte, »›Leuchtkäfer‹, nein, ›Leuchtkörper‹, ja, der hat doch ...«

»›Leuchtspuren‹«, unterbrach ihn Wetzel.

»›Leuchtspuren‹, richtig, der hat doch alles, was gute Prosa auszeichnet: Glanz und Tiefe, marmorne Form und blutvollen Gehalt – das ist Ihr ›Werther‹, Ihr ›Götz‹, Ihr ›Clavigo‹, glauben Sie es mir!« Rattinger seufzte. »Ich wollte, auch ich hätte einmal wenigstens dergleichen geschrieben! Ich meine, mit sechsundzwanzig Jahren«, fügte er eilig hinzu, da er wahrnahm, wie Wetzel erneut in sich zusammensank. »Doch was soll diese Klage?« Für einen Moment schien er den Faden verloren zu haben, dann half ein Schluck ihm wieder auf die Sprünge. »Ach ja. Ich dagegen: Siebenundsechzig. Erst siebenundsechzig, junger Freund, erst! Wissen Sie, was das für einen Schriftsteller heißt: Erst siebenundsechzig? Und schon den fast sicheren ...«, Rattinger stockte, »den also vor Augen? Ahnen Sie zumindest, wie jemand sich fühlt, dem ausgerechnet auf der Höhe seiner Welt- und Selbsterkenntnis der Stift aus der Hand gewunden wird? Der sich dazu verdammt sieht, als biographischer und artistischer Torso in die Geschichte, ach was: in die Fußnoten der Literaturgeschichte einzugehen? Kein ›Wilhelm Meisters Wanderjahre‹, kein ›West-östlicher Divan‹, kein ›Faust II‹, keine ›Marienbader Elegien‹, nichts, außer der schwankenden Hoffnung angesichts des ...« – er wies zum Fenster, schon hatte der Schnee die Höhe des Fensterbretts erreicht –, »angesichts dieser Situation also wenigstens einen jener Steine auf den Stumpf seines Lebenswerkes setzen zu dürfen, der den Nachkommenden eine wenngleich bescheidene Vorstellung von der Kuppel geben könnte, der es nicht mehr vergönnt war, den Bau dieses Lebens und Schaffens zu überspannen und zu krönen – geben Sie mir das Buch!«

Wetzel, der, in seine Decke gehüllt, an das Fenster getreten war, antwortete nicht. Ein fast tonloser Seufzer entrang sich seiner Brust. Schon glaubte sich Rattinger am Ziel; die Decke enger ziehend, erhob er sich, lächelnd trat er auf Wetzel zu, da drehte sich dieser um. »Minus dreiundzwanzig«, stöhnte er. »Mir bleibt nicht mehr viel Zeit. Geben Sie mir den Stift!« Rattinger wich zurück, doch dann blieb er empört stehen. Die Hand mit dem Stift in die Höhe rekkend, suchte er nach Worten, dann fand er sie:

»Wie an dem Tag, der dich der Welt verliehen,
Die Sonne stand zum Gruße der Planeten,
Bist alsobald und fort und fort gediehen,
Nach dem Gesetz, wonach du angetreten ...

Sollen Worte wie diese auf immer ungeschrieben bleiben? Worte, wie sie nur dem gereiften Mann in Augenblicken höchster Not, und das meint zugleich bewußtesten Lebens und Erlebens, zu finden vergönnt sind? Denn sie ist eine Kelter, die Not, doch es braucht die reife Traube, damit die Kelter auch greife und jenen Most herauspresse, aus welchem erst wärmender, die Lebensgeister beflügelnder Wein sich bilden kann ...:

So mußt du sein, dir kannst du nicht entfliehen,
So sagten schon Sibyllen, so Propheten;
Und keine Zeit und keine Macht zerstückelt
Geprägte Form, die lebend sich entwickelt ...

Sollen solche Worte mit mir vergehen müssen? Das Buch!«

Wetzel, der erst verblüfft, dann fast erzürnt zugehört hatte, wußte nicht, wo beginnen. »Das ist doch ... Also wirklich ... Was glauben Sie denn, wen Sie ...«, dann aber faßte er sich und zerpflückte Rattingers Sermon nach Strich und Faden. Das sei doch ganz unglaublich, sich selber als den erst Siebenundsechzigjährigen und ihn, Wetzel, als den schon Sechsundzwanzigjährigen hinzustellen. Ihm ausgerechnet mit Goethe zu kommen, der doch vom sechsundzwanzigsten bis zum siebenundsechzigsten Lebensjahr Zeit gehabt habe für ›Faust I‹ und ›Wilhelm Meisters Lehrjahre‹, für ›Iphigenie‹ und ›Tasso‹, für ›Wahlverwandtschaften‹ und ›Hermann und Dorothea‹ – aber nein, auf diese Art der Argumentation wolle er sich gar nicht erst einlassen. Er müsse allerdings sich selbst, vor allem aber sein Gegenüber fragen, ob der ihn für so unbelesen halte, daß er

Goethes ›Urworte, Orphisch‹ nicht sogleich erkenne, sie womöglich für eine spontane Eingebung Rattingers ansehe, die nun unverzüglich schriftlich festgehalten werden müsse, damit sie der Welt erhalten bleibe …

»War doch nur ein Beispiel!« warf Rattinger ein. »Ein Beispiel dafür, wozu der Siebenundsechzigjährige – und nur er! – fähig ist.«

O ja! Das habe er soeben nur zu gut begriffen, wozu der fähig sei! fuhr Wetzel unbeeindruckt fort: Zu allem nämlich! Zu Doppeldeutigkeit, Trug und Verstellung vor allem! Er aber begreife diese möglicherweise letzten Stunden – er wies zum Fenster, schon war der Schnee bis zum Fensterkreuz angestiegen –, die also begreife er als Minute der Wahrheit. Seiner urpersönlichen Wahrheit, richtiger gesagt, denn einmal in seinem Leben wenigstens müsse der Künstler das Visier öffnen und ungepanzert für das einstehen, was ihn ausmache, etwas, was gerade er, Rattinger, doch oft und oft geleistet habe, zumal in seinen früheren Werken, nun freilich denke er offensichtlich nur noch taktisch – und das meine: unwahrhaftig –, denn unwahrhaftig seien seine Versuche gewesen, sich des Hüttenbuches zu bemächtigen, geradezu verlogen, er aber, Wetzel, fordere im Namen jener Wahrheit, die zu achten und zu leben ihn gerade er, Rattinger, gelehrt habe: »Den Stift!«

Durchschaut! Rattinger zögerte nicht, sich das einzugestehen. Er hatte es falsch angefangen, soviel war sicher. Er mußte von neuem beginnen, das war klar. Doch wie?

Er griff zur Rumflasche und hielt sie Wetzel einladend entgegen. »Da! Trinken Sie erst einmal einen!«

»Ich trinke nie, wenn ich schreibe!«

Da begriff Rattinger, daß es seinem Gegenüber ernst war, ja, daß er sich zum Äußersten entschlossen hatte. Wachsam versenkte er den Kugelschreiber wieder in seinem Anorak, zügig nahm er einen Schluck. Dann starrte er gleich Wetzel auf den unvermindert fallenden Schnee, welcher das Fenster nun schon fast zur Gänze ausfüllte. Bis die gesamte Hütte unter den Schneemassen verschwinden würde, schien nur noch eine Frage der Zeit. Und dann?

Machen auch wir einen Zeitsprung. Ersparen wir es uns, uns die Nacht der beiden unglücklichen Schriftsteller auszumalen. Schweigen wir davon, wie sie, anfangs noch hellwach, dann immer müder werdend, den anderen im Auge behalten, wie sie einzuschlafen drohen und wieder aufschrecken, wie sie unter der Kälte leiden und der Müdigkeit trotzen, wie sie sich belauern und einander zugleich immer wieder versichern, sie dürften jetzt nicht einschlafen, das wäre der sichere Tod. Wie Rattinger immer häufiger zum wärmenden Rum greift und Wetzel nach wie vor verzichtet, wie jeder der beiden das umklammert, was er hat, der eine das Buch, der andere den Stift, wie es draußen langsam wieder heller wird, wovon die Eingeschlossenen allerdings nichts merken, da der Schnee nun das gesamte Fenster ausfüllt. Wie Wetzel immer wieder konstatiert, daß das wenigstens zur Folge habe, daß die Temperatur nicht weiter sinke, und wie Rattinger schließlich – doch hier sollten wir unseren Zeitsprung enden, um erneut mit unseren Helden Schritt zu halten.

»Hören Sie, Wetzel«, begann Rattinger, »ich habe vorhin nicht recht an Ihnen gehandelt. Ich habe Dinge gesagt, die ich gerne zurücknähme, wüßte ich nicht nur zu gut, daß auch tausend Rosse ein einmal ausgesprochenes Wort nicht zurückholen können. Ich könnte Entschuldigungen ins Feld führen – unsere verzweifelte Lage, mein Alter –, ich vermag's nicht. Denn nicht von mir, von Ihnen, junger Freund, soll die Rede sein. Doch vorerst eine Frage: Wollen Sie nicht doch einen stärkenden Schluck zu sich nehmen?« Er hielt Wetzel die nun schon sichtlich leerere Flasche hin. »Bitte! Er wird Ihnen guttun!«

»Nein danke. Wenn ich schreibe, trinke ich nie.« Rattinger barg die Flasche unter der Decke. »Ich habe diese Antwort von Ihnen erwartet«, sagte er lächelnd. »Und es freut mich, daß Sie meine Erwartung nicht enttäuscht haben. Das, was wir Älteren an der Jugend so lieben, was wir von ihr erwarten, ja ersehnen, ihre Unbedingtheit, ihre Kompromißlosigkeit, ihre Bereitschaft, Opfer zu bringen – Sie, junger Freund, haben all das nicht nur im geschriebenen Wort vertreten, sie verkörpern es. Daß ich Zeuge dieser Ihrer Unbestechlichkeit sein durfte in einer Situation wie dieser, in einer Grenzsituation, in welcher die Masken der Menschen fallen; um den Blick freizugeben auf die Essenz des Ich, auf den unzerstörbaren oder unheilvoll zerstörten Kern der Person, auf die geprägte Form also, von welcher Goethe spricht – das alles läßt mich mein Versagen in dieser Situation geringachten, da es nur die Kehrseite darstellt jener Hochachtung, die ich für Sie empfinden darf. Das darf ich doch?«

Wetzel zuckte verschreckt mit den Achseln.

»Nein, nein, nein«, fuhr Rattinger fort, »wehren Sie nicht ab. Sagen Sie mir lieber, was Sie jetzt zu schreiben gedenken« – bei diesen Worten hatte er wie unabsichtlich den Stift aus der Tasche gezogen, nun deutete er damit auf Wetzel.

Was Wetzel darauf erwiderte, entzieht sich der eiligen Wiedergabe. Nur so viel sei gesagt, daß Rattinger immer aufmerksamer, angespannter und beifälliger dem folgte, was der andere in erst ungeordneten, dann immer bestimmteren, schließlich geradezu glänzenden Wort- und Satzkaskaden äußerte; daß er ihm anfangs bekräftigend zunickte und endlich begeistert zuprostete: Bei Gott! Was, wenn nicht das da, habe es verdient, sie beide im verfaßten Wort zu überleben?! Hätte er doch nur früher darum gewußt, der ganze leidige Streit um Stift und Buch wäre von Anfang an gegenstandslos gewesen: »Da!«

Etwas schwankend – möglicherweise wegen der zwar wärmenden, jedoch auch behindernden Decke – trat Rattinger auf Wetzel zu und überreichte ihm feierlich den Kugelschreiber. »Da! Schreiben Sie! Schreiben Sie, solange Ihnen noch Zeit dafür bleibt! Schreiben Sie!«

Wetzel wußte nicht, wie ihm geschah. Ungläubig ergriff er den Stift, mißtrauisch holte er das Hüttenbuch unter seiner Jeans-Jacke hervor, zögernd öffnete er es. »Hier sind wir abends eingekehrt«, las er geistesabwesend, dann fiel sein Blick auf die gegenüberliegende leere Seite. Den Kugelschreiber in der fast erstarrten Hand, setzte er zum Schreiben an: »Ich«. Er brach ab, um die Finger an den Mund zu führen und zu wärmen. Derweil formten sich in seinem Kopf bereits die Sätze, die er niederzuschreiben gedachte. Das, was er Rattinger mitgeteilt hatte, war doch nur ein Schatten dessen gewesen, was da sogleich unter seinen Händen und vor seinen Augen Gestalt annehmen würde. Und nur diese Gestalt zählte!

Hütte, Starre, Kälte – waren sie alle nicht bestenfalls ungehobeltes Material, unwesentliches Erleben und unwillentlicher Auslöser, die allesamt im Wort erst zur Sprache kommen konnten? Zwei Zeilen von Valery – oder war es Mallarmé gewesen? – fielen ihm ein: »Ist wie ein Glas, das man durch Sonne schwang, und setzt das reine Denken nicht in Gang« – hatten diese Worte nicht einer Frau gegolten? Und hatte nicht er aus ihnen gelernt, wie treffsicher der Dolch des Schreibens den Stoff des Lebens niedermachen und aus dem Weg räumen konnte? Wieder setzte er den Stift an, erneut stockte er mitten im Satz, der nun lautete: »Ich habe es.« Plötzlich mißtraute er seinem unerwarteten Sieg ebenso wie seinem Hochgefühl. Mit einem Male beargwöhnte er die so wortreich vertretene Lauterkeit seiner Absichten. Rattinger hatte ihn wegen seiner Unbedingtheit gerühmt, aber gab es denn wirklich etwas, das er, Wetzel, noch unbedingt sagen mußte? Verhielt es sich nicht vielmehr so, daß sein unbedingter Wunsch, noch einmal etwas zu schreiben, der Hoffnung entsprang, seine verzweifelte Situation nicht wirklich durchleben zu müssen, sie statt dessen artistisch ausbeuten zu können? Er hatte Rattinger der Verlogenheit geziehen. War sein eigenes Vorhaben nicht ungleich verlogener? Rattinger hatte ihn gefragt, was er denn schreiben wolle. Hätte nicht er Rattinger wenigstens die Gegenfrage stellen müssen?

Rattinger, der seit der Übergabe des Stiftes hinter dem Jüngeren stehen geblieben war, der dessen erstes geschriebenes Wort, ›Ich‹, mit beifälligem Gemurmel begleitet hatte, »Sehr gut! Weiter so!«, schien über den stockenden Fortgang des Schreibens enttäuscht, ja ungehalten. »So schreiben Sie doch!« beschwor er Wetzel. »Das ist doch ein wunderbarer Anfang! ›Ich habe es‹ – weiter, weiter! Aber was haben Sie denn?« fragte er verblüfft, da Wetzel das Hüttenbuch knallend schloß und sich ruckartig umwandte:

»Was wollten Sie eigentlich schreiben, Herr Rattinger?«

Der Angesprochene wand sich erst. »Nichts von Belang«, sagte er und: »So schreiben Sie doch weiter!« Dann: »Kann uns doch egal sein, ob die Aufrüstung weitere Opfer fordert, das Ende der Welt erleben wir beide ja doch nicht mehr«; um sodann dahingehend fortzufahren, daß das hier wirklich nicht der geeignete Ort sei, den Rüstungswahnsinn bloßzustellen, sie hier hätten ja bei Gott andere Sorgen als die Stationierung von Raketen in der Pfalz, er aber habe nun mal einer dortigen Bürgerinitiative, genauer der in Klein-Unbach, versprochen, das Gewicht seines Namens in die Waagschale des sicherlich bereits feststehenden Ungleichgewichts zwischen Menschen- und Militärinteressen zu werfen – »Aber ich bitte Sie, schreiben Sie doch weiter!« – ach ja: Ende dieser Woche hätte er eigentlich seinen Aufruf in Klein-Unbach verlesen sollen. »Als ob uns das Ende dieser Woche noch interessieren kann, da doch unser eigenes Ende ...« Rattinger hielt inne und wollte erneut den Schraubverschluß der Rum-Flasche aufdrehen, doch er kam nicht mehr dazu. Im fahlen Licht stand Wetzel groß und schwarz vor ihm und fragte: »Wieso erfahre ich das erst jetzt?«

Nun sank Rattinger in sich zusammen. »Es kam mir so nichtig vor … Dieser Aufruf für die Bürger von Klein-Unbach – was wog der schon angesichts unserer beschwerlichen Situation und Ihrer schwerwiegenden Beweggründe … Ich wagte es einfach nicht, Ihnen mit einer solchen Lappalie zu kommen … Versteckte mich lieber hinter vorgeschobenen Argumenten … Ich habe gefehlt, ich weiß …« – hier aber wurde er durch Wetzel unterbrochen, der ihm Stift und Buch in die Hände drückte: »Da!«

»Aber nein, junger Freund! Sie müssen jetzt schreiben!«

Nein, nein, nein, Rattinger müsse! Wenn er ihm, Wetzel, doch schon zu Beginn klargemacht hätte, welchen Text er zu schreiben beabsichtige! Das Hüttenbuch wäre bereits seit Stunden in seinen Händen, der Aufruf für die Bürger von Klein-Unbach womöglich schon längst geschrieben! Wieviel vertane Zeit angesichts einer solch lebensnotwendigen Tat! Überlebensnotwendig geradezu – nicht für sie beide, aber doch für die Menschen in Klein-Unbach, ja für die Menschheit! »Herr Rattinger!« Wetzel drückte ihm mit Macht den Stift in die Hand: »Schreiben Sie! Der Mensch soll um der Güte und Liebe willen dem Tode keine Herrschaft einräumen über seine Gedanken.«

»Das soll ich schreiben?« fragte Rattinger verwundert.

»Aber nein! Das ist doch von Thomas Mann. Aus dem ›Schneekapitel‹ des ›Zauberberg‹, als Hans Castorp sich im Gebirgswinter verloren glaubt; der einzige kursiv gesetzte Satz dieses Riesenromans, seine Quintessenz geradezu …«

»Ach ja? ja … jetzt erinnere ich mich auch … Und?«

»Und auch ich war drauf und dran, dem Tod Herrschaft einzuräumen über meine Gedanken, auch ich dachte lediglich an mein papiernes Weiterleben als Schriftsteller, nicht an das wirkliche Leben und Überleben der anderen …«

»So?«

»Während Sie bereits vor Stunden darum wußten, welch eine Wirkung es hierzulande und in aller Welt haben muß, wenn man uns beide in dieser Hütte findet, erstarrt in Ihrer, in eines Rattinger Hand aber Stift und Buch, in welchem als Vermächtnis dieses weltweit verehrten Schriftstellerlebens sich der Aufruf für die Bürger von Klein-Unbach findet, die Mahnung, nicht nachzulassen im Kampf gegen die Stationierung weiterer Massenvernichtungswaffen – läßt sich ein würdigeres Testament denken, gerade aus Ihrer Feder? Und wird die Folge dieser ursprünglich nur für Klein-Unbach bestimmten Worte nicht eine weltumspannende sein, da es keine Zeitung von Rang unterlassen wird, sie im Nachruf zu zitieren? Hier, Herr Rattinger, schreiben Sie!«

Erneut drängte Wetzel Rattinger Stift und Buch auf, dann zog er sich auf die Pritsche zurück. Scheu fast blickte er hinüber zum Alten, der, nachdem er erst mal längere Zeit am Stift gekaut und wiederholt zur Flasche gegriffen hatte, endlich zu schreiben begann, zögernd erst, dann immer zügiger.

Das freilich währte nicht lange. Vielfacher Lärm ließ die Eingeschlossenen plötzlich aufhorchen und aufspringen – später erst sollten sie erfahren, daß ein Hubschrauber die fast zugeschneite Hütte entdeckt, ein benachrichtigter Schneepflug sich unverzüglich bis an ihren Eingang vorgearbeitet hatte –, einem Pochen an der Tür folgte der Eintritt der Retter, als erster stürzte Rattinger ihnen entgegen, geistesgegenwärtig fingen die Retter den wahrscheinlich vom Licht geblendeten, wohl auch vor Schwäche taumelnden alten Mann auf und geleiteten ihn zum Hubschrauber, indes erste Vorhaltungen wegen des unvernünftigen Ausflugs gemacht und erste Erklärungen betreffs der raschen Rettung gegeben wurden.

»Auf geht's!« rief ein aufmerksamer Retter dem zurückgebliebenen Wetzel zu.

»Sofort!«

Denn noch konnte er nicht die Augen von dem wenden, was er da im Hüttenbuch las. »Ich habe es« – das waren noch seine Worte gewesen, doch was nun folgte, war unverkennbar Rattingers nur schwer lesbare Handschrift: »doch von Anfang an gewußt, daß ich diesem Grünschnabel das Hüttenbuch entsteißen würde. Und wer hat es ihm entsteißt? Der alte Rattinger! Er immer noch! Alter vor Schönheit – jawohl! Ich habe das Buch. Könnte ja sonst auch nichts hineinschreiben. Kann ich aber. Tu ich jetzt auch. Aber was? Aiaiai, die Worte rutschen immer so weg! Da! Weg ist auch schon weg! Doch! Immer, wenn ich draufschaue, rutscht weg weg. Egal! Weg ist weg! Nein, nicht egal! Wo kommen wir denn da hin, wenn ganze Wörter plötzlich wegkommen?! Wo ist das weg? Ah! Da! Aber nun ist dasda weg. Nein, nicht dasda, das Da. Ja, wie soll man denn« – hier brachen Rattingers Zeilen ab.

»Aber so kommen S' doch!« rief der Retter abermals. Wetzel wandte mühsam den Kopf. »Ich komm schon«, antwortete er leise. »Sofort!«

Er trennte die Seite mit Rattingers Eintrag aus dem Hüttenbuch und zerriß sie in immer kleinere Schnipsel. »Da bin ich!«

Gemeinsam mit dem Retter trat Wetzel aus der Hütte, durch einen blendenden Hohlweg schritt er auf den Hubschrauber zu, vom Retter gestützt, von anderen Rettern besorgt gemustert. Niemand aber sah die Schnipsel, die seine rechte Hand heimlich zu Boden fallen ließ, glitzerndes Papiergestöber, das sich ununterscheidbar dem in der Sonne gleißenden Schnee vermählte.

Eine nichtgeschriebene Geschichte

Anders, Bernstorff und Claudius, drei Schriftsteller, die einander bereits in jungen Jahren beim Germanistikstudium in F. kennengelernt hatten, trafen am verabredeten Tag nacheinander im Bahnhof von Münster ein. Zwar hatten sie in den zurückliegenden Jahrzehnten sehr unterschiedliche literarische Pfade beschritten, doch war ihre Freundschaft davon unberührt geblieben, und nun wollten sie darangehen, während der nächsten zwei Tage ein Stück Weges gemeinsam zurückzulegen. Eine Wanderung durchs Münsterland nämlich stand auf dem Programm, eine wenig beschwerliche Unternehmung, da die Gegend bis auf den Hügelzug der Baumberge topfeben war, dafür reich an erfrischenden Wassern, voll von erbaulichen Wasserschlössern, barocken Landsitzen und malerischen Ortschaften. Das jedenfalls hatte ihnen ein Gewährsmann in Sachen Münsterland berichtet, und schiere Vorfreude ließ die drei bereits die doch ziemlich kaputtrenovierte Stadt Münster mit verklärtem Blick sehen. Es war aber auch Anfang Juni, der Holunder blühte in den nicht enden wollenden grüngoldenen Abend, unter freiem Himmel bestellten sie Spargel, Münsterländer Schinken und Münsteraner Bier und lobten einander dafür, daß sie es trotz zahlreicher Verpflichtungen gepackt hatten, ihre lange geplante Wanderung Wirklichkeit werden zu lassen, und das auch noch in einer so ausnehmend schönen Jahreszeit und bei so unerwartet gutem Wetter.

Es waren sehr unterschiedliche Schriftsteller, die da so viel Einigkeit bekundeten. Anders hatte als Lyriker debütiert und war auch neben seiner Tätigkeit in einem größeren Verlag immer Lyriker geblieben; seine schmalen, aber gehaltvollen Bändchen hatten ihm einigen Ruhm in eingeweihten Zirkeln eingetragen. Bernstorff hatte sich von Anfang an der Epik verschrieben, die Öffentlichkeit nahm seine unterschiedlich voluminösen Veröffentlichungen stets mit Achtung, wenn auch – noch – nicht mit übermäßigem Interesse wahr. Claudius schließlich, der Dramatiker des Trios, belieferte seit Jahren die in Frage kommenden Medien mit Szenischem aller Art; vom O-Ton-Hörspiel über das Fernsehspiel bis hin zur Bühne hatte er nichts ausgelassen, was ihm Beachtung oder doch zumindest ein beachtliches Einkommen sichern konnte. An diesem nun allmählich in Dunkelheit übergehenden Abend aber vermied es ein jeder der drei, diese naheliegenden Unterschiede ins Gespräch zu bringen. Statt dessen begeisterten sich alle drei an der vor ihnen liegenden Wanderung:

»Morgens geht's also los!«

»Aber immer!«

»Und ob es da losgeht!«

Der erste Tag der Wanderung ließ sich gut an. Perlen gleich war eine Sehenswürdigkeit nach der anderen den Wanderweg entlang aufgefädelt, das Rüschhaus, das der Barockbaumeister Schlaun erbaut und das Annette Droste-Hülshoff lange Zeit bewohnt hatte, die Wasserburg Hülshoff, in der die Dichterin geboren worden war, Havixbeck, ein weiteres Wasserschloß am Rande des gleichnamigen Ausflugsortes, von welchem aus es in die Baumberge ging, die ihrem Namen zum Trotz nicht höher denn 186 Meter gen Himmel ragten, und von dort war es nicht mehr weit bis Billerbeck, dem Übernachtungsort, einem Städtchen, das sich ›Die Perle der Baumberge‹ nannte und ›Ludgerus-Stadt‹ – die wie Nadeln den Horizont durchstoßenden neugotischen Kirchtürme des Ludgerus-Doms dienten den drei Wanderern als stetig näherrückendes Ziel, lange bevor sie die Stadt schließlich im Tal vor sich liegen sahen, ein erfreulich anzuschauendes Gemeinwesen, in das sie unter Gesang einmarschierten.

Welch ein schöner Tag sich rundete! Da hatten nicht nur Natur und Kultur, Tier und Mensch für immer neue Ausblicke und Einblicke gesorgt, da war auch das miteinander geführte Gespräch von Stunde zu Stunde ausufernder und eindringlicher geworden, da hatte jeder der drei Schriftsteller ausführlich zu Wort kommen und seinen Standpunkt eindeutig vertreten können: Warum gerade das lyrische Sprechen heute das einzig angemessene sei, weshalb nur der epische Entwurf der Welt der Jetztzeit gerecht werden könne, wieso die Szene allein das geeignete Medium darstelle, die Widersprüche des modernen Lebens authentisch zu Wort kommen zu lassen – und das alles war keineswegs kathederhaft dozierend, sondern in heiterster Spiellaune vorgetragen worden, die Argumente hatten zugleich das Übermütige gestreift und waren doch im Kern der jeweiligen Sache verpflichtet gewesen; im Hochgefühl, sowohl vom anderen gelernt als auch den anderen belehrt zu haben, zogen die Wanderer in Billerbeck ein, um schließlich vor dem Hotel ›Homoet‹ innezuhalten.

Jawohl, drei Einzelzimmer seien frei – man beschloß, sich erst mal auf den jeweiligen Zimmern zu erfrischen, um anschließend noch ein Speiselokal aufzusuchen: »In einer halben Stunde?« – »Nicht in einer dreiviertel?« – »Sagen wir: in einer Stunde!« Und nach einer Stunde traten Anders, Bernstorff und Claudius denn auch erfrischt und zum Teil sogar umgekleidet auf die Straße, um nach einem Restaurant Ausschau zu halten.

Ein rascher Rundgang ergab, daß eigentlich nur die ›Domschänke‹ in Frage kam, ein Blick auf die Speisekarte bewies, daß sie eine gute Wahl getroffen hatten, ein Ober notierte die Bestellungen, indes vor dem Lokal der äußerst exotisch anmutende Aufmarsch des Schützenvereins begann. Die drei Schriftsteller schauten belustigt zum Fenster hinaus, teilten einander ausgesuchte Beobachtungen mit und ließen es sich schmecken.

Anders war der erste, der nicht an sich halten konnte. Also eines wolle er den anderen schon mal prophylaktisch mitteilen: Er bewege sich doch mehr und mehr auf das lange Gedicht zu, auch auf das berichtende und belehrende Gedicht.

»Ja und?«

Und da sei ihm der heutige Tag der Wanderung derart bilderbuchhaft vorgekommen, die Einheit von konkreter Landschaft und abstrahierendem Diskurs derart zwingend, daß er darin ganz einfach Anlaß und Thema zu einem und für ein längeres Gedicht sehe, das – aber mehr wolle er vorerst noch nicht verraten. Er trage sich, kurz gesagt, ganz einfach mit dem Gedanken, etwas daraus zu machen.

»Woraus?«

»Aus der Wanderung.«

Bernstorff stocherte nachdenklich in seinem Zigeunerschnitzel. »Du willst also was aus unserer Wanderung machen?« fragte er gedehnt.

»Nun, nicht gerade machen«, erwiderte Anders. »Ich meine, es ergibt sich doch quasi von selbst.«

»Was?«

»Ein längeres Gedicht, das die je zufälligen Veränderungen der Landschaft in Zusammenhang bringt mit jenen grundsätzlichen Erörterungen, die wir heute geführt und die wir morgen sicherlich fortsetzen werden.«

»Aha!«

Was denn da Aha! heiße, wollte Anders wissen und ließ von seinem Rollbraten ab.

»Nichts. Nur ...« – und bei diesen Worten holte Bernstorff ein Notizheft heraus und ließ es sich vor den Augen der beiden anderen eilig entblättern –, »nur, daß ich bereits vorhin im Hotel den Einfall hatte, unsere Wanderung gebe eigentlich Stoff ab für eine schöne Geschichte. Deshalb diese Notizen. Ein Gedächtnisprotokoll dieses wunderbaren Tages, wenn ihr so wollt.«

Das war das Stichwort für Claudius, ein unscheinbares, flaches Gerät unter dem Tisch hervorzuholen, einen Recorder, den er für einen Moment zurücklaufen ließ, um ihn dann auf Wiedergabe zu stellen: »... dieses wunderbaren Tages, wenn ihr so wollt.«

Anders und Bernstorff blickten verständnislos, und lachend erläuterte Claudius, er habe bereits von Anfang an das Exemplarische ihrer Konstellation gewittert und daher unbemerkt dafür gesorgt, daß all ihre Gespräche während der Wanderung aufgezeichnet worden seien – die beiden anderen hätten doch sicherlich nichts dagegen, wenn er sein Material zu einem Hörbild destilliere, vielleicht auch zu einem szenischen Kontext, warum eigentlich nicht zu einem Schauspiel?

Bei den Worten von Anders waren sich Bernstorff und Claudius als die Dummen vorgekommen, bei Bernstorffs Worten Anders und Claudius, bei den Worten von Claudius schließlich überlegten sich Anders und Bernstorff, ob der sie eigentlich für komplette Idioten halte.

Doch solche Fronten und Allianzen hatten keinen Bestand. Rasch besann sich jeder auf sich, und der Rest des Abends sowie der folgende Wandertag, der sie über Nottuln und Appelhülsen wieder nach Münster führen sollte, wurden durch ausnehmend nichtige Unterhaltungen und durch immer länger werdende Gesprächspausen ausgefüllt.

Wie komm ich denn dazu, dem da Material für ein längeres Gedicht zu liefern, dachten Bernstorff und Claudius und sagten nur noch »Schön hier« und »Warm heute«.

Was geht mich dessen Geschichte an, dachten Anders und Claudius und enthielten sich jeglicher Reflexion, die über Wohlbekanntes wie »Dichtung verdichtet« oder »Drama meint Dramatik« hinausging.

Weshalb irgend etwas sagen, wenn der da alles aufzeichnet und ausschlachtet, dachten Anders und Bernstorff und sagten gar nichts mehr.

Am Abend saßen alle drei wieder im Restaurant des Münsteraner Bahnhofs.

»Eine interessante Wanderung«, begann Anders, »es gab da Momente eines verzaubernden Lichtes, zum Beispiel in diesem Erlenwäldchen, wo …«, er verstummte.

»Das Münsterland ist in vielem der Toscana vergleichbar«, sagte Bernstorff. »Damit meine ich eine spezifische Besiedlungsart, diese alleinstehenden Höfe und die verstreuten Wasserburgen, die …«, fast erschreckt hielt er inne.

»Ach, seid doch nicht so«, hub Claudius an, doch der Blick der beiden anderen, die eindringlich auf seinen Recorder starrten, ließ ihn schweigen. Seufzend stellte er das nutzlos gewordene Gerät ab.

Die drei Schriftsteller trennten sich wortkarg und verteilten sich auf ihre Heimatorte. Ein Jahr lang blätterte jeder von ihnen im ›Börsenblatt für den deutschen Buchhandel‹, in Verlagsprospekten und in Feuilletons, stets darauf gefaßt, daß einer der anderen trotz alledem etwas aus der Wanderung gemacht haben könnte. Aber all diese Befürchtungen erfüllten sich nicht, und mit der Zeit beruhigten sich die Gemüter der Schriftsteller. Sie begannen damit, einander wieder zu schreiben oder anzurufen. Ja, es war sogar immer häufiger von einer weiteren Wanderung die Rede.

Bis dann eine unerwartete Veröffentlichung allen Planungen ein Ende setzte. In einem Sammelband nämlich erschien ein Beitrag, der davon berichtete, wieso keiner der drei Schriftsteller aus der Münsterland-Wanderung Kapital hatte schlagen können, der Lyriker nicht, der Epiker nicht und nicht der Dramatiker.

Kein Zweifel – einem der drei war es gelungen, noch das Verstummen in Worte zu fassen. Doch welchem? Dreimal dürfen Sie raten.

Robert Gernhardt

Es gibt kein richtiges Leben im valschen

Humoresken aus unseren Kreisen

Band 12984

Robert Gernhardt kennt sich aus in »unseren Kreisen« – jenem Reigen aus »steckengebliebenen Aufkärern«, die am eigenen kritischen Anspruch gescheitert sind. Apo-Veteranen, die dem Bürgerlichen auf Dauer nicht entkommen konnten, ja das gesamte linksliberale, rot-grüne Milieu wird von ihm mit List auf die Schippe genommen. Seine Fähigkeit, durch grelle Übertreibungen die Dinge zur Kenntlichkeit zu verzerren, seine erstaunliche Beobachtungsgabe sowie seine Kunst, selbst den tollkühnsten Kalauer überraschend in den Hintersinn zu wenden, machen die Lektüre dieses Buches zum diebischen Vergnügen.

»Gernhardts virtuoser Komik kann man sich schwerlich entziehen – ein unentbehrliches Brevier für ›unsere Kreise‹.«
Der Tagesspiegel

Fischer Taschenbuch Verlag

fi 12984 / 1

Robert Gernhardt

Wege zum Ruhm

13 Hilfestellungen für junge Künstler
und 1 Warnung

Band 13400

Ein einzigartiges und höchst witziges Buch für alle, die nach Lorbeer streben: Mit unnachahmlicher Ironie schildert Robert Gernhardt, wie man aus Leid Lied, aus Kummer Kohle und aus seiner Ruhmsucht veritablen Ruhm macht. In 14 Kapiteln liefert Gernhardt einen außergewöhnlichen Imageberater für angehende Dichter, in dem die Kunst endlich zu dem erklärt wird, was sie ist: eine Marketingmaßnahme. Seine treffsichere und höchst witzige Satire auf den Kulturbetrieb benötigt jeder!

»Robert Gernhardts ›Wege zum Ruhm‹ ist
ein wunderbares Buch, denn es ist alles wahr.«
Thomas Steinfeld,
Frankfurter Allgemeine Zeitung

Fischer Taschenbuch Verlag

fi 13400 / 1

Robert Gernhardt

Glück Glanz Ruhm

Erzählung
Betrachtung
Bericht

Band 13399

Drei berühmtgewordene Variationen auf ein Thema: Das »Glück« der Lektüre, der »Glanz« der Kunst, der »Ruhm« der Dichter – dreimal umkreist Gernhardt meisterlich die Literatur und deren Verfechter. Und dreimal eröffnet sich Gernhardts unvergleichlicher Witz und seine ganze Satirekunst. Gernhardt versteht es meisterlich, das Bedeutende und Pathetische ins Alltägliche zurückzuholen; seine Texte sind ebenso scharfsinnig wie spielerisch, voller Hintersinn und zugleich ungeheuer komisch.

»Was es mit dem Ruhm der Dichter
in Wahrheit auf sich hat – darüber sind wir selten
so geistreich und so unterhaltsam,
so detailliert und zugleich so kurzweilig
ins Bild gesetzt worden.«
Frankfurter Allgemeine Zeitung

Fischer Taschenbuch Verlag

fi 13399 / 1

Robert Gernhardt

Der letzte Zeichner

Aufsätze zu Kunst und Karikatur

Band 14987

Robert Gernhardt spitzt die Feder: Kampf dem Dilettanten! Voller Verve weist Robert Gernhardt einen Weg durch die Kunst, gibt Hinweise, was man sehen sollte und wo man besser wegschaut. Er rechnet ab mit dem ewigen Dilettanten und stellt wahre Künstler und Könner vor. Von Giotto über Leonardo und Michelangelo bis hin zu Busch, Pfarr und Sowa, von den Klassikern der Malerei bis zu den großen Karikaturisten unserer Tage reicht Gernhardts unterhaltsamer und kenntnisreicher Führer durch die Kunst.

Fischer Taschenbuch Verlag

fi 14987 / 1

Robert Gernhardt
Im Glück und anderswo
Gedichte
285 Seiten. Gebunden

Robert Gernhardt liegt die Welt zu Füßen, hier und anderswo, im Licht wie im Schatten. Des Menschen Glück als Liebender, als Reisender, als Speisender, faßt er in seine Verse, des Menschen Unglück, als Alternder, als nur noch Begehrender und Verzehrender, bannt er in seine Strophen. Stets ist er im Bilde und macht sich dichtend eins, singt der Gegenwart ein neues Lied, kommt schnell in Fahrt und weiß doch wie tief im Leid man fallen kann. Er nimmt die Welt beim Wort und auch manch andern Dichter, um bei aller Lust am Reimen, bei allem Witz inmitten seiner Zeilen, den nötigen Ernst nicht zu vergessen. Robert Gernhardt ist ein Dichter, der mit allen Formen der Poesie meisterhaft spielt. Ob Sonett oder Blues, Ballade oder Parodie – Gernhardt überrascht stets durch seine Virtuosität. Mit Reim und freien Rhythmen, in klassischen Tönen und modernen Dissonanzen läßt er das Dasein neu erklingen. Welch Glück, daß ihm dies so sehr glückt!

»Robert Gernhardt macht eigentlich nicht Lyrik,
sondern schieres Glück.«
Eva Menasse,
Frankfurter Allgemeine Zeitung

S. Fischer

fi 1-025503 / 1